兴的源起

历史积淀与诗歌艺术

赵沛霖 著

天津社会科学院建院四十周年精品文库

天津社会科学院出版社

图书在版编目（CIP）数据

兴的源起 ：历史积淀与诗歌艺术 / 赵沛霖著. -- 天津 ：天津社会科学院出版社，2019.9

（天津社会科学院建院四十周年精品文库 / 靳方华主编）

ISBN 978-7-5563-0576-6

Ⅰ. ①兴… Ⅱ. ①赵… Ⅲ. ①诗歌研究—中国 Ⅳ. ①I207.22

中国版本图书馆 CIP 数据核字(2019)第 208075 号

兴的源起：历史积淀与诗歌艺术
XING DE YUANQI:LISHI JIDIAN YU SHIGE YISHU

出版发行：天津社会科学院出版社
出 版 人：张博
地　　址：天津市南开区迎水道 7 号
邮　　编：300191
电话/传真：（022）23360165（总编室）
（022）23075303（发行科）
网　　址：www.tass-tj.org.cn
印　　刷：天津午阳印刷股份有限公司

开　　本：880×1230　毫米　　1/32
印　　张：8.5
字　　数：200 千字
版　　次：2019 年 9 月第 1 版　　2019 年 9 月第 1 次印刷
定　　价：78.00 元

总　序

《天津社会科学院建院四十周年精品文库》收录了天津社会科学院建院以来的部分精品学术著作和研究成果，即将陆续付梓。该文库的出版是天津社会科学院建院40年来优秀科研成果的集中展示，是对40年来不懈奋斗的领导和学者们的诚挚敬意，也是对当今接续奋斗的社科院人的热忱激励。作为天津市规模最大、门类最全的哲学社会科学专业研究机构，40年来，天津社会科学院在众多学科涌现了杨柳桥、吕万和、卞慧新、黎干、孙振、王昌定、王辉、温克勤、罗澍伟、潘允康、周路、包永江、荣长海、张景荣等一大批国内外知名的专家学者，在哲学伦理学、法学理论、历史文化、经济社会等诸多领域贡献了一大批思想深邃、引领学界的研究成果，为繁荣发展中国哲学社会科学做出了突出贡献。借撰写文库序言的机会，谈几点感受。

我们正处在繁荣发展哲学社会科学的新时代。习近平总书记指出，当代中国正经历着我国历史上最为广泛而深刻的社会变革，也正在进行着人类历史上最为宏大而独特的实践创新。这种前无古人的伟大实践，必将给理论创造、学术繁荣提供强大动力和广阔空间。这是一个需要理论而且一定能够产生理论的时代，这是一个需要思想而且一定能够产生思想的时代。改革开放以来，中国共产党团结带领全国各族人民开辟了中国特色社会主义道路,在理论、制度和文化上,形成一系列创新的思想理论、发展理念和实践方略,为人类文明做出了突出贡献。天津社会科学院的发展伴随着改革开放的历史进程,从建院以来的初创奠基、探索前进、改革发展到如今的创新竞进,从站上新起点到迈入新时代,40 年风雨同舟,40 年披荆斩棘,40 年砥砺奋进,全体社会科学工作者用忠诚、担当绘就了一幅气势恢宏的历史画卷,谱写了一曲不问浮华的奋斗赞歌。新时代,新召唤,哲学社会科学正面临着空前丰富的素材与题材、空前复杂的命题与试题、空前广阔的机遇与空间,时代是出卷人,我们是答卷人,人民是阅卷人,在这个繁荣发展哲学社会科学的新时代,只有坚持以习近平新时代中国特色社会主义思想为指导,聆听新时代的声音,立足新时代的特点,回应新时代的呼唤,认真研究解决重大而紧迫的问题,才能真正把握住历史脉络、找到发展规律,推动理论创新,推进咨政建言,提升服务社会的品质。

新时代的哲学社会科学必须毫不动摇地坚持以马克思主义为指导。当今世界,各种思想观念、思维方式、意识形态的交流和碰撞越来越频繁、越来越激烈,给意识形态带来许多新问题、新挑战。以什么样的世界观、方法论来审视世界、引领未来,是哲学社会科学的根源问题。马克思主义是科学的思想体系,是人类思想史上最重要的成果,它揭示了人类社会发展的本质和规律,是科学的世界观和方法论,是我们认识世界、改造世界的强大思想武器。我国革命、建设和改革实践反复证明:中国特色社会主义需要马克思主义,坚持以发展着的马克思主义为指导,是我们事业沿着正确方向胜利前进的根本保证。当今中国,坚持马克思主义就是要不断深入学习贯彻习近平新时代中国特色社会主义思想。建设具有中国特色、中国风格、中国气派的哲学社会科学,必须坚持马克思主义指导地位，运用马克思主义观察时代、解读时代、引领时代，真正搞懂面临的时代课题。坚持马克思主义指导地位，需要不断推进实践基础上的理论创新，及时回答时代之问、人民之问，不断开辟马克思主义发展新境界；需要我们用马克思主义的思想武器，提升文化“软实力”和社会主义核心价值观体系建设，用强大的思想武器构筑意识形态领域的钢铁长城；需要我们加强主流意识形态的吸引力、凝聚力，提高主流意识形态的控制力和引导力，同新自由主义、历史虚无主义等各类不良社会思潮和意识形态领域的敌对势力做斗争。

哲学社会科学研究应该“以人民为中心”。与时代同步伐，与人民共命运，关注和回答人民需要的问题，是社会科学工作的生机与活力所在。“大学之道，在明明德，在亲民，在止于至善。”中国特色社会主义的成功经验蕴含着人民群众丰富实践创造的宝贵经验，为理论工作者的学术创新提供了丰厚土壤和研究样本。以人民为中心，需要我们“引时代明德、为人民立言”，牢固树立为人民做学问的思想，切实承担起以文化人、以文育人、以文培元的重要使命；需要我们认真汲取优秀历史文化中的合理元素，挖掘阐释其中符合时代精神、具有普遍意义的思想精华，为振兴中国学术尽心尽力；需要我们坚持理论与实践相结合，坚持问题导向，善于从实践中提炼经验做法，善于运用哲学观点和社会理论，回答和解决当前面临的矛盾和问题；需要我们唱响主旋律，凝聚正能量，不断巩固人民群众团结奋斗的共同思想基础；需要我们坚持从国家和区域发展的实际出发，聚焦高质量发展要求，努力在中华民族伟大复兴和“五个现代化天津”建设中，服务大局，展现作为；需要我们坚持平实务实，聚焦人民群众所思所想所盼，用通俗易懂的语言，有针对性地解疑释惑，积极回应群众关切，推进马克思主义思想大众化，始终贯彻理论创新“来自人民、为了人民、贴近人民”的鲜明品格。

哲学社会科学研究要强调精品意识。对社会科学研究成果而言，质量就是生命。大学之大，不在大楼，而在大师；大家之大，不在派头，而在作品。锻造学术精品，需要我们以扎根本土、深植时代为基础，在观念和手段结合上、内容和形式融合上进行深度创新，提高作品的思想高度、文化内涵、学术价值。当前，哲学社会科学研究的重要任务是立足中国特色社会主义伟大实践，提出具有自主性、独创性的理论观点，构建中国特色学科体系、学术体系、话语体系，这是产生学术精品的源泉和保障。社科工作者应该围绕“三个体系”建设，深入生活、扎根人民，树立正确的历史观与文化观，拿出真正经得起考验的精品佳作，凭本事说话，靠品质取胜。社会科学研究是一项苦差事，需要勤于思考、甘于清贫、淡泊名利，不畏浮云遮望眼，专心致志地锻造精品。如果不把心思和精力放在创作精品上，只想着追名逐利、走捷径、搞速成，成不了大师、成不了大家。以精品奉献人民，需要耐得住寂寞，经得起诱惑，守得住底线，立志做大学问，做真学问，同浮躁之风、弄虚作假、学术不端划清界限，在学术积累上下功夫，在守正创新上下功夫，不断增强学术积累和创新能力，拿出更多高质量、高水平的科研成果。

藉此为序。向被收入文库的作者和作品致敬！向接续奋斗40年的天津社会科学院人致敬！向为文库的出版付出辛勤努力的同志们致谢！也衷心希望更多的专家学者立时代潮头、通古今变化、发思想先声、引时代明德、为人民立言，不断涌现出更多的精品佳作、名家大师，不断推进全国一流社科院建设迈上新台阶。

靳方华

2019年3月17日

目　录

绪　论

迄今为止，学者们对比兴已经做了大量的研究并取得了很大成绩，归纳起来，这些研究的视角不出以下几种：诗歌艺术方法、诗歌艺术形象的构成、形象思维和修辞手法等，而从发生学的视角研究兴的起源却始终无人问津，这个学术空白的长期存在，或许是以孤立静止的观点观察兴的结果。有鉴于此，本书试图从发展的观点，将兴的发展作为一个具体的历史发展过程，从它起源的那个时代的各种意识形态之间的“边缘”角度予以考察，以揭示那属于艺术审美和形式范畴的兴在起源时的特殊本质、具体过程以及它的产生给诗歌艺术发展带来的根本变化。

比兴，特别是兴对于我国诗歌艺术的发展具有极为重要的意义。作为反映社会生活的一种特殊方式，诗歌有其固有的本质特征。除了音韵、节奏等形式要素之外，诗歌还特别要求把主观思想感情客观化、物象化，使主观思想感情与想象、理解相融合，从而塑造出主客观统一、物我相谐、情景相生的诗歌艺术形象。兴正是在诗歌艺术的内在规律上体现了我国诗歌艺术的本质要求，集中了我国诗歌艺术的重要美学特征。但是，作为诗歌艺术反映现实的手段，作为诗歌形象化的艺术概括方法的兴（与比、赋结合使用）却不是与诗歌与生俱来的。兴的形式和方法既不是超现实的先验性结构，也不是人类理智随意制造出来的结果。列宁指出，科学方法不是人的用具，而是自然界和人的规律性的表现。同样，兴的形式和方法也是如此。它是诗歌艺术自身规律发展的必然，是人们在长期的艺术实践中对于这一规律认识不断深化的结果。所以，诗歌的历史长于兴的历史，兴是诗歌历史到一定发展阶段的产物。显然，这个阶段是属于诗歌历史的早期发展阶段。兴产生之前，诗歌已经经历了一定的发展过程。那个时期的诗歌形态极其简单："最原始的歌唱中的歌词常常是同一呼声或同一言辞的重复。"①"最低级文明的抒情诗，是以音乐的性质为主，而诗的意义不过是次要的东西而已。"②诗歌脱离这种简单的原始状态，成为真正的艺术，经历了漫长的历史发展过程。严格说来，这个过程是从兴产生以后才正式开始的。兴出现以后，客观物象与主观感情被集于一首诗中，欲言情而先及物，从而改变了那种同一言辞无限重复的简单的抒情方式。诗歌就这样走上了把主观思想感情客观化、物象化的物我统一、情景结合的道路，并逐渐形成了含蓄隽永的品格，具备了诗歌艺术所特有的审美特征——诗味。兴的产生给诗歌艺术带来了重大的质的变化，对它的发展产生了深刻的影响。可以说，兴的产生是我国诗歌艺术史上一次意义重大的飞跃。

"兴者，先言他物以引起所咏之词也。"(朱熹《诗集传》)既是要咏其"所咏之词"，为什么不去直言，却偏要绕弯子来"先言他物"呢？对于这个问题，我们一般是从诗歌的艺术特征和艺术方法去理解。用"他物"起兴，或作为开头称韵，或作为环境景物，或用以"托事于物"，或用以

---

① [苏]柯斯文：《原始文化史纲》，人民文学出版社 1955 年版，第 191 页。

② [德]格罗塞：《艺术的起源》，商务印书馆 1937 年版，第 226 页。

"体物写志",它们在诗中所起的作用都是审美的、艺术的,从而使诗歌更富于美学意义,更加符合诗歌艺术的本质要求。这样理解兴当然是完全正确的。事实上,在古今的大量诗歌中,以"他物"起兴本是司空见惯的事情,丝毫也不值得奇怪。但是从发生学的观点来看这种现象的起源,那就完全不同了。在初民"聚生群处"不得不食"果蓏蚌蛤,腥臊恶臭"的远古时代,在文明水平发展极低的社会条件下,无论从审美对象还是从审美主体的实际发展来看,人们绝不会也不可能去追求和欣赏那种形象和形式的美。民族学的材料证明,原始氏族成员的构图和结构能力还处于萌芽阶段,没有充分发展起来。在一幅图画里把不同事物的关系表现清楚,对他们来说是很困难的。同样,把作为客观物象的"他物"与主观情怀即"所咏之词"放在一首诗中,那也是很难想象的。既然如此,为什么还要用"他物"来开头呢?我们研究兴的起源实质上就是研究那富于审美意义的"他物"的起源。如果我们把美看成是历史发展过程的话,那么,我们要研究的正是这具有审美意义的"他物"前身的历史性质:那富于审美意义的"他物"的前身是什么?它与"所咏之词"是什么关系?它的性质怎样?

如前所说,诗歌艺术要求把主观思想感情客观化、物象化,同时与想象和理解相融合来塑造诗歌艺术形象,所以研究那具有审美意义的"他物"的起源,正是揭示主观思想感情客观化、物象化以形成诗歌艺术形象的历史发展过程,这是理解诗歌艺术本质的十分重要的问题。事实上,在人们的审美意识发展到一定的阶段之前,人们根本不会把"他物"作为审美对象在诗中咏唱,所以原始诗歌一无例外地都没有什么景物(即外物)描写。这是因为"自然界起初是作为一种完全异己的、有无限威力的和不可制服的力量与人们对立的,人们同它的关系完全像动物同它的关系一样，人们就像牲畜一样服从它的权力，因而，这是对自然界的一种纯粹动物式的意识（自然宗教）。”[①]这时，人们还不能把自己与客观世界分别开来而达到自我意识，“没有什么事物是为他而存在的”，[②]因而也就谈不上对外物采取审美观照态度，当然更不可能把所谓美的“他物”援引入诗。由这样的蒙昧状态发展到把客观世界作为“关照的对象”，并把它作为“他物”援引入诗，显然是一个长期的历史发展过程。事实上，这个过程与美和美感的起源和发展密切相关，所以，作为诗歌艺术史重要一章的兴的起源的问题，同时也是美学和美学史研究的新课题。

既然人们把客观物象作为“他物”援引入诗最初不是出于审美动机，那么是不是出于实用动机呢？有人持这种观点。他们认为兴起源于劳动，并以劳动歌的即兴部分和固定部分来分别解释“他物”与“所咏之词”。诚然，劳动对于兴的发展产生过一定影响，但不能因此便认为兴起源于劳动；还有，如果以劳动实践是人类一切精神文明和文化成果的基础和前提，来肯定兴是它的直接产物，当然也失之于简单化，而无益于我们课题的研究。兴起源于劳动说不能成立，这一点暂且不必从理论上去论证，只要看一看以下事实就清楚了：《诗经》中以鸟类为“他物”起兴的诗，其“所咏之词”有部分为怀念祖先和父母；以鱼类为“他物”起兴的诗，其“所咏之词”多为爱情和婚媾。如果说兴在起源上只是就劳动之所见随意援物入诗，而没有其他内在的原因，那么，这种广泛的一致性又如何解释呢？

① 《马克思恩格斯选集》第一卷，人民出版社 1972 年版，第 35 页。

② ［德］黑格尔：《美学》第二卷，商务印书馆 1979 年版，第 22 页。

事实上，人们最初以“他物”起兴，既不是出于审美动机，也不是出于实用动机，而是出于一种深刻的宗教原因。不过这种宗教不是阶级社会的人为宗教，而是产生于原始社会一定发展阶段的原始宗教。原始宗教往往作为生产劳动的必要补充，具有一定的生存斗争的意义，因而使它与实用动机和审美动机的萌芽之间具有某些复杂的联系。所以，从总的根源上看，兴的起源植根于原始宗教生活的土壤中，它的产生以对客观世界的神化为基础和前提。它经历了个别的具体的原始兴象和作为一般的规范化的艺术形式的兴这样两个发展阶段。所谓原始兴象是被神化了的因而具有一定观念内涵的物象被援引入诗的结果，它完全以其宗教性质和意义为本质；从心理过程来看，则是神秘的观念内容与物象之间的一种联想。而作为一般的规范化的艺术形式的兴则是在众多的原始兴象的基础上产生的，是这些原始兴象由于历史的发展而丧失了其原有的观念内容而逐渐演化成的抽象的形式（即以“他物”来引起“所咏之词”）。黑格尔指出，“只有艺术才是最早的对宗教观念的形象翻译”，[①]在一定意义上可以认为兴也是这种“形象翻译”的一种特殊方式。本书将通过多种具体的原始兴象的产生来证明兴起源的宗教根源。这必然会在相当广泛和深刻的程度上涉及诗歌艺术和审美观念的发展与原始宗教的关系，从而使宗教在诗歌艺术和审美观念早期发展中的地位和作用，以及这种作用的性质和意义，从我国诗歌艺术发展的具体过程得到直接的具体阐释。

在上古诗歌创作中，用以起兴的物象多种多样，不拘一格。“凡禽鱼草木人物名数万象之中，义类同者，尽入比兴。”（唐皎然《诗式》）举诸

① ［德］黑格尔：《美学》第二卷，商务印书馆1979年版，第24页。

日月、山河、草木、鸟兽以及柴薪、车舟、服饰、器物等无不可取以为兴。这众多的物象，对于兴起源的研究来说，其意义并不相同：有的兴象仍保留着某些原始形态和特征，它们可以说是“第一代”的兴象，兴起源的宗教痕迹在它们身上仍隐约可见，这对于本课题研究来说十分重要。另有一些兴象则不然，它们是后起的，非原始的。它们被用以起兴，是运用已经成熟的比兴方法去进行诗歌创作——无论是自觉的创作还是非自觉的创作——的结果。这样的兴象不具有起源的性质和意义。我们研究兴的起源，当然只能根据前者，而不应当根据后者。用以充当原始兴象的物象都是基元物象，如某些动物、植物和那些具有神话意义的物象。

“三百篇”和逸诗中的原始兴象主要有以下几种：[①]

1. 以鸟兽为“他物”起兴，如《诗经·邶风·燕燕》《诗经·卫风·有狐》等。

2. 以草木为“他物”起兴，如《诗经·唐风·杕杜》《诗经·郑风·野有蔓草》等。

3. 以鱼类为“他物”起兴，如《诗经·齐风·敝笱》《诗经·陈风·衡门》等。

4. 以虚拟动物（也叫神话动物）为“他物”起兴，如《诗经·周南·麟之趾》《诗经·大雅·卷阿》（后 4 章）等。虚拟动物是初民在宗教观念支配下想象中的产物，实际并不存在，如龙、凤、麟等。这类兴象与以普通鸟兽起兴的那一类，在性质上各不相同，自应另列一类。

---

① 这里说的原始兴象即指具有原始兴象性质和特征的兴象，而不意味着它们一定产生于原始社会。

根据现存诗歌中的原始兴象的情况，我们研究兴的起源。可以分成这样四个方面：

1. 鸟类兴象的起源；

2. 鱼类兴象的起源；

3. 树木兴象的起源；

4. 虚拟动物兴象的起源。

以上四类兴象虽然有着共同的宗教根源，但是在起源的具体内容和途径上彼此又有不同。我们将在第一章中分别考察这 4 个论题。然后，在此基础上论证兴的一般的规范化的形式如何由这些原始兴象演化和积淀而来，并进而论证兴的本质、性质、兴起源的时间和意义以及其他有关问题。

有人认为原始宗教在诗歌艺术的早期发展中起了极为重要的作用，似乎违背了社会存在决定社会意识的历史唯物论基本原理，实际不然："那些表明艺术往往是在宗教强烈影响下发展起来的事实，一点也不能破坏唯物史观的正确性"，因为"如果原始宗教具有社会发展因素的意义，那么这种意义完全植根在经济之中"①。兴起源于宗教观念和宗教意识的认识不过是这个原理的具体化而已。

宗教对诗歌艺术早期发展的影响本是非常明显的。诗歌艺术的成熟，意外地给我们的研究带来了困难：由于文明的发展和政治经济的影响，使兴与产生它的时代和社会背景的联系以及这种联系的原始性质，变得越来越模糊不清，以致我们提到兴，提到诗歌艺术，反而觉得与宗教风马牛不相及。

① ［俄］普列汉诺夫：《论艺术》，生活·读书·新知三联书店 1964 年版，第 105 页。

在各种艺术中，诗歌艺术的起源及其初期形态的研究比起其他艺术门类如绘画、雕塑等的研究，其进展程度更为缓慢，重要原因之一就是材料缺乏。原始诗歌靠口耳相传，大都散轶无踪，无从追索，以致艺术史工作者不得不去考察“社会的化石”即现代残存的原始部族的诗歌去以今证古，进行类比。这些活的材料对于诗歌艺术起源和早期诗歌的研究具有充分的意义和价值。但是，类比终究是类比，“社会的化石”与我们的研究对象毕竟是隔着一层。在这种情况下，如果我们客观地揭示兴起源的真实过程以及宗教在这个过程中的作用和意义，那么，我们总算用现存文献中最为接近原始形态的资料证明了诗歌艺术早期发展阶段的重要问题。在此基础上还可以窥测初民诗歌面貌的某些侧面和特征。这或许可以成为探索诗歌艺术起源和早期发展的一条比较直接的途径。把这种途径与其他途径（如以今证古的类比等）结合起来，也许会有助于诗歌艺术起源和早期发展的研究向纵深方面发展。

关于宗教在诗歌起源和初期发展阶段中的作用，关于它在美的起源和发展中的作用以及艺术活动与人类审美能力发展之间的关系等艺术理论和艺术史中的重要问题，早就引起了很多艺术理论家、人类学家的注意，并做了大量有益的研究。[①] 他们的研究成果在今天仍有一定的参考价值，同时也存在很多问题，而且他们的认识也并不完全一致。我们研究兴的起源，揭示兴起源的宗教根源，在一定的意义上可以说正是对于上述问题的继续探索。

现代西方有一种研究古代诗歌的帕利—劳德理论，由帕利

① 国外对于这些问题的研究是从近代才正式开始的。19世纪以来从事这方面研究的主要有：黑格尔、爱德华·伯内特·泰勒、哈特兰特、萨洛蒙·赖纳许、格罗塞、贝格尔·弗朗特、古德逊、希尔恩、马林诺夫斯基、冈布里奇、普列汉诺夫以及乔治·汤姆逊等。

(Milman Parry)和劳德(Albert B. Lord)两位学者创立。这种理论认为口头文学的重要特点是大量运用“现成词组”(stock phrase,又称formula)和“现成思路”(type-scene)。“现成词组”指的是一个或数个组织在一起的词汇,在许多诗篇或同一首诗中反复出现,意思基本相同。[①] “现成思路”指的是诗中经常出现的某些景物带来的联想。这些景物是象征性的,歌者借助于习惯和联想,用以引出某种感情。目前,这种理论广泛流行于西方一些国家。美国学者王靖献(C. H. Wang)的《钟鼓》(Bell and Drum)是运用这种理论研究我国《诗经》的一部著作。他认为应当把兴与“现成思路”联系起来研究,指出:兴是借助于习惯,以某个象征性景物引起听众联想和共鸣的手法。他把比兴与“现成思路”联系起来,指出某些兴象与观念的联系,这在比兴研究中可谓别开生面,是很有创造性的。但是“现成思路”所反映的习惯性联想绝不是偶然形成的,揭示这种象征和联想的本质及其根源是一个更为值得探讨的问题。普列汉诺夫认为:“使用象征的确在若干意识形态的历史上起着不小的作用。因此,必须部分地在使用象征中去寻找意识形态的解释。”[②]黑格尔说得更加精辟和深刻:“象征的各种形式都起源于全民族的宗教的世界观。”[③]本书正是为兴的起源寻求“意识形态的解释”,寻求它的社会根源。

在我国自从《周礼·春官》总结“六诗”,提出了“兴”的概念以后,兴的研究历代不乏其人。关于兴的定义多得几乎不可胜数。其中不乏真知灼见,揭示出兴的某些本质特征。但是,由于种种原因,这些研究多

---

① “现成词组”也可译为“口头禅”。

② [俄]普列汉诺夫:《论艺术》,生活·读书·新知三联书店1964年版,第142页。

③ [德]黑格尔:《美学》第二卷,商务印书馆1979年版,第29页。

是从孤立静止的观点出发，而未能把它作为一个历史的过程去考察，因此，也就不可能提出兴的起源问题。近人闻一多、朱自清开始触及这一问题。闻氏在《说鱼》(见《神话与诗》)一文中曾指出：兴与隐语有着渊源关系，它带着伪装和秘密活动，并具有预言的神秘性。朱自清在《诗言志辨》一书中说他研究比兴“只是从毛诗下手，没有追溯到最早的源头；文中解释赋比兴的本义，也只以关切毛诗为主”。朱氏的研究，实际上反映了历史上比兴研究的一般情况，是很有代表性的。但是，朱氏明确地提出了兴的起源的问题，指出兴有其“最早的源头”，这对于兴的认识无疑是大大地深入了一步。可是，他只是提出了起源问题，却没有去“追溯”，这是非常可惜的。中华人民共和国成立以后，比兴的研究有了新的突出的进展，但兴的起源问题却未能引起人们的注意。据笔者所知，到目前为止仅有一篇文章正式论述了这个问题。[①] 不过，这篇文章以论证诗的形式和结构为主旨，而不是从兴的本质立论，也不以揭示兴产生的社会的和历史的根源为目的。这样，作者从形式和结构上论证兴的形成的目的或许达到了，但是，实际上却远远没能解决兴的起源这一重要课题。

此外，中国台湾学者陈世骧在《原兴：兼论中国文学特质》一文中指出：“为了要真正地欣赏诗经元素，我们不妨以原始社会为依据，不必处处拘泥于周代的社会史实。再看，诗中所提到的自然景物和人造器具一定也都沾染着传统意念的色彩，这是原始视界顺理成章转化为诗材的过程……”[②]这里有两点值得注意：1.《诗经》中的某些篇章有着原始

① 张朝珂：《诗经诗的“兴”及其起源》，《文学遗产》增刊第2辑。

② 《中国现代文学批评选集》，中国台湾联经出版事业公司1976年版。

社会的时代背景;2. 有些物象保留有“传统意念的色彩”。将这两点结合起来可以看出,所谓“传统意念”显然是指原始社会的某些观念意识。这样,实际上他像闻一多先生一样,也发现了在兴起源的过程中作为“他物”的某些物象的观念内涵。

以上海内外学者的研究成果对我们的研究课题具有很大的启发。

今天,在我们对于兴已经做了比较充分的研究之后,在艺术起源和美的研究也要求解决这一重要问题的情况下①,兴的起源的问题被提出,绝非偶然。

朱氏“没有追溯到最早的源头”的话,已经过了几十年,这个源头似乎仍没有认真去寻找。本书愿在前人研究成果的基础上尝试着去探寻这个源头。

① 李泽厚同志的《关于中国古代艺术的札记》(《美学》第二期),朱狄同志的《十九世纪以来西方对艺术起源问题的研究》(同上),黄惠焜同志的《祭坛即是文坛》(《思想战线》1981年2期)都从不同的角度提出并肯定了宗教在艺术起源和早期发展阶段中的意义和作用。

第一章　原始兴象与宗教观念

第一节　鸟类兴象的起源与鸟图腾崇拜

以鸟类为“他物”起兴的诗在我国先秦时代的诗歌中尚存很多。首先来看一看这类诗的一般情况：

宛彼鸣鸠，翰飞戾天。我心忧伤，念昔先人。明发不寐，有怀二人。

《诗经·小雅·小宛》

朱熹《诗集传》云：“二人，父母也……彼宛然之小鸟，亦翰飞而至于天矣，则我心之忧伤，岂能不念昔之先人哉？是以明发不寐，而有怀乎父母也。”

再看另一首：

黄鸟黄鸟，无集于谷，无啄我粟。此邦之人，不我肯谷。言旋言归，复我邦族。

《诗经·小雅·黄鸟》

严粲《诗辑》云："民适异国，不得其所，无可告语者……呼黄鸟而告之曰：尔无集于我之谷木，无啄我之粟矣！盖此邦之人不肯以善道待我，我亦不久于此，将旋归复反我之邦族矣！"

以上两首诗写思念宗族故国、祖先父母都以鸟类为"他物"起兴。这种情况并非个别，《诗经》中还有很多诗歌也是如此，如《诗经·邶风·燕燕》《诗经·邶风·凯风》《诗经·唐风·鸨羽》《诗经·小雅·伐木》《诗经·小雅·鸿雁》《诗经·小雅·沔水》《诗经·小雅·小弁》《诗经·小雅·小旻》《诗经·小雅·緜蛮》等也都是以鸟类为"他物"来引起有关怀念祖先和父母的"所咏之词"。这种情况是偶然的巧合还是具有某种原因？如果是后者，那么鸟类与祖先观念之间在起源上仅仅是一种外在形式的联系，还是以某种观念内容为基础？我们研究鸟类兴象的起源不能静止地就外在形式找原因，而应当寻找这种联系的意识形态根源及其社会基础。

作为观念形态的文学艺术（包括诗歌）与其他意识形态诸如哲学、宗教等一样，都是一定的社会生活的反映，其内容和特征都决定于一定的社会物质生活方式。一个时代的各种意识形态尽管在具体内容和形式上各不相同，但它们之间总会有或显或隐的时代本质特征的一致性。这不仅是由于它们都是同一经济基础的产物，而且也是由于这些意识形态之间的相互作用和影响。所以，作为上层建筑的一个组成部分的文学艺术（包括诗歌），绝不是孤立的存在，而是与其他意识形态在观念上有着复杂而密切的联系。这样看来，上述诗歌中鸟类与祖先观念的联系，如果不是偶然的巧合，而是以一定的观念内容为基础，那么，这种联系就必然有其社会生活的根源，因而，它就不仅会反映在诗歌中，而且也会反映在其他意识形态中。

《左传·昭公十七年》云："秋，郯子来朝，公与之宴。昭子问焉，曰：'少皞氏鸟名官，何故也？'郯子曰：'吾祖也，我知之。……我高祖少皞挚之立也，凤鸟适至，故纪于鸟，为鸟师而鸟名……"在古代神话中，少皞氏是东方鸟国之主，所谓"东海之外大壑，少昊之国"（《山海经·大荒东经》）即是。少皞名挚，即鸷鸟之"鸷"。《史记·货殖列传》："趋时，若猛兽挚鸟之发。"挚鸟即鸷鸟，是二字古通之证。可见，作为鸟国首领的挚本身就是鸷鸟（详后），古籍中提到他时总有凤鸟相随。郯子称他为"吾祖""我高祖"不正是鸟类具有祖先意义的生动证明吗？

《淮南子·天文训》云：

东方，木也。其帝太昊，其佐句芒，执规而治春。

《拾遗记·少昊》云：

及皇娥生少昊，号曰穷桑氏……时有五凤，随方之色，集于帝庭，因曰凤鸟氏。

勾芒即玄鸟，凤鸟亦玄鸟。如前所说，太昊乃鸟国之主，同时也是鸟国的祖先。在古代文献中，提到他时总有鸟相随。《礼记·月令》还特别指出：玄鸟为"帝少昊司命之官"。这些都反映着鸟与祖先相联系的观念。

《周易·旋·上九》云："鸟焚其巢。旅人先笑后号咷，丧牛于易。"这段记载，顾颉刚先生根据王国维《殷卜辞中所见先公先王考》一文已将其义作了具体说明。顾氏认为这里说的"易"即有易，"旅人"则是托于有易的王亥。王亥系殷先祖。这里说的正是殷人祖先的一段故事。值得注意的是，这里说到祖先时，前加鸟事。神话传说中王亥的形象是"两手操鸟，方食其头"（《山海经·大荒东经》），与鸟密切相关。这当然也是鸟与祖先具有观念联系的反映。①

又据《琴操·思亲操》:

> 舜耕历山,思慕父母,见鸠与母俱,飞鸣相哺食。益以感思,乃作歌曰:"陟彼历山兮崔嵬,有鸟翔兮高飞。瞻彼鸠兮徘徊,河水洋洋兮清泠,深谷鸟鸣兮嘤嘤。设罝张罥兮,思我父母力耕。日与月兮往如驰,父母远兮,吾将安归?"

传说中的舜是以孝著称的古代圣明之君,他"顺事父及后母与弟,日以笃谨,匪有解"。(《史记·五帝本纪》)他思念父母时,特别提出"鸠与母俱",这是很值得注意的。

看来,鸟与祖先观念之间的联系,不仅是以兴的形式表现在诗中,而且普遍地表现在其他各种意识形态中。这个联系的不同表现形式显然以共同的观念内容为其本质。那么,这种联系是如何产生的呢?

自然界中的鸟本是外在于人的客观存在,是不受精神制约的自然客体,根本不具备任何观念意义和社会属性,它被赋予一定的观念意义显然是出于一种超现实的神秘观念。正如马克思所指出的对于世界的宗教的认识和掌握方式是在一个特定的时代背景下完成的。人类历史上这种虚妄荒诞现象本身却有其现实的原因,并在一定程度上曲折地反映着人们精神生活上的某些本质特征。事实上,鸟与祖先观念的联系的产生,可以一直上溯到图腾崇拜的历史时期。

图腾崇拜是原始宗教的一种重要形式。初民不了解生育为婚媾所致,误认为是某种动物或植物精灵进入妇女体内的结果。于是这种动

---

① 参阅本章第四节有关内容。

物或植物便被奉为这个民族的始祖,整个民族都是它的后代子孙,它作为民族的保护神兼祖先神受到人们的崇拜。在这种宗教形式里,图腾动物与始祖有着相同的意义。我国古代的一些民族中盛行鸟图腾崇拜。商民族和秦民族都以玄鸟为崇拜对象。商民族的始祖契是有娀氏之女简狄吞玄鸟卵而生,他被"赐姓子氏"(《史记·殷本纪》)。殷"姓子氏,祖以玄鸟子生也。"(《白虎通·姓名篇》)秦民族的始祖伯益是颛顼之孙女修吞玄鸟卵而生(《史记·秦本记》)。这两个民族自认为是玄鸟的后代,与玄鸟有一种亲子关系。把玄鸟作为祖先神来崇拜是这两个民族的传统的宗教观念。除了这两个民族之外,我国古代东方还有很多鸟图腾部族:舜族以凤鸟为图腾,丹朱族以鹤为图腾,后羿也以鸟为图腾。这就是古籍中所说的"鸟夷"。据《禹贡·冀州》:"鸟夷皮服"。《汉书·地理志》冀州下此条注云:"此东北之夷……居住海曲,被服容止,皆象(像)鸟也。"又甲骨文有"隹夷",即"淮夷"。"隹"亦鸟类,是当地亦以鸟类为图腾。前面所提到的少昊之国,就是鸟图腾的国度。此国"纪于鸟,为鸟师而鸟名。凤鸟氏,历正也。玄鸟氏,司分者也。伯赵氏,司至者也。青鸟氏,司启者也。丹鸟氏,司闭者也。祝鸠氏,司徒也。雎鸠氏,司马也。鳲鸠氏,司空也。爽鸠氏,司冦也。鹘鸠氏,司事也。五鸠,鸠民者也。五雉,为五工正,利器用,正度量,夷民者也。九扈,为九农正,扈民无淫者也。"(《左传·昭公十七年》)在这个鸟图腾的王国里,其百官皆以鸟命名。以上情况说明,我国古代东方简直就是鸟图腾部族的世界。他们都以各种不同的鸟为图腾,同属于鸟图腾部族。这种情况在其他地方也曾有,是图腾崇拜中常见的现象。"奉同一动物的部落,有依此动物种类之不同,而区分为佛赖德里者,例如狼部落分为灰狼和白狼,水牛部落分为棕色水牛与黑色水牛……在阿玛巴人中把龟部族区分为大龟与不会逃跑之龟。”[①]

在图腾部族的集体表象中，图腾祖先神往往有着超自然的神奇的形象。它往往被想象成为人的祖先与动物祖先混成的神秘物，具有半人半动物的形象。另一方面，图腾部族成员也往往按图腾动物的形貌打扮自己。鸟图腾部族成员“被服容止，皆象鸟也”，也就是把自己按祖先的样子打扮起来。在他们看来，这样就能得到图腾的保护。

这一切说明，在我国古代鸟图腾部族那里，鸟作为“个别自然事物……不是以它们的零散的直接存在的面貌而为人所认识，而是上升为观念。观念的功能就获得一种绝对普遍存在的形式”。[②] 被图腾化了的鸟，就这样由现实的具体的存在变成了超现实的抽象存在和普遍的思想形式，也就是变成了对于整个部族充满了神圣观念意义的神。在鸟图腾部族那里，鸟与祖先观念就这样被神秘地联系在一起。作为祖先神兼保护神的图腾鸟，既是鸟部族的共同的姓，又是它的徽帜；而图腾信仰以及有关的解释同时构成了人们的重要的精神力量和精神象征，因而图腾崇拜在实际上也就成为维护部族团结的重要精神力量。

在论证了鸟类兴象起源的宗教意义之后，让我们来进一步考察它是怎样被引入诗歌的。《吕氏春秋·音初》云：“有娀氏有二佚女，为之九成之台，饮食必以鼓。帝令燕往视之，鸣若谥隘，二女爱而争搏之，覆以玉筐。少选，发而视之，燕遗二卵。北飞，遂不反。二女作歌，一终曰：‘燕燕往飞！’实始作为北音。”这一则关于殷民族始祖诞生的神话，与《史记·殷本纪》所记大致相同。可贵的是它不但保存了“燕燕往飞”

---

① [法]倍松：《图腾主义》，开明书店1932年版，第32页。

② [德]黑格尔：《美学》第2卷，商务印书馆1979年版，第23页。

这一诗歌，而且把有关的情况记得比较具体，从而为我们理解这一诗歌提供了极大的方便。

如前所说，商民族的始祖契为玄鸟所生，玄鸟即燕，是商民族的祖先神，被奉为崇拜对象。“燕燕往飞”所表现的正是对于那遗卵而飞的燕的无限依恋的深情，寄托着对于祖先的深切怀念。据商周时代民俗，春天玄鸟来的时候，人们无不欢欣喜悦。这正是玄鸟崇拜遗风。由此不难推想当玄鸟离去的时候，初民的怀念和惜别心情又该是多么强烈！

尤其值得注意的是“北飞，遂不反”。原来，商民族起源于我国北方，即古代燕地及其以北地区，[①]《荀子·成相》云：“契玄王，生昭明，居于砥石迁于商。十有四世乃有天乙是成汤。”砥石，据《淮南子·坠形训》高诱注：“砥石，山名，在塞外，辽水所出，南入海。”自砥石迁于商，正是自此向南迁。所以商民族的世系、文化和地望均与北方有着极为密切的关系。“北方曰玄天。”（《吕氏春秋·有始览》）“玄”即北方之意。所以玄鸟即北方之鸟；契称玄王（《荀子·成相》），其母住玄丘，并浴于玄丘之水（《史记·三代世表》），又契之高祖曰玄嚣，玄孙曰玄冥。其诗为“北音”之始。总之，北是商民族的祖宗故国，玄鸟图腾的出处。因此，“北飞”正是飞向他们的祖宗故国，飞向祖先神灵之所在。这必然会牵动他们对于图腾神和祖先无限怀念和向往的深情。这是一种亲族之间血肉相关的感情，同时也是商民族所特有的极深的民族观念和宗教观念。

“燕燕往飞”是一首以图腾崇拜为背景的原始诗歌。通过咏唱图腾崇拜对象来表达对于祖先的怀念和向往，是原始诗歌的一个重要内容。

---

① 金景芳：《商文化起源于我国北方说》，《中华文史论丛》第七辑。

不只我国古代如此，其他地区的原始民族也是如此。澳洲袋鼠部族的族人，见到袋鼠时，对于祖先的依恋和怀念之情使他们情不自禁地歌唱："那是我的兄弟""那是我们的肉"，[①]这正是血肉相连之情的反映。澳洲的另一原始民族有这样的歌："哦，喀尔华的鹫鸟啊！"[②]也是歌颂图腾祖先神的。这些诗歌有助于我们认识"燕燕往飞"的性质和内容。

作为"北音"之始的"燕燕往飞"所体现的以歌咏鸟类来寄托怀念和向往祖先之情，是鸟类图腾崇拜的宗教观念和感情在诗中的突出表现。这种情况对于后代产生了深刻的影响，直到《诗经》还有它的痕迹，其中最突出的是《诗经·邶风·燕燕》：

> 燕燕于飞，差池其羽。之子于归，远送于野。瞻望弗及，泣涕如雨。
>
> 燕燕于飞，颉之颃之。之子于归，远于将之。瞻望弗及，伫立以泣。
>
> 燕燕于飞，下上其音。之子于归，远送于南。瞻望弗及，实劳我心。
>
> 仲氏任只，其心塞渊。终温且惠，淑慎其身。先君之思，以勖寡人。

《燕燕》一诗属《邶风》，据王国维《北伯鼎跋》考证："自来说邶国者，虽以为在殷之北，然皆于朝歌左右求之。今则殷之故虚得于洹水，大且、大父、大兄三戈出于易州，则邶之故地自不得不更于其北求之。余谓邶就燕，鄘即鲁也。邶之为燕，可以北伯诸器出土之地证之。"邶即

---

① ［苏］柯斯文：《原始文化史纲》，人民文学出版社1955年版，第171页。

② ［德］格罗塞：《艺术的起源》，商务印书馆1937年版，第248页。

燕”，王说甚是。如前所说，燕地在我国北方，是殷民族的发祥地，其得名正是来自图腾拜崇对象——燕。《燕燕》出于邶，实即出于燕。这祥，从地域上就可以证明此诗兴句“燕燕于飞”与怀念和赞美祖先的“燕燕往飞”的相承关系。实际“燕燕于飞”即“燕燕往飞”。据《毛传》“之子于归”注云：“于，往也。”是于、往同义。《正义》释《燕燕》首二句云：“燕燕往飞之时，必舒张其尾翼。”可以进一步说明“燕燕于飞”与“燕燕往飞”的关系。

又诗中有“下上其音”一语。“下上”为殷人特有的用语，[1]原为下土、上天之合称；此处指空间的下上方位。周人不用“下上”，而用“上下”，[2]所以，从“下上其音”也可以证明此诗系殷后人诗，而不会是周人诗。又《诗经·邶风·雄雉》，“雄雉于飞，下上其音”同属此类。要之，《燕燕》《雄雉》以至整个《邶风》皆为殷后民所作。这样，商民族关于玄鸟图腾的宗教观念和感情，在《邶风》诸诗中有其余绪就是十分自然的事了。

据《诗三家义集疏》：“鲁说曰，卫姑定姜者，卫定公之夫人，公子之母也。公子既娶而死，其妇无子。毕三年之丧，定姜归其妇，自送之，至于野。恩爱哀思，悲以感恸，立而望之，挥泣垂涕。乃赋诗曰……”此诗是卫定姜送其守寡的儿媳归宁之作。“之子于归”，《毛传》云：“归，归宗也。”《正义》进一步阐释：“之子往归于国”是归其祖宗故国之意。此诗结句以“先君之思”相属望，是叮咛儿媳不应忘记先君恩德，永远心存祖宗，以便维系宗族合聚。所以，此诗写为“之子于归”送行，悲伤惜别，字

---

① 陈梦家：《古文字中的商周祭祀》，《燕京学报》第十九期。

② 《大克鼎》：“肆克□于皇天，顼于上下。”《周公毁》：“克奔走上下帝无冬命于有周追孝。”

里行间隐约透露着怀念祖先，系心故国的思想感情。这样的思想内容而以“燕燕于飞”起兴，其意义与原始诗歌“燕燕往飞”所体现的怀念祖先的观念和感情是相一致的。这种一致性无妨看作是鸟类兴象起源的观念意义在诗中所留下的痕迹，反映着它的起源的特殊本质。[1]

周人灭商加速了我国古代各民族之间的相互渗透和融合。本来，周人偏居渭水一隅，灭商以后一举而有天下，他们采取了封邦建国的统治方法，在所建立的新国中，受封的统治者皆为周人以及与周人关系密切的其他族人，而广大的被统治者仍为各地旧民，如邶、卫之殷民，晋地之怀姓等。这样就极大地促进了各民族之间文化、宗教以及风俗习惯的相互交流和吸收。殷人的鸟图腾崇拜的宗教观念以及在此基础上所产生的以咏鸟来寄托怀念祖先之情（如“燕燕往飞”那样）的诗歌方式，被其他民族所吸收和接受，可能就在这个历史时期。特别是由于我国古代鸟图腾部族为数众多，他们与殷人一样，都以鸟为崇拜对象，因而接受这些东西也就比较方便而直接。不过，由于崇拜的鸟的具体种类不同，燕被分别换成其他各种不同的鸟而已。

作为鸟类兴象产生基础的鸟类与祖先相联系的宗教观念，出现于相当久远的图腾崇拜的历史时期。随着历史的发展，在产生这种宗教和有关观念的社会历史原因消失以后，观念本身并没有随着它的消失

---

① 在一般情况下，对于这首诗的兴，我们往往从艺术审美观点出发，从情与景的关系方面来理解：为人送行到野外，于难分难舍的离别之际，辽阔天空有双双飞燕在上下翻飞，当然会更增加其离情别意。情与景的结合使诗歌形象更鲜明具体，意境更耐人寻味，从而增强了诗歌的艺术感染力。这样理解这首诗歌，具有诗歌艺术形象构成和诗歌艺术方法的根据，因而是正确和必要的。但是，我们研究兴的起源，就不应当停留在对于诗歌艺术一般特征的认识上，而应当就诗歌中尚保留的兴起源的某些痕迹，从较为广阔的社会历史背景和意识形态的整体上去寻找它的原因。

而立即消失。作为一种传统的宗教观念不但长期地存在下来，而且对人们的精神生活继续产生着深刻的影响。这种情况直到春秋战国时代才发生了根本的变化。春秋战国时代是我国封建制取代奴隶制的时代。社会制度的变革促进了思想的解放。无神论的思潮在迅速发展，理性主义成为诸子百家的总的倾向。这一切猛烈冲击着自远古流传下来的宗教观念、宗教意识以及有关的心理和习俗。这时鸟与祖先相联系的神秘的传统观念早已失去了其存在的社会基础，在人们头脑中逐渐淡薄。至于这种联系的内在原因，人们早已不甚了了。所以郯子称那本是鸟的化身的少昊为“祖”和“高祖”、舜思念父母时是“鸠与母俱”而未做任何说明，正是对它知其然而不知其所以然的结果。同样，那产生于理性精神崛起，传统的宗教观念逐渐减弱历史条件下的诗歌，它的兴（鸟类兴象）所体现的鸟类与祖先观念之间的联系，正是来源于这种传统的宗教原因。“宛彼鸣鸠，翰飞戾天。我心忧伤，念昔先人。明发不寐，有怀二人。”思念父母而联想到鸟，其观念本质和起源正可以从这里得到解释。不过，以鸟类为“他物”起兴来引起怀念祖先和父母的“所咏之词”，由于历史的发展失去了它本来的观念意义之后，它们之间在形式上的联系却没有因此而消失。这是因为在长期的宗教生活中，鸟类与祖先观念之间的联系由于不断的重复，形成了人们心目中相应的习惯性的联想。所以，即使在人们对于鸟类兴象产生时的观念意义早已茫然无知的情况下，当思念祖先和父母而咏唱时，仍然会不由自主地联想到鸟类，并采用以鸟类为“他物”来引起“所咏之词”的规范化的形式。在句式上，殷民族歌颂图腾祖先的“燕燕往飞”的句式则被广泛采用。我国古代以“××于飞”的诗句起兴的诗歌颇多，不能不说与此有一定的渊源关系。例如“明夷于飞，垂其翼。君子于行，三日不食”。

《周易·明夷·初九》"雄雉于飞,泄泄其羽。我之怀矣,自诒伊阻。"(《诗经·邶风·雄雉》)"仓庚于飞,熠耀其羽。之子于归,皇驳其马。"(《诗经·豳风·东山》)"鸿雁于飞,肃肃其羽。之子于征,劬劳于野。"(《诗经·小雅·鸿雁》)……这些"××于飞"的诗句似皆祖述原始诗歌"燕燕往飞"而来。至于以鸟类为"他物"起兴而不限于"××于飞"句式的,如本文开头所举各诗那就更多了。

所以,以鸟类为"他物"起兴来引起有关怀念祖先和父母的"所咏之词",在起源时并非单纯的抽象形式和外在联系,而具有以一定的宗教观念内容为基础的内在联系。这种联系直接渊源于图腾崇拜的原始宗教生活,是原始宗教生活和宗教观念的产物。关于鸟类图腾崇拜的宗教观念以及与这种观念有关的神话,赋予了图腾崇拜对象——鸟类——以一定的超现实的宗教观念意义,例如父母、祖先等观念意义。鸟类兴象就是这种传统的宗教观念被移植和运用到诗中的结果;从宗教观念自身来看,可以说是它在诗中采取了兴的存在形式。总之,兴起源的本质正在于传统的宗教观念意义与自然物象的统一,它深刻地反映着诗歌艺术与宗教观念和宗教意识之间的内在联系。

应当说明,我们认为鸟类兴象起源于鸟类图腾崇拜,只是就发生的意义而言,绝不意味着古代的鸟类兴象都直接来源于图腾崇拜的宗教观念。因为随着兴的历史发展,当兴起源的宗教观念因素消失殆尽,而变成以审美为其本质的时候,人们就有可能不再从传统的宗教观念出发,同时,也不再受习惯性联想的限制,而从艺术审美的角度,把鸟类兴象广泛地用于各种不同的思想内容——不单单是思念祖先和父母——方面,从而使鸟类兴象在诗中变得复杂和多样化起来。在诗歌发展史上,这种情况越到后来就越为明显。

闻一多先生指出:“三百篇中以鸟起兴者,亦不可胜计,其基本观点,疑亦导源于图腾。歌谣中称鸟者,在歌者之心理,最初本只自视为鸟,非假鸟以为喻也。假鸟为喻,但为一种修辞术;自视为鸟,则图腾意识之残余。历时愈久,图腾意识愈淡,而修辞意味愈浓……”[①]闻氏不但明确指出鸟类兴象的起源与鸟图腾崇拜之间的关系,而且指出图腾意识逐渐减弱、消失与修辞意味不断加强、变浓二者同时并进的复杂过程。这个历史过程充满了文化史的丰富内容,并对未来诗歌艺术与审美的发展产生了巨大的影响,是十分值得去努力探索的。

第二节　鱼类兴象的起源与生殖崇拜[②]

《诗经》中以鱼类为“他物”起兴的诗很多,旧说多不得其确解,原因在于他们不了解鱼在原始人心目中不仅是物质性的自然存在,更有其属于精神领域的特殊观念意义。近人根据民俗学、民族学以及地下考古发现的大量材料,揭示了远古时期在宗教观念支配下人们赋予鱼的特殊观念内容,不仅为正确认识这些诗的本义扫清了障碍,而且为正确

① 闻一多:《诗经通义 · 周南》,见《闻一多全集》,开明书店 1948 年版,第 2 册,第 107 页。

② 闻一多先生《说鱼》(见《神话与诗》一书)一文指出,鱼类兴象是“以‘鱼’来代替‘匹偶’或‘情侣’的隐语”,其根源乃在于鱼的“繁殖功能”。闻氏之说已成不刊之论,但是,由于文章立意和篇幅的限制,特别是由于有些重要的考古学材料当时尚未发现,因此,闻氏对于上述论断未能从发生学的观点加以具体论证。本节即以此为重点,意在为闻说做某些理论上的论证和说明。所以,如果文中有什么新意,那完全是在闻说的基础上取得的。前贤鸿文传世,后生冒昧妄加评说,不揣浅陋,聊附骥尾而已。

认识鱼类兴象的起源奠定了基础。

让我们先来看看以鱼类为“他物”起兴的诗的一般情况。《诗经·齐·敝笱》云：

> 敝笱在梁，其鱼鲂鳏。齐子归止，其从如云。
>
> 敝笱在梁，其鱼鲂鱮。齐子归止，其从如雨。
>
> 敝笱在梁，其鱼唯唯。齐子归止，其从如水。

本诗以鱼为“他物”起兴，讽咏男女之间的私情合欢。“敝笱象征没有节操的女性，唯唯然自由出进的各色鱼类，象征她所接触的众男子……云与水也都是性的象征。”[①]

再看《诗经·陈风·衡门》：

> 衡门之下，可以栖迟。泌之洋洋，可以乐饥。
>
> 岂其食鱼，必河之鲂？岂其取妻，必齐之姜？
>
> 岂其食鱼，必河之鲤？岂其取妻，必宋之子？

此诗“显然是和女友相约，在衡门之下会面，然后同往泌水之上”，去进行那男女的“秘密之事”[②]；是热恋中的情侣在欢会中的相互悦慕之辞。

以上二诗以鱼类为“他物”起兴，其“所咏之词”都与匹偶、爱情和婚姻（指一夫一妻制婚姻，下同）有关。除此之外，《诗经》中的《召南·何彼秾矣》《卫风·竹竿》《邶风·新台》《桧风·匪风》《曹风·候人》等诗皆以鱼或与鱼直接有关的事物起兴，而其“所咏之词”不是爱情的追求

---

① 闻一多：《神话与诗》，古籍出版社 1956 年版，第 120 页。

② 闻一多：《神话与诗》，古籍出版社 1956 年版，第 131—132 页。

与思念，就是情侣的结配与合欢，都与男女之情有关。这种情况在后代诗歌与民歌中也比比皆是，闻一多先生《说鱼》一文举例颇多，兹不赘述。

古代诗歌中这种相当普遍的现象当然不是偶然的。那么，鱼与匹偶、婚媾之间的这种联系在起源上是仅仅具有形式上的意义还是具有一定的观念意义？从诗歌艺术方法来看，“他物”与“所咏之词”之间的这种联系，显然属于形式的范畴。但是，如果从发生学的观点来看这种联系的起源，那么其中有没有内在的原因，即有没有观念意义，就很值得思考了。有人用象征来解释这种联系，但是象征也有它形成的社会和历史的原因。“使用象征的确在若干意识形态的历史上起着不小的作用。因此，必须部分地在使用象征中去寻找意识形态的解释。”[①]研究鱼类兴象的起源就是要揭示鱼与匹偶、婚媾之间联系的意识形态的根源及其实质。事实上，这种联系产生于相当久远的历史时期，由于历史的发展，在产生这种联系的社会历史原因消失之后，其起源的观念意义，便逐渐变得模糊不清了。因此，要认识它的起源，就不能单纯着眼于诗歌艺术本身，而必须从广阔的社会历史背景上，从那个时代的社会物质生活和精神生活的特点出发来进行研究，只有这样，才有可能找出解决问题的线索。

值得注意的是，鱼类被赋予一定的观念意义始于母系氏族公社时期，而那时一夫一妻制和个体家庭都还没有产生。实际上，它们的出现是在母系氏族公社开始解体，向父系氏族公社过渡的历史时期。因为一夫一妻制和个体家庭的出现是以财产私有制为基础，而只有在母系

① [俄]普列汉诺夫：《论艺术》，生活·读书·新知三联书店1964年版，第142页。

氏族公社向父系氏族公社过渡的历史时期才具备这样的社会条件。[①]这说明，鱼类最早被赋予的观念意义不是匹偶和爱情婚姻，而是另有其他事物，《诗经》中一些有关匹偶、爱情、婚姻的诗歌往往以鱼类为“他物”起兴也是后来的事情。因此，要揭示鱼类兴象的起源，就必须找出比匹偶、爱情、婚姻更为古老的观念。这样不断追寻的结果，自然要面对这样一个问题：鱼在原始人的心目中究竟具有怎样的意义？是仅仅具有自然的属性和特点还是具有复杂的观念意义？鱼与人之间仅仅是一般的现实关系还是超现实的神秘关系？

事实上，在原始人的心目中鱼的意义是双重的，它既是自然的，又是观念的。当以它为食物时，它是自然的鱼；而把它当作某种观念意义的寄托时，它就成为一种神秘的崇拜对象了。原始宗教的历史证明，人们吃他的崇拜对象，例如吃图腾动物，是图腾崇拜所允许的。原始宗教对于生存需要的妥协和利用，使它具有某些生存斗争因素和意义，而这正是它不同于阶级社会的一般人为宗教的特征。

人与鱼的这种超现实的神秘关系可以一直上溯到史前时期。产生于母系氏族社会的西安半坡出土陶器上的“人面鱼纹”等绘画，是迄今为止我们所知道的最原始的证据。它以简练的线条勾勒出人面轮廓，两段直线表示两眼，鼻作倒“丁”字形或垂三角形。特别值得注意的是它的耳部各有一条小鱼(即所谓“珥鱼”)，嘴角边也各衔一条小鱼，鱼身周围附有短线或圆点。这种把人与动物合而为一的“人面鱼纹”画显然是以其非现实的图像表现当时人们的某些神秘观念。此外，在半坡出土陶器上的动物图案中，也以鱼形图案数量最多，并可分为两种：一是

① 关于一夫一妻制和个体家庭的出现与财产私有制之间的关系，后文详细阐述。

写实的图案花纹，一是几何图案花纹，而后者是由前者演化来的。很多考古学家都断定“人面鱼纹”和鱼形纹饰并非单纯为了形式上的装饰和“审美”。它在本质上具有复杂的观念内容，对于氏族充满了超现实的神圣含义。①

在原始社会生产力极端落后的条件下，获取生存所必需的食物是十分困难的，因此食物在原始人的生活中占有很重要的地位。“民以食为天”，在那时尤其如此。而鱼类由于它的强大的繁衍能力，数量很多，同时也由于它容易找到——凡有水处即有鱼。在井发明之前，初民为了取水方便只能临湖河而居，所以鱼类很早就成为人们赖以生存的重要食物。对于自然的依赖感，正是献祭这一自然宗教基本行为的基础。人们由依赖鱼而崇拜鱼并进而乞求鱼的保护来达到自己的目的。在初民看来，主客观之间具有一定的神秘的联系，人们的愿望和幻想可以干预和决定事情的成败、收获的丰歉。半坡鱼图多是鱼纹、网纹共生，多有珥鱼、衔鱼，正是乞求鱼的保护，驱鱼入网，获得更多的鱼的愿望的体现。而这种带有某种巫术性质的鱼崇拜则是生产斗争的必要手段和补充。另一方面，出于延续种族的迫切愿望，人们艳羡鱼的强大生殖能力，希望自己的子孙能像鱼一样绵绵不绝。当时受孕生育被认为是神的恩赐，是图腾精灵进入妇女体内的结果。姜嫄履大人迹而有孕，简狄吞玄鸟卵而生子都是这种观念的遗留。与图腾神交合，感天而生子被认为是非常幸运的事，屡感不孕则被认为是灾祸的征兆。崇拜鱼以增殖后代对于鱼图腾部族来说意义尤其突出。既然崇拜对象以善于繁衍

① 对于“人面鱼纹”和鱼形图案的神秘观念意义有多种不同的解释，其中以图腾崇拜一说较为普遍。参看中国科学院考古研究所的报告《西安半坡》，第 217－218 页；石兴邦的《有关马家窑文化的一些问题》（《考古》1962 年 6 期）。

为人注目，那么它的后代子孙大量增殖的愿望当然也就更加迫切和强烈。半坡鱼图中的嘴角衔鱼、耳边挂鱼以及大量的富于变化的鱼纹正体现着人们对于鱼的繁殖能力和生生不已特征的向往。“原始人……认为美术像，不论是画像、雕像或者塑像都与被造型的个体一样是实在的。”[①]在原始人看来，图像是所画对象本身的特征与神秘属性的结合，其神灵和魔力甚至比原物还要大。“图像与被画的和它相象(像)的、被它代替了的存在物一样，也是有生命的，也能赐福或降祸……”[②]在以鱼为崇拜对象的民族那里，人们向神秘鱼图的最大乞求，除了前边说的生产的丰收之外，自然是莫过于后代的繁衍了。像巫术是对于生产斗争的重要补充一样，这种对于繁衍的乞求也是人类自身扩大再生产的重要补充。

鱼以它的丰收与繁衍意义受到初民的神化和崇拜，还可以从中外历史上众多事例得到进一步的证明。

世界各地以鱼为重要食物来源的民族，多以鱼为丰收与繁衍的象征。从新石器时代起，人们便以雕刻的石鱼和烧制的陶鱼作为丰收的象征，在西伯利亚、北高加索和格鲁吉亚等地都曾发现过作为丰收(亦即多子)之神的石鱼。而兼管丰收的水神也多为鱼的化身，例如埃及的尼罗河神哈伯、我国的水神河伯都是如此。我国有些地区直到中古以后还以石鱼的隐现作为能否丰收的征兆。据清姚觐元《涪州石鱼文字所见录》：“涪州大江有石梁，长数十丈，上刻双鱼，一鱼三十六鳞。一衔蓂叶，一衔荷花。或三五年，或十余年一出，出必丰年，名曰石鱼。”又据

① [法]列维一布留尔：《原始思维》，商务印书馆1981年版，第37页。
② [法]列维一布留尔：《原始思维》，商务印书馆1981年版，第41页。

《太平寰宇记》:“开宝四年,黔南上言,大江中石梁上有古刻云,广德元年二月江水退,石鱼见,部民相传丰稔之兆。”由于鱼善于生殖繁衍,不断化育新的生命,因而在神话里它又成为给大地带来生机的生命之神,具有使万物复苏,使人回生的神力。在我国古代神话里,已经死去的颛顼借蛇化鱼的机会,附在鱼身上与鱼结合而复活,变成半人半鱼式的“鱼妇”(《山海经·大荒西经》),十分生动地说明鱼作为生命之神的意义。又《淮南子·坠形篇》云:“后稷垅在建木西,其人死复苏,其半,鱼有其间。”高诱注云:“南方人死复生,或化为鱼,在都广建木间。”据此有人进一步断定鱼是给大地以生命和蓬勃生机的春风之神,并以埃及神话中女神埃西使其丈夫奥赛烈司(月神)死而复生为例证明[①],鱼所以有这样的功能和意义,完全在于它的繁衍新生命的强大能力。

总之,人们崇拜鱼首先在于它是人们生存必需的食物,人们对它由依赖而崇拜;其次在于部族需要增殖,由对于增殖的企望而崇拜。前者关系到自身的生存,后者关系到部族的发展。二者对于原始氏族都是至关重要的。“饮食男女,人之大欲。”“食色,性也。”无论是“食”还是“色”,在以鱼为食物来源的原始氏族中,都紧紧地系结于鱼的强大的生殖能力。鱼被神化并受到崇拜,完全在于它的生殖能力。人们崇拜鱼,以鱼为丰收、繁衍和生命的象征,归根结底是崇拜生殖的表现。

生殖崇拜最早出现于母系氏族社会。那时,女性在社会生产中起着重要作用,在氏族生活中居于支配地位,在氏族成员中享有崇高的威信,其生殖功能也受到人们的崇拜。地下发掘出来的这个时期的妇女偶像,所突出的正是她们的生殖功能。“这些偶像是一些裸体的妇女,

① 丁山:《中国古代宗教与神话考》,龙门联合书局 1961 年版,第 314—317 页。

有着非常发达的大腿和胸部，还有一个向前突出的肚子，这是生殖的象征。”[①]类似这样的偶像在世界不少地方都有发现。随着母权制向父权制的过渡，女性丧失了对于氏族生活的支配地位和权力，氏族生活转而以男性为中心，氏族生活的各个方面都发生了很大变化。生殖崇拜虽然还在继续，但内容却有一定的变化：由对女性生殖的崇拜改变为对男性生殖的崇拜。据考古学研究，属于马家窑文化的柳湾出土的彩陶壶，上面塑有男性裸体像，性器官不成比例地被加大，显得突出而明显。又临夏张家嘴遗址的齐家文化窖穴中发掘出的石且、陶且，就是男性生殖器的造像，其意义更为明显。且即祖，甲骨文作男性生殖器形。这也说明父权制时期盛行着男性生殖器崇拜，并在此基础上发展为祖先崇拜。

原始人之所以创造出突出生殖功能的裸体雕像和石且、陶且，是因为原始人深信人的交媾就能催促种子发芽，禽兽繁殖……“嫩绿的麦苗是从地内长出来的，难道地也当真和人类所熟知的具有生殖功能的妇女一样能怀孕吗？”[②]生殖力量既可促使作物生长，那裸体雕像和石且、陶且对于初民来说当然是十分神圣的。初民神化了生殖功能，并用这种观点来看待和解释宇宙。他们认为草木生长、禽兽繁殖、万物化育都在于生生不已的生殖功能。“地气上齐，天气下降，阴阳相摩，天地相荡，鼓之以雷霆，奋之以风雨，动之以四时，暖之以日月，而百化兴焉……天地䜣合，阴阳相得，煦妪覆育万物，然后草木茂，区萌达，羽翼奋，角觡生，蛰虫昭苏……”(《礼记·乐记》)从这段显然是渗入了后人思想观念的记载中，仍不难看出，初民关于世界本体的两性以及两性交媾化

① [苏]沙利·安什林：《宗教的起源》，生活·读书·新知三联书店 1964 年版，第 92 页。

② [英]柴尔德：《远古文化史》，群联出版社 1954 年版，第 94 页。

育万物的原始宗教思想。在这种宗教思想中，丰收与繁衍都离不开生殖，是它的功能充分发挥的结果。

这种对于生殖力量的崇拜一直延续到阶级社会，直到封建社会人们还以男女交合愉神并乞求降恩，保佑生产顺利，有时甚至以男女交合作为祭神和祈风求雨的必要的仪式。董仲舒《春秋繁露·请雨止雨篇》："四时皆以庚子之日令吏民夫妇皆偶处。凡求雨之大礼，丈夫欲臧，女子欲和而乐神。"又《路史·余论》引董仲舒《请雨法》："令吏妻各往视其夫到起雨而止。"外国也是如此。印度有这样一个传说：一个大神长期不近女性，天为之不雨，干旱成灾。为了求雨，人们以美女引诱大神。大神与美女成婚，立即大雨倾盆，作物终于丰收。所以在印度"男女生殖器是看作最神圣的东西。"[①]印度的著名大神"梵"（Brahmâ）是世界的创造者，神中之王，而他所代表的恰恰是生产和生殖活动。于此可见，生殖崇拜在古代印度的宗教观念中占有多么重要的地位。同样，在斯堪的纳维亚诸国和希腊也是如此，很多神的神圣意义就在于生殖。在这些民族的神话和宗教中，山岳河海等也是这些神交配的结果。在希腊神话中的地神怂恿克罗那斯"把天神的生殖器阉掉，血流到地上，就产生了复仇女神们和巨人们。阉掉的生殖器落到海里，从海沫里就产生出女爱神阿弗洛狄特。"[②]这一切与前边所提到的我国古代对于生生不已的生殖功能的神化在性质上是完全一致的。总之，在原始人看来，生产的丰收、后代的繁衍都是生殖功能的体现，因此生殖崇拜是关系到他们的生存与发展的大事。这正是这种宗教观念及有关活动历

① ［德］黑格尔：《美学》第二卷，商务印书馆 1979 年版，第 49 页。

② ［德］黑格尔：《美学》第二卷，商务印书馆 1979 年版，第 59 页。

久不衰的根本原因。

如果我们把前边所说的对于鱼的崇拜与生殖崇拜加以对比，可以看出它们都以对于丰收与繁衍的期待为核心，都具有一定的生存斗争的意义，因此它们之间具有本质上的内在联系。人们以鱼象征生殖，以鱼为给万物带来生机的生命之神；人与鱼之间笼罩着超现实的神秘色彩，在人们对于鱼的崇拜中凝聚着生殖崇拜的神秘观念。鱼以它的强大生殖力，善于繁衍的特征在原始人的生殖崇拜观念中占有十分重要的地位。

既然鱼的宗教意义在于它所凝聚的生殖崇拜观念，那么为什么后来它又被用以象征匹偶和婚媾呢？它是在什么条件下被赋予这种新的意义的？

如前所说，匹偶和有关的婚姻观念并非是人类与生俱来的，而是一定历史条件下的产物。只有在对偶婚(而且是比较牢固稳定的对偶婚)和一夫一妻制的婚姻形态下它们才可能产生，在此之前，根本不会存在。在人类最早的婚姻形态即乱婚阶段，在原始群内男女两性之间施行的是毫无限制的杂乱的性交关系。在群婚阶段，性交关系被限制在某一氏族的一群男子与另一氏族的一群同辈女子之间。在这两种婚姻形态下，男女两性的结合除了偶然暂时的性的关系之外，没有任何诸如财产、日常生活等方面的联系。那时所生子女由母亲养育，父亲不负责任，人们“只知其母，不知其父”。在这种情况下，匹偶、婚姻关系是不可想象的。我国古代说到某个民族始祖的诞生，不是由物直接出生就是由先妣感物而生，他们都“不知其父”。这类神话正是人们对于一夫一妻制出现之前的乱婚、群婚的朦胧回忆。在对偶婚阶段，特别是从对偶婚向一夫一妻制的发展阶段开始，两性之间逐渐产生了经常在一起生活的比较稳定的配偶关系;随着社会生产力的发展和私有财产的出现,配偶之间开始有了共同的经济生活和财产,同时两性之间彼此开始承担一定的责任。在这种情况下,人们逐渐地从氏族集体中独立出来,并开始建立起个体家庭。这时,只有在这时,女子才逐渐产生了委身于一人的念头,而男子也愿意与她相依为命。匹偶和婚姻关系就这样在社会生活和婚姻形态的重大变化过程中产生了。继匹偶和婚姻关系之后,提亲、订婚以及匹偶结合的仪式和礼俗也相继产生,同时,从这时开始,婚姻逐渐有了喜庆的意义。

社会生活和婚姻形态的发展给图腾生子的神话带来了重要的变化。这时氏族始祖再不是感物而生,他们不但有明确的母系,而且有明确的父系。例如黄帝由附宝感电而生,其父少典;颛顼由女枢感瑶光而生,其父昌意;尧由庆都感龙而生,其父喾;禹由女嬉吞薏苡而生,其父鲧等。都是既知母又知父,彻底摆脱了那种冥冥而生的混沌状态。在这些神话中,图腾精灵虽然还是生殖的不可或缺的神秘助因,但那不过是传统观念的反映。宗教神话毕竟要考虑现实的变化,肯定了有母还要有父才能完成生育天职。这类神话以及民族学的有关材料说明,只有在两性之间建立了牢固稳定的关系以后,人们才开始真正了解生育与交媾的关系。

伴随着个体家庭而出现的匹偶、婚姻在性质上受着个体家庭的制约而有其鲜明的时代特征。作为私有制产物的个体家庭不仅是私有财产的拥有者,而且是社会生产的基本单位。在这个家庭的内部,男性对于女性的奴役有着阶级压迫的性质。由于这些原因,个体家庭具有特殊的社会历史内容。恩格斯指出:一夫一妻制家庭"是建立在丈夫的统治之上的,其明显的目的就是生育确凿无疑的出自一定父亲的子女;而确定出生自一定父亲之所以必要，是因为子女将来要以亲生的继承人的资格继承他们父亲的财产。”[①]恩格斯又说这就是这种婚姻形态的“唯一目的”。这就是说，历史上刚刚出现的匹偶、婚姻和家庭与现代的爱情、家庭不同，其目的仅仅在于生殖，进而继承家庭的私有财产。

由于匹偶、婚姻在其产生之初与生殖有着如此密切的关系，由于在传统的宗教观念中，鱼作为生殖的象征凝集着一定的生殖崇拜的意义，所以，当匹偶、婚姻关系在历史上出现之后，人们便十分自然地将它们与鱼联系起来，并以鱼作为它们的最好的象征。说到匹偶、婚姻而联想到鱼正是想到了它们的生殖的本来意义。反过来，说到鱼而联想到匹偶、婚姻则正是它的传统的宗教意义的推演。当有关的宗教观念淡泊以后，这种联想便纯然地意味着期待匹偶有鱼一样的生殖能力，期待着有像鱼那样众多的子孙的美好婚姻。正是在这种情况下，“把一个人比作鱼，在某一意义上差不多就等于恭维他是最好的人，而在青年男女间，若称其对方为鱼，那就等于说‘你是我最理想的配偶’”。[②]

综上所述，可以看出在“他物”（鱼）与“所咏之词”（匹偶、婚姻）之间的兴的联系形式，其起源过程涵容着十分具体充实的观念内容，而不属于形式范畴。待到这种以一定的观念内容为本质的联系形式得到巩固，久而久之，形成了人们的习惯性联想以后，即使其观念内容随着历史的发展而逐渐为人们完全忘却，仅仅是出于习惯性联想，人们提到匹偶、婚姻仍然要想到鱼。在诗中以鱼为“他物”来引起有关爱情、婚姻的“所咏之词”，并以它作为对于美好婚姻和后代昌盛的期待与祝愿，正是

① 《马克思恩格斯选集》第一卷，人民出版社 1972 年版，第 57 页。

② 闻一多：《说鱼》，《神话与诗》，古籍出版社 1956 年版，第 135 页。

它的一种具体表现。只是随着时代的发展和文明程度的提高，婚媾的生殖、繁衍的目的越来越淡泊，以鱼为“他物”起兴的那种隐喻意义随之也越来越减弱，而喜庆欢乐的意义则越来越增强罢了。

朱自清先生深刻地指出：“这个古老的隐语，用到后世，本意渐渐模糊，而变成近似空套的话头。”[①]至此，可以说以鱼为“他物”起兴完全失去了它原有的观念内容，而成为一种单纯的形式。就这样，宗教观念内容终于完成了向艺术形式的“积淀”和转化，而成为独立的形式。形式一旦取得独立，便撇开了观念内容的制约，而按其自身的规律前进，为艺术和艺术形式的发展开辟新的篇章。

第三节　树木兴象的起源与社树崇拜

人类文化史已经证明，农耕出现之前，一般说来，人类艺术只描绘动物而不描绘植物。“事实上，从动物装饰到植物装饰的过渡，是文化史上最大的进步——从狩猎生活到农业生活的过渡——的象征。”[②]这个著名论断概括了人类艺术发展的重要事实，无疑是完全正确的。但是，在人类进入了以植物为艺术描绘对象的时代以后，人们最初描绘植物时绝不像后来的人们对于一个新的艺术题材那样简单。比如在诗歌中最初以兴的形式咏唱树木——这是艺术中表现树木的最早的方式之一——就是如此。原来，人们最初以树木为“他物”起兴主要并不是出

① 转引自闻一多《说鱼》，见《神话与诗》，古籍出版社 1956 年版，第 136 页。
② [德]格罗塞：《艺术的起源》，商务印书馆 1937 年版，第 149 页。

于单纯的艺术审美的需要，而有其更为复杂的原因。我们研究树木兴象的起源就是要寻找这个原因及其社会历史根源。

就现存的最古老的诗歌来看，以树木为“他物”起兴的诗，其“所咏之词”多是有关宗族乡里之思和福禄国祚观念的。前者如《诗经》中的《唐风·有杕之杜》《唐风·杕杜》；后者如《周南·樛木》《小雅·南山有台》。“他物”与“所咏之词”之间联系的这种广泛的一致性绝非偶然[①]，同时它们之间的联系在起源时也不像后来那样只是一种外在形式的联系，而以复杂的观念内容为本质。这个观念内容直接渊源于原始社会的土地崇拜和有关祭社的宗教活动。

祭社是我国古代一种特殊形式的宗教活动。社之含义有二：一为土神、一为祭土神之所。社与稷连用代指国家，为王者所专祭是进入阶级社会以后的事。但是，社的产生却早于此，它的宗教意义是在它的长期发展过程中逐渐形成的。

《礼记·郊特牲》云：“社祭土而主阴气……社所以神地之道也。”“神地之道”的土神是原始社会土地崇拜的表现，是人类历史进入农耕时代以后的一种宗教形式。在农耕时代，土地成为重要的生产资料，人们食物的主要来源。由于这种迫切的经济上的原因，人们认识到土地对于他们生存的重要：“地能生养至极”，“万物资地而生”（《周易·坤·正义》），因而越发产生了对土地的依赖感，由依赖而崇拜，而神化，社神由此而创造出来。人们对于土地崇拜的虔诚与狂热，可以从隆重的祭地仪式清楚看出。人们经常用血祭土地，《周礼·春官·宗伯》：“以血

① 除了宗族乡里之思和福禄国祚观念之外，还有其他内容，如爱情、婚姻等。本章只就目前能够找到渊源关系的前两种情况考察。

祭祭社稷、五祀、五岳。”所谓血祭就是“以血滴于地，如郁鬯之灌地也……以牲血下降而祭地”。（金鹗《求古录·燔柴瘗埋考》）有时甚至用活人：“自言能治田土，不能治田土者，杀其身以衅其社。”（《管子·揆度》）宗教归根到底是功利的，如果不是与生存息息相关，人们是绝不会付出那样巨大的代价的。

随着原始社会的瓦解和奴隶制社会的出现，原始宗教的性质也发生了相应的变化。例如在本质上是反映着人与自然对立的纯粹的自然神，却变成了反映着阶级对立的统治阶级的人为宗教的尊神了。野蛮的奴隶制的血腥暴力在他们身上笼罩上阴森恐怖的暗影，昔日那种单纯明快的特质一变而为狞厉难犯、冷酷无情了。“一切宗教都不过是支配着人们日常生活的外部力量在人们头脑中的幻想的反映，在这种反映中，人间的力量采取了超人间的力量的形式。在历史的初期，首先是自然力量获得了这样的反映，而在进一步的发展中，在不同的民族那里又经历了极为不同和极为复杂的人格化。……但是除自然力量外，不久社会力量也起了作用，这种力量和自然力量本身一样，对人来说是异己的，最初也是不能解释的，它以同样的表面上的自然必然性支配着人。”[①]这种性质的变化是日月之神、草木之神、风雨之神、山川之神与土地之神所共同经历的历史性变化。但是，在人类历史的这个转折时期，土地之神除了这种一般的共同性的变化之外，它还发生了更加复杂的特殊的变化。这是由于日月、风雨即使是在私有制出现以后，也不能被人据为己有，有关的神祇因而也具有某些“大公无私”的性质。土地则不同，随着社会制度的变化，土地所有制也发生了根本的变化，由原

① 《马克思恩格斯选集》第三卷，人民出版社 1972 年版，第 354—355 页。

始社会的公有制改变为奴隶主阶级的私有制，从而决定了土地之神在实质上失去了原来的“地德”无私的光辉，并开始了它的不同于日月、风雨等神祇的历史命运。从土地私有制出现以后，也就是进入奴隶制社会以后，社神在它的历史发展中逐渐地与有关的宗法制度、政治生活结合起来，从而具有了某些宗法色彩和世俗意义，在一定程度上趋于社会化。与此相应的是，关于它的宗教生活和宗教意义也逐渐变得复杂起来。

我国奴隶制社会的土地制度是奴隶制国家的土地国有制。王是全国最大的奴隶主，同时也是全国土地的最高所有者。他除了直接统治王畿之外，还将其他土地分给贵族奴隶主享用。全国上下大大小小的奴隶主各有自己的土地，只是多寡不同，地域不同。神的王国是人间王国的投影，随着土地制度的变化，土地之神也不得不发生相应的变化。原来那掌管全部土地的社神也不得不把权力分散，神各司其本土。这样，统一的社神分而为不同等级、不同地域的社神。全国上下各等级、各地域都各有其社，人们只能祭自己土地上的社。《初学记》卷十三引《礼记》云：“王为群姓立社曰太社，王自为立社曰王社。诸侯为百姓立社曰国社，诸侯自为立社曰侯社。大夫以下，成群立社曰置社。”置社包括县社和里社。《论语 · 先进》所谓“费有社稷”，就是县社。里社更为普遍，“古者二十五家为里，里各有社”。（《史记 · 孔子世家 · 索隐》）可见上至天子，下至乡里全国各地皆有社。

在全国自上而下的统一的社祭宗教系统的形成过程中，奴隶制的宗法制起了很大的作用。按宗法制，嫡长子为全族之大宗，其余为小宗。族中按大小宗分亲疏定权位，分别享用和继承不同的政治经济权力（其中经济方面主要是土地）。奴隶主统治阶级以此来调节其内部的政治经济关系，进行财产和权力的再分配，以便维持内部的团结。土地和其他财产权利既按大小宗而享用和继承，那么土地之神自然也要有其相应的区别。实际上，社的地域和等级上的差别与全国各等级上的无数的大宗小宗是彼此相一致的。同时，由于我国的宗法制来自氏族社会的血缘关系，以血缘关系为其自然基础，因而从宗法制产生的基础上便决定了它与血缘关系之间的内在联系。在实际的宗教活动中，祭社神时，恰恰是在宗法制的一家一姓、一族一国的范围内进行。因此，祭社活动同时也是血缘宗族活动。宗教活动成为联系宗族关系的一种纽带，尽着宗法制的职责。这样，在社的形式下，宗教活动与血缘关系结合起来，宗教观念与血缘宗族观念以及奴隶制的政治、伦理观念结合起来。宗教维系着宗族的团聚，巩固着政治的稳定。所以，对于统治阶级来说，祭社与他们的福禄、国祚、家运联系在一起，与他们的根本的阶级利益联系在一起。在这里，政治、伦理和道德渗入了宗教，宗教容纳了政治、伦理和道德；宗族关系被宗教化，宗教观念被伦理化和世俗化。而另一方面，在长期的宗教活动中，在按不同地域和等级并与血缘宗族相结合的长期的社祭活动中，在普通人的观念上社与宗族祖先、乡里观念联系起来。应当承认宗教对于人们的潜移默化和某些思想观念的形成起着非常重要的作用。“社稷所以有树何？尊而识之，使民望见即敬之，又所以表功也。”《白虎通·社稷》）尊而师敬之的观念的产生绝不是偶然的，而是长期社祭宗教活动的必然结果。

按古代习惯，祭社之处必植树。《初学记》卷十三引《尚书·无逸》：“大社唯松，东社唯柏，南社唯梓，西社唯栗，北社为槐。”又《论语·八佾》：“哀公问社于宰我，宰我对曰：‘夏后氏以松，殷人以柏，周人以栗，曰，使民战栗’”。又《墨子·明鬼》：“昔者虞夏商周，三代之圣王，其始建国营都……必择木之修茂者，立以为丛社……”社必有树，而且不同社所植树木不同。“各以其野之所宜木，遂以名其社与其野。”（《周礼·地官·司徒》）树木与社既然这样不可分地联系在一起，那么，社的神灵当然也就要附于树上。“及高祖祷丰、枌、榆社。”（《汉书·郊祀志》）颜师古注云：“此树为社神。因立名也。”称树为社神，就说明了这一点。社树作为社的标志，它本身就被视为社。《吕氏春秋·顺民》：“汤乃以身祷于桑林。”《帝王世纪》则云：“汤祷于桑林之社。”所以，“桑林者社也”（《路史·余论六》）社树作为社是具有神灵的，本来原始社会就有木石崇拜，原始人对树木充满了神秘感。待到社的宗教观念出现以后，树演变而为社树，社的性质也便赋予了它。这样，长期的宗教生活所形成的关于社的宗教意义，诸如福禄、国祚、国运以及宗族祖先、故里亲亲等内容，同时也就成了作为社神的社树的宗教意义。

如果我们的推论不错，也就是说，社树确实有上面所说的宗教意义，那么，作为一种传统观念它总会在有关的文献中留下痕迹，让我们来做这样的探寻：

> 社稷在中门之外，外门之内何？尊而亲之与先祖同也。不置中门内何？敬之，示不亵渎也。
>
> 《白虎通·社稷》

> 侮人之鬼者，过社而摇其枝。
>
> 《淮南子·说林训》

因为社稷“与先祖同”，所以摇社树之枝即可侮其鬼。

> 舍西树梓楸定，令子孙顺孝。
>
> 《毛诗陆疏广要·椅桐梓漆》

东家母死，其子哭之不哀。西家子见之，归谓其母曰，社何爱速死？吾必悲哭社。

《淮南子·说山训》

据高诱注："江淮谓母为社。"社即母，正是社即祖先观念的演化。如果联系"伊尹生于空桑"的神话，社树与母的关系就更加清楚。《吕氏春秋·本味》云："其母（指伊尹母——引者）居伊水之上，孕。梦有神告之曰：'臼出水而东走，毋顾。'明日视臼出水，告其邻。东走十里，而顾其邑，尽为水。身因化为空桑。"后来，"有侁氏女子采桑，得婴儿于空桑之中……故命之曰伊尹。"伊尹生于桑，是桑为母；桑又为殷人社树，"汤乃以身祷于桑林"。（《吕氏春秋·顺民》）桑即为殷人社。这样看来，以社为母并非偶然，是有其古老的历史渊源的。

如果社树的宗教意义不含有祖先、宗族、亲亲等内容，上述记载是很难理解的。

以树木为神灵并赋予它祖先意义，不只我国古代如此，古今其他不少民族也是如此。如古代犹太人居住的地方有所谓圣树，人们常常指着它说："你是我的父！"[①]我国苗族地区每一村前也有圣树，其中居住着祖先的灵魂，这些树木支配着人们的命运。

除此之外，社树的宗教意义还有另一方面的内容。

所谓故国者，非谓有乔木之谓也，有世臣之谓也。

《孟子·梁惠王下》

细品孟子语，正是以乔木为故国象征的传统观念为前提，否则孟子

① 薛尔曼：《神之由来》，文化生活出版社1936年版，第32页。

的话便无从谈起。所以，“故国者，非谓有乔木之谓”云云，恰好从反面向我们透露了以乔木为故国象征的传统观念。

发郢都而去闾兮，怊荒忽其焉极？……望长楸而太息兮，涕淫淫其若霰。

《楚辞·九章·哀郢》

“长楸，所谓故国之乔木，令人顾望而不忍去者。”(蒋骥《山带阁注楚辞》卷四)这是在秦国侵略面前，屈原被迫离开祖宗故国，望长楸而抒发其“在途飘泊追思故都者之情”。(王夫之《楚辞通释》卷四)长楸即梓，这是以乔木为故国象征的佳证。

汤既胜夏，欲迁其社，不可，作夏社。

《尚书·汤誓》

(顷襄王二十一年)秦将白起遂拔我郢，烧先王墓夷陵。

《史记·楚世家》

丧国之社屋之，不受天阳也。

《礼记·郊特牲》

社树作为故国的象征，国亡社亦亡。亡国的社树要受到俘虏一般的待遇。敌国交战，往往砍伐树木，“陈侯会楚子伐郑，当陈隧者，井堙木刊，郑人怨之”。(《左传·襄公二十五年》)摧残某国、某地之树木，就是污辱和践踏一个国家和一个地方。社树与故国、乡里的命运是息息相关的。而对于统治阶级来讲，故国的命运就是他们统治的命运，所以社树又是他们统治命运的象征：“君乘火而王其政和平，梓为常生。”

(《礼终·斗威仪》)[①]

从上述记载可以看出,社树的宗教观念还包含有故国、乡里、福禄、国祚的意义。

社树的这种宗教意义同样也可以从民族学的材料得到证明:我国佤族的沧源班洪地区每个村寨附近都有"鬼林"(即"神林"),被称为"龙木依吉",即树木之神的意思。[②] 刚果的土著人崇拜一种树,名为"弥耳仑",当地人常把它栽在家的旁边,似乎把它当作护家的神。沿几内亚海岸几乎每村都有神树……这些树木以其神秘的宗教意义受到人们的崇拜。由于它们被种植在村边和家旁,久而久之便成为村寨和家园的象征。人们见到它们自然会想起家乡,思念家乡时自然会想到它们,这种联想是有其深刻的传统宗教的原因的。

在宗教观念的支配下,树木逐渐被神化,使作为自然存在的树木神圣起来并具有了社会生活内容。从这时起,当社树呈现在人们眼前时,首先就会唤起强烈的宗教感情和有关的宗教意义的联想。在这个过程中,自然物的树早已成为社会化和宗教化的树,成为"人化了的自然"的一种特殊形式,反映着一定历史条件下人们的社会关系和某些社会生活内容,诸如祖先宗族、故国乡里以及福禄、国祚等。正是这种宗教形式下的社会关系和社会内容孕育了树木兴象的本质。所以,所谓树木兴象不是什么别的,而是长期的宗教生活所培植起来的宗教观念和宗教感情,即祖先宗族、故国乡里以及福禄、国祚等内容被移植到诗中的结果,或者说是这些想象的观念内容在诗中升华的结果。

---

① 此书今佚,此据《古今图书集成》550 册。

② 田继周、罗之基:《西盟佤族的自然宗教》,《世界宗教研究》1981 年第 4 期。

这种情况，在《诗经》中还留有明显的痕迹，例如前边提到的《诗经·唐风·杕杜》，其第一章云：

> 在杕之杜，其叶湑湑。独行踽踽，岂无他人？不如我同父。嗟行之人，胡不比焉？人无兄弟，胡不佽焉？（第二章仿此，略）

《杕杜》出于唐风。关于唐风《诗序》云："此晋也，而谓之唐，本其风俗忧深思远，俭而用礼，乃有尧之遗风焉。"这告诉我们唐风与传说中尧的关系。

帝尧古号陶唐氏，据《帝王世纪》："尧始封于唐，今中山唐县是也，后徙晋阳，及为天子，都平阳。"尧的后代一直居平阳，至周初，为成王所灭，而封其弟叔虞于此。这样唐地的统治者由祁姓的尧之后代换成了姬姓周人的后代，而其地之民则仍为旧民，其传统的风俗习惯亦当一仍其旧。所以当吴季札至鲁观乐，听到唐风，感叹地说："思深哉！其有陶唐氏之遗民乎？不然，何忧之远也？非令德之后，谁能若是！"（《左传·襄公二十九年》）。这对于理解唐风是很重要的。

《淮南子·齐俗训》云："有虞氏之礼其社用土……夏后氏其社用松……殷人之礼其社用石……周人之礼其社用栗。"这里的"土"即杜，以杜树为社。土，杜古音同，可通用。《毛诗》："迨天之未阴雨，彻彼桑土。"（《诗经·豳风·鸱鸮》）"土"韩诗作"杜"。又《毛诗》"绵绵瓜瓞，民之初生，自土沮漆。"（《诗经·大雅·绵》）"土"齐诗作"杜"。是亦土、杜通用之证。因此"有虞氏之礼其社用土"即用杜，即以杜树为社。

中古以后，有虞氏专指虞舜，秦汉以前则并不如此，而常以尧舜统属于有虞氏。秦汉古籍一般不言唐，而多以虞夏商周四代连称，其中，虞即指尧舜时代。《国语·郑语》："夫成天地之火功者，其子孙未尝不章，虞夏商周是也”。《商君书·开塞》：“周不法商，夏不法虞，三代异势，而皆可以王。”又《吕氏春秋·审应览》：“今虞夏殷周无存者，皆不知反诸己也。”其例甚伙。则有虞氏其社用杜，不单是指舜，尧之社亦用杜。可见，唐地民间以杜为社树是有历史传统的。唐地既以杜为社树，则唐风中咏杜即是咏其社神，当别有深义寄托。《诗经·唐风·杕杜》所言“有杕之杜，其叶湑湑”不正是如此吗？

诗云：“独行踽踽”“嗟行之人”，明言诗人是远离家乡，流离途中。这就向我们隐约透露了诗人淡淡的乡里之思。“岂无他人”，实际上，“他人”是有的，在离乡背井，处境艰难之际，诗人遭到了“他人”的冷遇。《笺》云：“他人，谓异姓也。”异姓人的冷漠，使诗人益发感到“同父”“同姓”的温暖。“同父，兄弟也。”(《集传》)“同姓，同祖也。”(《毛传》)“同姓”即同祖兄弟。显然，“同父”“同祖”是指自己的宗族亲亲。所以，从感情上看，诗人由流离失所而生乡里故国之思，由“异姓”的冷遇而生宗族同胞之念，其内心的忧伤正是在身处异乡、亲人隔绝、骨肉离散、孤独无依的情况下产生的。于是，在诗人欲咏其内心情思之际，那根深蒂固的传统观念便油然而生，他首先想到(也许他恰好看到)的是故国神树，那象征宗族团聚、乡里之情的神树，杜树便成为他的精神和感情的寄托。诗人对于乡里、宗族的无限怀念统统集聚于社树之中。此时，对于沉浸于这种感情之中的诗人来说，杜树就是一切。于是，那集中并寄托着诗人全部激情的杜树便被脱口而出——他不能不把那一时主宰了他心灵的神圣之树置于诗前，以便用它的特殊的力量笼罩并带起全诗。在他看来，这是一种表达他内心情感的最好的、最有力的方式。

再看《诗经·小雅·小弁》，诗共八章。

此诗《毛传》以为是太子宜臼之傅刺幽王之作，三家诗则以为宣王时名臣尹吉甫之子伯奇针对父虐之作。从诗本身来看，二说皆不足据。其实这是反映父母信谗，弃子被逐的冤怨与痛苦，不必附会子宜臼、伯奇云云。诗歌开始两章呼天抢地，表现对于自己遭遇的沉痛不平。中间四章是写内心的哀怨和忧伤，后两章写无所归依之苦和无可奈何之情。我们重点要说的是第三章：

维桑与梓，必恭敬止。靡瞻匪父，靡依匪母。不属于毛，不罹于里。天之生我，我辰安在？

此章以桑、梓二木起兴。对于桑、梓二木为什么要“必恭敬止”？这是很值得注意的。朱熹云：“言桑、梓父母所植，尚且必加恭敬，况父母至尊至亲，宜莫不瞻依也……”朱熹此说系据毛诗生发而来。还有人认为：“桑、梓人赖其用，亦必恭敬之；以兴父、子相与，岂特如人之视桑、梓而已。”（姚际恒：《诗经通论》）二说解释对于桑梓的恭敬均属牵强。事实上，这里边有着更为隐微的内在原因，那就是传统观念的原因，人们对于桑梓的恭敬，正是出于一种虔诚的宗教感情。

桑、梓二木作为古代有名的社树自古以来就受到人们的恭敬。前面所引“伊尹生于空桑”“汤乃以身祷于桑林”等神话传说已经说明了人与桑的这种关系。以后人们对于桑的神化在继续，“武王胜殷，立成汤之后于宋，以奉桑林”。（《吕氏春秋·慎大篇》）甚至认为“上骈、桑林皆神名”（《淮南子·说林》高诱注），桑林对于一个国家，一个宗族的兴亡息息相关，人们对于它从来就是神化并怀有一定的宗教感情的。诗中，“维桑与梓，必恭敬止”与这种传统的宗教感情是一脉相承的。

细品此章各句，无不充满了对于祖先的无限敬畏和怀念，这是一种强烈的宗族亲缘感情。“靡瞻匪父，靡依匪母”所表现的对于父母的瞻仰和依恋就属于这种性质。诗中突出自己对于家族和父母的忠贞不贰之情，越见出诗人对于自己遭遇的不平。此章“他物”桑、梓所具有的祖先宗族的宗教意义与“所咏之词”所表现的思想感情之间具有观念上的内在联系，诗歌以对于桑、梓神威的崇拜开始，就是要以对于宗族、祖先的忠贞、虔诚作为全章的基础，并以这种感情贯穿于全章。

《诗经·唐风·杕杜》等几篇诗歌的“所咏之词”与社树的想象的观念意义——乡里观念、宗族亲亲观念——暗相契合，恰恰反映了树木兴象起源的宗教本质。应当指出，以上我们就几篇诗歌的宗教痕迹论证了以杜、桑、梓等树为“他物”起兴的宗教根源，仅仅是说这些诗中有某些宗教的影响，而绝不意味着它们完全是宗教性的诗歌。

我国古代用作社树的树木种类很多，绝不止以上三种。仅从前边所引用的古籍所涉及的社树就还有松、柏、栗、槐、楸、枌、榆等。“三百篇”中用以起兴的树木的种类也很多，而且多与社树的种类相一致，这种情况，在一定的意义上反映了树木兴象与宗教生活的内在联系，反映了《诗经》中的某些宗教痕迹。同样，这也不是说，它们都是宗教性的诗歌。这是因为随着历史的发展，树木的审美价值逐渐地从以宗教巫术观念为主导的原始文化的混沌状态中分化和独立出来。美的价值一旦独立，人们就只是为了美而去追求它。也就是说，在树木已成为美学意义上的“人化了的自然”和“观照的对象”的时候，人们就有可能不再从宗教的意义上，而从美的价值上摄取它入诗。与此相应的是，这时所摄取的树木当然也就不限于本国、本地的社树，甚至也不限于非社树不可。这样，我们现在一般所称呼的兴，即真正具有美学价值的兴便开始诞生了。这里应当补充说明的是，在摄取树木入诗所经历的由社树到非社树的过程中，社树的地域和国别界限的变化起了一定的促进作用。

原来立社之初，不同的社（社树）之间具有严格的地域，特别是把社树作为国家政权象征的时候更是如此。例如桑之于商就有这样的性质，从商王朝建立，汤祷于桑林，直到它灭亡还“立成汤之后于宋，以奉桑林”。后来由于各种原因，这种象征意义减弱时，它的国别和地域随之也就变得不那么严格和重要了。社树地域被打破，便于人们自由而广泛地选择各种树木从审美方面加以表现。那融合于原始文化中的审美意识的萌芽，由于宗教意识的削弱而获得了迅速的发展。

第四节　虚拟动物兴象的起源与祥瑞观念

虚拟动物也叫神话动物，如龙、凤、麒麟等，这类动物实际并不存在，是初民在宗教观念支配下想象中的产物。与其他几种原始兴象相比，这种兴象的宗教色彩以及起源时的宗教观念本质表现得最为突出和明显。这对于我们研究兴起源的过程和本质是十分有意义的。

从本质上看，以虚拟动物为“他物”起兴来源于一种特殊的物占——祥瑞，是祥瑞这一神秘的宗教观念在诗中的反映。

让我们通过几首诗来看这种兴象的本质：

1.《懿氏繇》：

凤凰于飞，和鸣锵锵。有妫之后，将育于姜。五世其昌，并于正卿。八世之后，莫之与京。

此诗具有风雅格调，放入“三百篇”，明眼人也难识别。此诗最早出于《左传》。首二句以凤凰起兴，从形式上看，是典型的兴句。

这是懿氏妻为敬仲(即陈公子完)占卜之辞。据《左传·庄公二十二年》云:

> 二十二年春,陈人杀其大子御寇,陈公子完与颛孙奔齐……初,懿氏卜妻敬仲,其妻占之,曰:"吉,是谓'凤凰于飞,和鸣锵锵。有妫之后,将育于姜。五世其昌,并于正卿。八世之后,莫之与京。'"……及陈之初亡也,陈桓子始大于齐。其后亡也,成子得政。

这是春秋史上一段有名的私门吞并公室的史实。陈国贵公子完(敬仲)因内乱逃到齐国,在齐国经营自己的私门势力。陈桓子是公子完的五世孙陈无宇,他善于以小恩小惠笼络民心,这与公室的横征暴敛形成鲜明的对照:"陈氏虽无大德、而有施于民。豆、区、釜、钟之数,其取之公也薄;其施之民也厚。公厚敛焉,陈氏厚施焉,民归之矣。"(《左传·昭公二十六年》)这就是所谓"陈桓子始大于齐",也就是诗中所谓"五世其昌,并于正卿"了。成子即田成子,他是公子完的八世孙。田氏势力至此早已权倾齐国,于鲁哀公十四年(公元前481年)杀齐简公,立平公。齐国大权操纵在他手里。这样,姜氏的齐国变成了陈氏的齐国。从公子完至此恰好八世。诗中"八世之后,莫之与京"即指此事。

田氏代姜的过程,是齐国由奴隶制向封建制的转化过程,是春秋史上重大的政治事件。《左传》的作者在叙述这段史实时,宣扬了神的意志,反映了他的思想的局限性。对此,暂且不论。问题是其中所反映的思想观念:一首叙述田氏兴国历史的诗歌而以虚拟动物开始,这从道理上无法理解,从审美上也很难解释。十分明显,在"他物"("凤凰于飞,和鸣锵锵")与"所咏之词"(陈氏兴国史)之间具有以某种神秘的宗教观念为基础的联系。

2.《诗经·大雅·卷阿》：

凤凰于飞，翙翙其羽，亦集爰止。蔼蔼王多吉士，维君子使，媚于天子。

凤凰于飞，翙翙其羽，亦傅于天。蔼蔼王多吉人，维君子命，媚于庶人。

凤凰鸣矣，于彼高冈。梧桐生矣，于彼朝阳。菶菶萋萋，雝雝喈喈。

君子之车，既庶且多。君子之马，既闲且驰。矢诗不多，维以遂歌。

此诗共十章，此为后四章。

《诗序》云："《卷阿》，召康公戒成王也。言求贤用吉士也。"《集传》略有增饰："疑公从成王游歌于卷阿之上，因王之歌而作此以为戒。"其根据可能是《竹书纪年》所说的"成王三十三年，游于卷阿，召康公从"云云。全诗共十章，主要是劝诫成王兴起善端，修养德性，求贤进德，以祈国势强大，四方为则，福禄寿考永世不衰。其中前六章是"祝劝之辞"，后四章以贤才吉士的汇集"志一时之极盛也。"（姚际恒《诗经通论》）对后四章以凤凰起兴的解释，旧说皆不得其确解："郑氏以'凤凰鸣高冈'喻贤者居高位，则于'梧桐'更无着落，只得以之喻君；且以'朝阳'为温仁之气，亦喻君德。解者至今从之，岂不凿而谬乎！严氏则以为喻太平之时。未见'梧桐'可喻太平也！"（同上）姚氏批判旧说曲解兴义"凿而谬"是很中肯的。此诗主旨关系到国祚兴隆、天下久长，周人统治集团生死存亡的大事。事实上，在本诗的"他物"（凤凰云云）与"所咏之词"（国祚兴隆，天下久长）之间，具有一种难以从道理上解释的神秘联系。

像《懿氏繇》一样，这种联系也以一定的宗教观念为基础，它的根源可以上溯到久远的历史时代。

3.《楚狂接舆歌》：

凤兮凤兮，何德之衰？往者不可谏，来者犹可追。已而，已而！今之从政者殆而！

《论语·微子》

凤兮凤兮，何如德之衰也！来世不可待，往事不可追也。天下有道，圣人成焉；天下无道，圣人生焉。方今之时，仅免刑焉。福轻乎羽，莫之知载；祸重乎地，莫之知避。已乎已乎，临人以德！殆乎殆乎，画地而趋！迷阳迷阳，无伤吾行！吾行郤曲，无伤吾足！

《庄子·人间世》

二诗大同小异。这是楚狂接舆过孔子车前（一说是门前）所唱的歌。据《韩诗外传》二卷二十一章："楚狂接舆躬耕以食……楚王使使者赍金百镒造门，曰：'大王使臣奉金百镒，愿请先生治河南。'接舆笑而不应，使者遂不得辞而去……乃夫负釜甑，妻戴纴器，变易姓字，莫知其所之。"接舆是个远离世事的隐者，在他看来，当时天下无道，德义不行，从政诸公危乎其危，因而劝孔子迷途知返，不要再热衷于仕宦。接舆从什么思想立场来看待世事，以及这种立场的正误，我们暂且勿论。值得注意的是：在说到世风颓微，政治无道等有关天下治乱的大事时，也以凤凰起兴。"他物"与"所咏之词"之间显然具有以一定观念内容为基础的某种联系。此诗《论语》与《庄子》所引略有不同，但主要内容和基本思想却完全一致，并且：诗皆以凤凰起兴，这更可证明"他物"与"所咏之词"之间那种联系并非个别和偶然。

4.《荀子·解蔽》云：

> 昔人君之蔽者，夏桀、殷纣是也。桀蔽于末喜、斯观而不知关龙逢，以惑其心而乱其行；纣蔽于妲己、飞廉而不知微子启，以惑其心而乱其行。故群臣去忠而事私，百姓怨非而不用，贤良退处而隐逃，此其所以丧九牧之地而虚宗庙之国也。桀死于鬲山，纣县于赤旆，身不先知，人又莫之谏，此蔽塞之祸也。成汤监于夏桀，故主其心而慎治之，是以能长用伊尹而身不失道，此其所以代夏王而受九有也。文王监于殷纣，故主其心而慎治之，是以能长用吕望而身不失道，此其所以代殷王而受九牧也。远方莫不致其珍，故目视备色，耳听备声，口食备味，形居备宫，名受备号，生则天下歌，死者四海哭，夫是之谓至盛。《诗》曰："凤凰秋秋，其翼若干，其声若箫，有凤有凰，乐帝之心。"此不蔽之福也。

文中最后所引用的诗句不见于《诗经》，是所谓的逸诗。此诗仅存片段，是否为完整的一章也难断言。"所咏之词"早已不得而知，但是，诗歌以凤凰为"他物"起兴是十分明显的，至于起兴的意义，尚可以根据荀子文章本身来加以推究。

《解蔽》一文主要是阐明人所以不能认识真理，所以会犯错误，主要在于"蔽于一曲而闇大理"，强调必须遵循"虚壹而静"的原则，才可能全面认识客观世界。荀子这篇关于认识论和心理学的论文，反映出荀子强调理性思维在认识中的作用和反对有鬼论的唯物主义倾向，表现了他的进步的思想立场。荀子从这种思想观点出发，总结了人君之蔽、人臣之蔽和宾孟之蔽。这段残诗即出于论述人君之蔽一段。荀子指出夏桀、殷纣蔽于奸佞、女色，"惑其心而乱其行"，以致"丧九牧之地而虚宗庙之国”，成为亡国之君。而成汤、文王吸取了他们亡国的教训，坚定心志，不受邪乱所蔽，而庄敬治国，故能达于盛世。值得注意的是，说到商汤、文王等圣明之君治国有道，国家昌盛强大时，紧接着引用一段凤凰歌舞的诗句。文章的思路明显反映出荀子的这样一种观念：把天下治乱与凤凰联系在一起。可以设想，如果荀子作诗的话，他肯定会把它们按“他物”与“所咏之词”的关系和方式组织起来。

荀子是战国时代著名的思想家和政治家，他指出自然界遵循着不以人的意志为转移的客观规律而发展，提出了人定胜天的光辉思想；他把理性的批判精神贯彻到政治、伦理、道德以至日常生活之中，比较彻底地批驳了天人感应的神秘主义。他以强烈的批判精神和理性思维建立了唯物主义的思想体系，达到了先秦时代唯物主义思想的高峰，他因而也成为先秦时代唯物主义的代表。像荀子这样的唯物主义思想家在他的严肃的哲学论文中绝对不会随意引用诗文，特别是这种具有浓厚宗教神话色彩的诗文。可以想见，他引用这段残诗会基于当时普遍流行的认识，基于某种根深蒂固的传统观念。

春秋战国时代是我国社会生活发生巨大变革的时代，从精神领域来看，则是从原始巫术和宗教的传统观念走向理性精神的时代，因而也是思想解放的时代。时代飞速向前发展，传统观念仍然根深蒂固，仍然强烈地影响着人们的思想意识。这种情况，在荀子这样杰出的唯物主义思想家身上偶尔也会表现出来。谈论盛世明君而不由自主地联想到凤凰起舞，正好说明这一点。

在回答上述诸诗的“他物”与“所咏之词”之间的联系及其所反映的思想观念的本质之前，让我们先来看一看这些诗歌有哪些共同特征：

1. 在上述诗歌中，“所咏之词”的内容都是关于国家安危、天下兴亡等关系到国家和民族命运的大事，而没有一件日常生活小事——起码在诗人的主观认识上是如此。

2. 在上述诗歌中，都以凤凰作为“他物”起兴。凤凰本是我国古代东夷集团的图腾。它的形象，据《说文》：“凤，神鸟也。天老曰：凤之象也，鸿前麟后，蛇颈鱼尾，鹳颡鸳思，龙文虎背，燕颔鸡喙，五色备举，出于东方君子之国。”它是以鸟为主兼有鸟兽特点的综合性的神异动物。原来，我国东方有很多信奉鸟图腾的部族，[①]它们在长期的生活和战争中彼此融合渗透，逐渐地形成了统一的部族，与此同时，它们的图腾也随着相互融合渗透，于是，逐渐地形成了虚拟性的凤的形象。所以，作为东方各部族的共同的祖先神兼保护神，它的出现实际上反映了我国原始社会末期各部族逐渐走向统一的历史进程。此外，我国古代还有其他图腾，如夏之先民以龙为图腾，周之先民以熊为图腾等。在图腾崇拜盛行的时代，不同图腾集团之间的界限很严格，彼此不能相容，甚至常常发生战争。但是，图腾崇拜时代结束以后，即在对于图腾动物的信仰不再具有部族对立的性质，因而它也不再作为部族的族徽和标志，而成为一种来自远古的传统观念的时候，情况就完全不同了。这时，它可以被不同图腾集团的后人所接受，而作为他们的共同的传统信仰。作为东夷集团所崇拜的凤，后来为其他各族如夏人之后代和周人之后代所接受，大体就是如此。更为重要的是，凤图腾部族与龙图腾部族是我国古代力量最大、活动范围最广的两大部族，龙凤图腾的信仰具有深厚而广泛的基础，其影响一直延续和保持下来，虽历虞夏商周而经久不衰，《诗经》亦受其影响。另外，从民族关系来看，如前几节所说，周人代

---

① 参阅第一章第一节《鸟类兴象的起源与鸟图腾崇拜》。

商而有天下，但各地仍为旧民，其传统观念并没有因为统治者的更换而立即改变。所以，原为东方各部族的祖先神兼保护神的凤鸟，作为一种传统观念而为其他各部族普遍接受是一个客观历史事实。如此看来，上述诸诗以凤凰为"他物"起兴，实际上正是以一种祖先神兼保护神的图腾动物为"他物"来引起"所咏之词"的。——这正是这类诗歌的又一个重要特点。

3. 因此，以凤凰为"他物"来引起有关国家安危、天下兴亡的"所咏之词"也就不是单纯外在形式上的联系，而以某种内在的观念联系为本质，属于内容范畴。

以上我们总结了以虚拟动物为"他物"起兴的诗歌的三个重要特点。从现存的古代文献来看，虚拟动物除了以"他物"的形式在兴象中出现之外，还经常在物占中出现。请看以下物占：

1. 少皞挚之立也，凤鸟适至，故纪于鸟。

《左传·昭公十七年》

2. 黄帝将亡，则黄龙坠。

《开元占经龙鱼出蛇占篇》引《春秋合诚图》

3. 舜以太尉即位，与三公临观。黄龙五采，负图出，置舜前。

《河图》，转引自《初学记》卷三十

4. 禹平天下，二龙降之。

《瑞应图》残卷引《括地志》

5. 鸟焚其巢，旅人先笑后号咷，丧牛于易，凶。

《周易·旅·上九》

6. 周之兴也，鸑鷟鸣于岐山；其衰也，杜伯射王于鄗。

《国语·周语上》

7. 飞龙在天，利见大人。

《周易·乾·九五》

8. 有鸟焉，其状如鸡，五采而文，名曰凤皇。首文曰德，翼文曰义，背文曰礼，膺文曰仁，腹文曰信。是鸟也，饮食自然，自歌自舞，见则天下安宁。

《山海经·南山经》

9. 有鸟焉，其状如翟而五采文，名曰鸾鸟，见则天下安宁。

《山海经·西山经》

10. 有兽焉，其状如豚而有牙，其名曰当康，其鸣自叫，见则天下大穰。

《山海经·东山经》

11. 文鳐鱼，状如鲤鱼，鱼身而鸟翼，苍文而白首，赤喙，常行西海，游于东海，以夜飞，其音如鸾鸡，其味酸甘，食之已狂，见则天下大穰。

《山海经·西山经》

12. 鸣蛇，其状如蛇而四翼，其音如磬，见则其邑大旱。

《山海经·中山经》

13. 化蛇，其状如人面而豺声，鸟翼而蛇行，其音如叱呼，见则其邑大水。

《山海经·中山经》

现在可就上述诸例将物占的特点归纳如下：

1. 就内容的构成来看，物占可以分成这样两部分：一是要说的本事；一是作为本事征验或预兆的物象。如例 1 中“少皞挚之立也”是其所述本事，而“凤鸟适至”是其征验；例 5 中“黄帝将亡”是其所述本事，而“黄龙坠”是其征验；例 4 中的“禹平天下”是其所述本事，而“二龙降之”是其征验；例 8 中的“见则天下安宁”是其所述本事，而凤凰是其征验。余可类推，兹不一一列举。在古人看来，征验与本事之间具有神秘的联系，它为神暗中操纵而不为世人所知晓。

2. 以虚拟动物为征验和预兆的本事，如“少皞挚之立也”“禹平天下”“天下大穰”等，其内容都是兴亡、安危、灾穰等有关国家和民族命运的大事。例 7“飞龙在天，利见大人。”也并非日常小事。“五于三才为天位，又为天子位，贵而得中，故曰‘飞龙在天’。大人于此，居极尊之位，履万物之上，响明而治，圣人作而万物睹，故亦曰‘利见大人’。”(《周易尚氏学》卷一)又“利见者，言大人宜于此时出现也。”(同上)可见此例本事为圣君开国之意，而并非日常拜见某人。又例 5“鸟焚其巢，旅人先笑后号咷，丧牛于易，凶。”按此鸟即玄鸟，凤属，其本事也是有关民族命运的大事(详后)。一般说来，以虚拟动物为征验的本事很少为日常生活小事。如《山海经·五藏山经》共记有以虚拟动物为征验或预兆的物占共 55 则，其本事统计如下：天下安宁二，大穰三，大旱十三，大水九，兵九，疫四，大风二，火二，恐三，土功二，繇一，螽蝗一，风雨水一，国败一，放士一，狡客一。① 其中无一件个人生活小事。此外，《左传》《国语》《史记》所记占验大多也是如此。

3. 物占按物象的不同可以分为两大类，一类是常见之物，一类是非常见之物。非常见之物又可以分为神物和怪物两种。上述诸例中，例 1—9 中的龙、凤等为神物，例 10—13 中的当康、鸣蛇等为怪物。怪物不具备图腾祖先神兼保护神的性质，而作为征验和预兆的神物多为

① 李镜池：《周易探源》，中华书局 1978 年版，第 397 页。

图腾祖先神兼保护神或其化身。

为了更清楚地看出以图腾神物为征验和预兆的物占的性质，再就几例具体说明如下：

夏之先人以龙为图腾，例 4“禹平天下，二龙降之。”正是以图腾祖先神为本事之征验。

黄帝以龙为图腾，例 2“黄帝将亡，则黄龙坠”也是以图腾祖先神为本事之征验。

例 5“鸟焚其巢，旅人先笑后号咷，丧牛于易，凶。”这里也是以图腾祖先神为其在验。顾颉刚先生根据王国维《殷卜辞中所见先公先王考》已将这则故事（也是占验）含义搞清；这里说的“易”便是有易，“旅人”则是托于有易的王亥，王亥即殷先祖。“他初到有易的时候，曾经过着很安乐的日子，后来家破人亡，所以爻辞中有‘先笑后号咷’的话……王亥在丧羊时尚无大损失，直到丧牛时才碰着危险。”[①]这段故事与鸟有何关系？为什么前加“鸟焚其巢”？原来殷人以鸟（玄鸟）为图腾祖先神。所谓“天命玄鸟，降而生商”（《商颂·玄鸟》）以及《史记·殷本纪》《吕氏春秋·音初》所记简狄吞玄鸟卵生契的神话都可证明这一点。古籍中凡说到殷民族事业的开创与发展时往往皆有鸟事：“有人曰王亥，两手操鸟，方食其头。”（《山海经·大荒东经》）“恒秉季德，焉得夫朴牛？何往营班禄，不但还来？昏微遵迹，有狄不宁，何繁鸟萃棘，负子肆情？”（《天问》）闻一多曾明确指出“殷之先世尝以鸟为图腾”。（《周易义证类纂》）在原始时代，一个部族大量丢失牛羊，是关系到这个部族生死存亡的大事。故事正是以图腾祖先神作为这个重大事件的征验的。

① 顾颉刚：《周易卦爻辞中的故事》，见《古史辨》第三册。

例1“少皞挚之立也，凤鸟适至，故纪于鸟。”同样也是以图腾祖先神作为立国征验的。“东海之外大壑，少昊之国，少昊孺帝颛顼于此，弃其琴瑟。”（《山海经·大荒东经》）少昊本是东方海外的一个国家。其首领挚亦为鸟。如第一节所说挚通鸷。《史记·货殖列传》：“趋时，若猛兽挚鸟之发。”是二字通用之证。可见少昊国以鸷鸟为首领。后来少昊被祀为神。在其立国之初，“凤鸟适至”，正是以图腾神显圣作为立国的征验。

这种以图腾祖先神或其化身作为本部族兴亡、安危、祸福，灾禳的征验，是物占中比较古老的一种。

以上我们就虚拟动物兴象和物占分别进行了总结，它们各有三个特点，在这三个方面它们彼此完全一致：1. 在“他物”（虚拟动物）与“所咏之词”之间，在征验（物象）与物占的本事之间，都有着某种不为人所知的神秘的联系；2.“所咏之词”和本事都是有关国家兴亡和民族命运的大事，而没有日常生活小事；3. 充当“他物”的虚拟动物和作为征验物象的神物都是图腾祖先神兼保护神或是它的化身。虚拟动物兴象与物占在基本性质上的这种广泛的一致性，充分说明它们具有共同的本质。实际上，这种兴象就是物占——一种特殊的物占。为了进一步认识这种兴象，必须搞清它的特殊性，即它与一般物占的根本区别。

一般的物占也叫杂占，是占卜的一种形式。“杂占者，纪百事之象，候善恶之征。”（《汉书·艺文志》）它是一种以物象作为善恶征兆，推究神的意志的数术，是原始社会宗教观念的表现。初民不了解某些事物和现象发生、发展和变化的原因，以为是神暗中操纵的结果，神意通过物象而显现出来。所以，某些物象的出现，他们便看作是神对人的启示，是所谓“天垂象”和“天启”。初民对世界充满了神秘感，对“天启”十分敬畏，随时注意观察和分析物象，推究“天启”，以决定自己的行动。在他们看来，这样可趋利避害，逢凶化吉，万事如意。这是原始社会中一种十分普遍的宗教意识。《春秋》记载了大量的物象变化，其中日食三十六次、孛星三次、陨星一次、陨石一次，这些都是作为显示神意的物象之变而被记录下来。孔子也有“凤鸟不至，河不出图，吾已矣夫”的感叹。春秋时代尚且如此，那么原始社会中物占的宗教观念盛行的情况也就可以想象了。

物占（包括以虚拟动物为征验的物占）与虚拟动物兴象的区别乃在于：物占的结果有凶有吉，有祸有福（如前所举物占中第1、3、4、8诸例均属吉占，第2、5、12、13诸例均属凶占），而以虚拟动物起兴的诗歌其“所咏之词”皆为吉意而绝无凶意。[①] 从前面所举的诗歌可以看出，在虚拟动物的兴象中，充当“他物”的从来没有恶物（如鸣蛇之类），都是祥物（如龙凤等）；其“所咏之词”也都是有关国运久长，兴隆强盛，具有浓重的吉祥喜庆之意。所以，虚拟动物兴象与一般物占不同，就在于它是一种祥瑞。祥瑞即吉兆，是嘉庆祯祥之类。“至诚感物，祥瑞必臻”（《周颂·载芟》笺）。这就是说，盛德茂行，至诚至圣，神灵必受感动而降吉庆祯祥，作为国祚兴盛天下太平的征验与吉兆。很显然，祥瑞是统治阶级思想观念的反映，其中具有浓厚的天人感应的思想因素。它是由产生于原始社会的物占观念和图腾祖先神兼保护神的观念发展而来，是奴隶主阶级的最初的思想家们为了维护奴隶主阶级的统治对于这种观念加以改造的结果。由前者发展到后者，其中包含着思想观念领域中

① 前所引《楚狂接舆歌》的“所咏之词”非吉意，表面看来似与这个论断相矛盾，实则不然：这里的“他物”“凤兮凤兮”是强烈的惋惜和感叹语气，它所引起的有关天下无道，德义不行的“所咏之词”显然仍以祥瑞观念为基础。

一段重大的历史变化过程。

图腾崇拜时代结束以后，它的影响并没有立即消失，作为一种根深蒂固的传统观念，在很长的历史时期内，对于社会生活的各个领域，一直产生着深刻而广泛的影响。进入奴隶制社会以后，这种来自原始社会的宗教观念被纳入了剥削阶级的思想体系，呈现出更加复杂的状态。

由原始社会进入奴隶社会，社会生活各方面都发生了天翻地覆的变化：阶级剥削和阶级压迫代替了部族成员间的平等关系，国家作为暴力机构取代了部落联盟的协商议事机构而强加于整个社会之上；私有观念膨胀并成为统治人们关系的准则；"天下为家"代替了"天下为公"，"小康"代替了"大同"。那凌驾于整个国家之上的最高统治者攫取了一切权势和部族的全部物质财富。"普天之下，莫非王土，率土之滨，莫非王臣"(《诗经·小雅·北山》)这夸耀周天子的颂辞，同时也是奴隶制时代一切帝王的写照。他们攫取了现实的一切，同时也独占了全部精神遗产和精神统治权力。连原始社会全体氏族成员都可参加的祭祀天地的宗教活动，这时也为最高奴隶主一人所独专了。"自古受命帝王，曷尝不封禅？"(《史记·封禅书》)只有他才有资格来"报天之功"和"报地之功"(《史记·封禅书》正义)那原来作为整个部族的族徽标志，代表部族全体成员的图腾祖先神本是部族全体成员所共有的神，是他们的共同的精神寄托和武器，这时却变成少数统治者特别是帝王个人的精神武器和精神保障。同时，出于维护统治的需要，奴隶主阶级又按照至尊的人王的样子制造了上帝，并赋予它以无上的权威，把它强加于各个尊神(包括原来的图腾神)之上。当人间的统治者需要传统的图腾神为他壮威时，便编造出所谓盛德感天、天降神物，图腾神奉上帝之命来保护他的谎话。"自古帝王将建国受命，兴动事业，何尝不宝卜筮以助善。

唐虞以上，不可记也。自三代之兴，各据祯祥。”(《史记·龟策列传》)于是，图腾动物的性质彻底发生了变化，由原来具有维系部族成员团结的积极意义的神祇，变成了以天人感应为内容的迷信把戏。从进入奴隶制时代开始，作为祥瑞的虚拟动物，便以它的超现实的神秘形象成为奴隶主阶级统治合乎天意的证明，表现着这个阶级对于它的统治地位的肯定。由于作为传统观念的图腾崇拜信仰的巨大影响，以图腾神为祥瑞具有更大的欺骗作用。

在奴隶主阶级最初的思想家把图腾保护神发展为祥瑞以后，再经过由史而诗的发展，以虚拟动物为“他物”起兴的现象接着便出现了。

原来，上古时代诗与歌的含义不同：“‘歌’的本质是抒情的”，“‘诗’的本质是记事的”，诗“是一种史”。[1] 诗、事、史古通。在先秦时代人们的心目中，《诗经》与上古史料集《尚书》在某些方面并没有什么严格的区别。[2]《墨子·明鬼下》称《诗经·大雅》为《周书·大雅》便是明显例证。诗来源于史，最初的诗是一种关于国家大事的政治、宗教文献，前所举《懿氏繇》《诗经·大雅·卷阿》以及雅颂部分篇章都有这样的性质。孟子云：“《诗》亡然后《春秋》作。”(《孟子·离娄下》)。《诗大序》云：“至于王道衰，礼义废，政教失，国异政，家殊俗，而变风、变雅作矣。国史明乎得失之迹，伤人伦之废，哀刑政之苛，吟咏性情，以风其上，达于事变，而怀其旧俗者也。”这些都可以说明诗与史的共同性质及它们之间的继承关系。

在唯心史观和宗教观念的支配下，先秦时代史的最早的作者们(往

① 闻一多：《歌与诗》，《神话与诗》，古籍出版社 1957 年版，第 187 页。

② 蒙文通：《周代学术发展论略》，《学术月刊》1962 年 10 期。

往就是巫史）认为史的发展冥冥中由神操纵，是超现实、超自然的神的意志的体现。其突出的表现就是在史实的叙述中掺杂有大量的卜筮、物占、祥瑞。前所述《春秋》的情况就是这样。诗即史，所以在诗中，特别是在那些有关宗庙祭祀、政教礼义的诗中出现这些东西就更是不可避免的了。闻一多先生说过，诗歌中“史传的手法”（如《诗经·卫风·氓》）和“平面式的纪物”（如《诗经·小雅·无羊》）“都是‘诗’从它的老家（史）带来的贡献”。① 同样，我们也可以说，作为祥瑞的一种特殊形式的虚拟动物兴象也是诗从它的老家——史——带来的贡献。

最后还有一个与此相关的问题：从存在的形式来看，在一般情况下，物占采取散文的表现形式，而兴象只在诗的形式中存在。如何看待这种区别呢？

进入文明时代以后，特别是从现代的观点来看，诗与散文是两个截然不同的概念，二者之间有着几乎不可逾越的鸿沟。但是在我们所研究的课题内，在兴产生的那个历史时代的背景中②，这种区别究竟有多么大的意义，甚至有无可能和必要，都是十分值得考虑的。在物占盛行的原始时代，诗、歌、舞、物占、咒语和神话完全揉合在以巫术宗教为中心的混沌统一的原始文化中，根本无所谓散文与诗的区别。有人发现特鲁伯利安群岛居民的咒文就富于音调、节奏、比喻和头韵的效果，并具有怪诞的抑扬和重复的特点。至于用散文去记录那些物占的时候距离物占产生的原始时代已是非常遥远的了。可以猜想，有些关于物占的散文很可能就是根据自古传诵下来的诗歌而记录下来的。从前边所

---

① 闻一多：《歌与诗》，《神话与诗》，古籍出版社 1957 年版，第 190 页。

② 参阅第四章第一节《兴起源的社会宗教文化背景》。

举的2、4、7诸例可以看出，它们身上还保留有诗的形式特点，那整齐的四言和有力的节奏与《诗经》中的某些诗篇究竟有什么区别呢？

再从物占内部结构本身看，也可以帮助我们理解这一点。如果我们从物占本身的特点出发来看内容对于形式的决定和制约作用，便可以发现这种作用显然主要不是表现在诗与散文的外部形态的差别上，而主要是表现在它的各组成部分的联系的形式上。这样看来，诗与散文的区别在这里是次要的，而物占与虚拟动物兴象在形式上的一致之处倒是主要的：它们不但都是由两部分组成，而且两部分之间的联系形式也完全相同。这类诗中的“他物”其实就是征验，“所咏之词”其实就是本事。以“他物”来引起“所咏之词”正是物占中征验与本事彼此不相脱离的表现。反过来看，即从兴象的角度来看物占——让我们索性也借朱熹的说法——那作为征验的物象其地位正相当于诗中的“他物”，而本事则正相当于“所咏之词”。它们之间在形式上的联系，也是“先言他物以引起所咏之词”。所以，从内容和形式的关系上看，无妨说，虚拟动物兴象是一种特殊形式的物占，而物占则是具有特殊内容的兴象。

虚拟动物兴象与物占的这种关系，前人已经蒙眬地意识到。前面列举的物占例6，《国语》：“周之兴也，鸑鷟鸣于岐山。”韦昭注云：“鸑鷟，凤之别名也。《诗》云：‘凤皇鸣矣，于彼高冈。’其在岐山之脊乎。”韦昭所引的诗即前所举《诗经·大雅·卷阿》。《岐山县志》云：“卷阿在县西北二十里，岐山之麓。”诗中之高冈即此岐山。《国语》与《诗经》一个是散文，一个是诗歌，韦昭没有囿于诗与散文的界限，而将二者联系起来，看到它们之间某些相同的特征。这对于我们研究兴的起源有很大的启发。

综上所述，虚拟动物兴象在本质上乃是一种特殊的物占——祥瑞。

它渊源于图腾崇拜的传统宗教观念，经过奴隶主阶级最初的思想家以天人感应的思想对它加以改造，使之成为统治阶级对于自身统治合乎天意的证明。就历史根源来看，这种来自原始宗教中具有生存斗争意义的兴象在混沌统一的原始文化中不断发展，直到《诗经》时代仍残留着与史的内在联系。

第二章　兴的历史积淀

第一节　兴:宗教观念内容向艺术形式的积淀

从以上关于鸟、鱼、树木和虚拟动物等几种原始兴象的产生过程可以看出,兴在起源上,最初并非一般的规范化的诗歌艺术形式,而只是个别的具体的以宗教观念内容为本质的原始兴象。从个别的具体的原始兴象到一般的规范化的兴的艺术形式,其间有一个复杂的历史演化过程。由于这个过程中越来越体现出诗歌艺术的特殊本质,因而富于艺术史的意义。

兴起源的历史过程的第一步,是关于自然物象的超现实的观念内容的产生,这是原始兴象产生的基础。自然物象被赋予一定的观念内容这个本来与艺术不相干的事实,对于后来的兴乃至诗歌艺术的发展却产生了十分重要的影响。而这一事实本身则是在社会生产力发展的基础上,人类思想观念乃至全部心理长期发展的结果。

在洪荒的远古时代,人类的动物祖先——类人猿——仅仅具有思维的萌芽,其心理也主要是建立在以本能为中心的对于自然环境的消极适应的基础上。这是一种以生理反应为本质的动物性意识。那时，大自然对于他还是一种不可制服的力量，像其他任何动物一样，他也只能屈从于这种力量的摆布。正是这种在本质上属于动物性的心理形式构成了人类意识产生的生物学前提。在人类从与自然混沌的状态中独立和分化出来起，也就是在他意识到自身存在的那一天起，在生产实践活动的基础上逐渐创造了产生为人所特有的意识和精神的各种条件。随着人类意识和精神萌芽的产生，那种不同于动物心理而为人所特有的心理活动也相应地出现了。由类人猿变成人，由动物心理发展成为人的心理，关键是以劳动为基础的改造自然环境的活动。劳动是人类按照一定的目的改造自然环境的积极的社会性活动，在本质上有别于动物的对于自然环境的消极适应。长期的劳动实践促进了人的心理反应能力的发展，使类人猿的非概括性的原始表象发展成为概括化的表象，并产生了观念和抽象概括的能力。与此同时，适应着交际的需要，语言产生了。作为思维的外在现实的语言，使人的意识得以借助它而实现。从此语言就成为人类表象和思维的工具，由于语言（词）本身具有抽象概括的特征，从而使人类不但能够认识事物的外部联系和特征，而且能够认识事物的本质和内在特征，从而为人类意识和心理的发展开辟了广阔的道路。不过，由于生产力发展水平和人类认识能力的限制，决定了当时人类的心理活动及其形式极为简单和粗糙。这种状态持续了数十万年，一直到原始宗教产生才开始发生重大的变化。

原始宗教产生以后，立即成为影响人们心理发展的重要因素。随着社会生活和原始宗教的发展，人们的精神活动也日趋复杂，宗教对于心理活动的影响也日益明显。后来，原始宗教逐渐兴盛，其活动逐渐渗透到一切社会生活领域，诸如生产劳动、部族战争、日常生活和娱乐活动等。在神秘气氛中进行的祈祷、祭祀以及有关仪式，往往都是在全体部族的范围内举行，它声势浩大，热烈隆重，从而更加强了宗教对于人们精神和心理活动的影响。这种影响的重要内容之一就是：客观物象与想象的观念内容之间在人们心理上建立起某种特殊的联系。这种源于原始宗教生活的联想，由于成千上万次的不断重复而逐渐被强化和巩固，并在人们心理上相应地建立起越来越牢固的联系，并终于形成了以习惯性的条件反射为特征的联想，即习惯性联想。法国人类学家列维一布留尔曾经具体地描述过这种联想："原始人丝毫不像我们那样来感知……不管在他们的意识中呈现出的是什么客体，它必定包含着一些与它分不开的神秘属性；当原始人感知这个或那个客体时，他是从来不把这客体与这些神秘属性分开来的。"①这里说的神秘属性主要就是关于物象的超现实的宗教观念内容。在自然物象引起观念内容的联想的同时，还伴随有强烈的感情活动，如恐惧、崇拜、赞叹、诅咒等。多种心理功能的同时出现，充分说明宗教认识形式使人类心理活动空前地丰富和复杂起来。

例如，在鸟图腾部族那里，人们见到鸟便会直觉地联想到祖先，同时对于祖先的崇拜感情也会油然而生，这种联想和感情正是由鸟图腾崇拜的宗教生活培植起来；从渔猎时代开始，人们见到鱼便会直觉地联想到丰收和繁衍，随着社会历史的发展，后来又联想到婚媾和匹偶，这种联想完全是在鱼崇拜的宗教生活中形成；人们见到社树而联想到宗族、乡里，同时产生思念之情，这种联想和感情则是渊源于社树崇拜和土地崇拜的宗教生活；同样，对于奴隶主阶级来说，龙凤等虚拟动物意

① ［法］列维一布留尔：《原始思维》，商务印书馆1981年版，第34页。

味着国祚兴隆昌盛，这种联想则是来源于以图腾神观念为基础的祥瑞观念。以上种种以宗教生活为基础的联想和有关感情作为一个特定时代的产物广泛地表现在各种意识形态中，当然也要反映在诗中。可以想象，最初在诗中咏唱思念父母和祖先的内容时，由于传统的鸟类图腾崇拜观念的影响，人们自然会想到鸟类，并不自觉地以它作为诗歌的开始；咏唱有关爱情、婚媾的内容时，由于鱼类的传统的宗教观念，人们自然会想到鱼类，并不自觉地从它开始咏唱；咏唱有关宗族、乡里的内容时，按传统的社树崇拜观念，人们自然会想到树木（社树），并不自觉地从它开始咏唱。由于这些物象中凝聚着他们的观念内容和激情，因而也就成为寄寓其主观情怀的最好依托。在初民看来，从这些物象开始，借着它的宗教的神圣力量，不但可以痛快淋漓地表达其主观情怀，而且可以有力地笼罩并带起全诗。这种渊源于宗教生活的物象与观念内容之间的习惯性联想，是一种逐渐趋于稳定的心态模式，从诗歌艺术形式和表现方式来看，就是兴象——原始兴象。

随着原始宗教的发展和宗教观念的强化，除了作为直接感知对象的客体之外，关于自然物象的某些类化表象以及浓缩了一定的集体意识的集体表象，也可以对于人们的心理产生类似的影响。这是因为在某些特殊情况下，先民不只分不清主观与客观，而且也分不清物象与关于物象的图像以及有关的集体表象。图像和集体表象在原始人看来往往比物象本身具有更多的神秘属性。

可以看出，由于原始兴象在起源时以神秘的宗教观念为本质，因而与《易经》中的易象具有某些相似之处。前人已经注意到这一点，并就二者的关系做了一定的研究。毋庸讳言，在这方面也还存在着很多模糊的认识。为了更清楚地认识原始兴象的本质，有必要将二者作一些简单的比较。

“易者，象也。象也者，像也”(《易·系辞下》)。《易经》是研究“象”的著作。所谓观象知变，即通过各种各样的物象变化来推知事物的发展和吉凶祸福。就物象不止于其自身而具有一定的观念内容来说，原始兴象与某些易象的确有相似之处。我们说某些，是说易象中的一部分，而不是指全部。《易经》所举的物象，按其性质来说可以分为两大类：一类是具有神秘观念意义的物象，如图腾动物、虚拟动物以及其他具有神秘属性的物象。具体说来，即上一章所举的作为预兆和征验的神物，如“飞龙在天，利见大人。”“鸟焚其巢，旅人先笑后号咷，丧牛于易，凶。”以及“贯鱼以官人庞，无不利”(《易经·剥·六五》)。[①] 另一类物象是不具有宗教历史特征和观念意义的平常物象。如“泽无水。困。君子以致命遂志。”(《易经·困·象》)“困于石，据于蒺藜，入于其官，不见其妻。凶”(《易经·困·六三》)。又“山下有火，贲，君子以明庶政。无敢折狱。”(《易经·贲·象》)作为“纪百事之象，候善恶之征”的物占，以上两类(以神物为征验和以常物为征验)都是古人不了解事物发展的内在原因而以超现实的神秘观念对它加以解释的结果。它们虽然都以对于客观世界的虚妄无知为特点，但是具体说来，二者还有重要的区别：在前一类物占即以神物为预兆和征验的物占中，其物象均与图腾神物有关，因而都具有氏族图腾的神圣含义。以它们作为征验和预兆，实际正是图腾的神灵和威力的表现。所以，这类物占在本质上是以具有一定生存斗争意义的图腾崇拜观念为基础，它的产生与部族的历史发展和基本的宗教观念密切相关，因而具有一定的部族历史根源和部族

---

① 鱼在原始社会也是神物，详第一章第二节。

集体特征。后一类物占则不然，其物象为常物，一般说来与图腾崇拜无关，而且其物象十分庞杂，无系统可循，后来的“目瞤得酒食，灯华得钱财，乾鹊噪而行人至，蜘蛛集而百事喜”(《西京杂记》)，正是由它发展而来。这类物占把不同范畴、不同性质的事物毫无根据地联系在一起，突出地反映着无视客观实际的主观随意性。与前一类物占不同，它与部族的历史发展没有直接的联系，因而具体到某一物占的产生也就说不上有其部族历史发展的必然性和集体性。

这样看来，前边我们说的兴象与某些易象之间具有一定的共同特征，显然指的是前一类物占，即以神物为征验和预兆的物占。因为它们都以对于部族发展具有重要影响的原始宗教观念和信仰为基础，同时，它们的出现都具有部族历史的必然性和集体特征。自然物象的被神化，被赋予某些想象的观念内容，既是原始兴象产生的基础，也是以神物为征验和预兆的易象产生的基础。以之入诗则为兴象，以之占卜则为易象，其区别仅仅在于具体所用不同而已。所以我们平时说的诗的兴与易的象相通，正是指那些以观念内容为本质的原始兴象与易象相通，而不是指那种以艺术审美为本质的一般的规范化的艺术形式的兴与易象相通。闻一多先生早已注意到这一点，他的以下论断是很值得玩味的：“……隐在六经中相当于《易》的‘象’和《诗》的‘兴’(喻不用讲，是《诗》的‘比’)，预言必须有神秘性(天机不可泄露)，所以占卜家的语言中少不了象。《诗》——作为社会诗、政治诗的雅，和作为风情诗的风，在各种性质的沓布(taboo)的监视下，必须带着伪装，秘密活动，所以诗人的语言中，尤其不能没有兴。象与兴实际都是隐，有话不能明说的隐。所以《易》有《诗》的效果，《诗》亦兼《易》的功能，而二者在形式上往往不能分别。”[1]闻氏之论对于我们认识原始兴象和易象的关系以及它们的神秘的宗教本质深有启发。

具有易象本质特征的原始兴象的出现，是一般的规范化的诗歌艺术形式和方法的兴产生过程中的十分关键的一步。从时间上看，前者大量出现并普遍运用于诗歌中以后，后者很快也就诞生了。[2] 原始兴象在诗中出现的形式有一个从不规范逐渐趋向规范，从不稳定逐渐趋向稳定的过程。正是在这个过程中，具体的原始兴象逐渐失去了原有的观念内容，形成了创作诗的共同的内在型范，并外化为形式，即一般的规范化的兴的形式。所以从整体过程来看，正是宗教观念内容逐渐外化为艺术形式。由于这个过程是在诗歌艺术实践中逐渐完成的，因而必然受到诗歌艺术实践特征的制约。

原始诗歌并非自觉的艺术创作，它常常是作为生产劳动的必要补充，而为人们普遍掌握。初民人人不脱离生产劳动，人人也都能歌咏。除了笨重的劳动需要用歌声来协调动作以外，在其他场合如娱乐、休息、祈祷、祭祀等也都离不开咏诗。其方式有时是个人或几个人咏唱，有时是集体的大规模的合咏。原始诗歌的流传不像后代诗歌那样依靠文字记录，而是口耳相传，代代承袭。有些古老的歌就这样凭着记忆从一代传给一代，从一个地方流传到另一个地方。在流传过程中，诗歌内容被不断地改动，而由观念内容和物象之间的习惯性联想所外化的形式也被不断地模仿和借鉴。就这样，很多原始兴象在诗歌传唱过程中被保留下来。作为兴起源过程留下的足迹，这样的例子幸好还能找到。

---

① 闻一多:《神话与诗》，古籍出版社 1957 年版，第 118 页。

② 详见本书第三章《兴起源的时代与原始诗歌和神话的结束》。

例如现在我们看到的兴的典型形式（即规范化的形式）都是以“他物”来引起“所咏之词”，但早期则不一定如此，有的则把“他物”放在“所咏之词”的后面。如上一章所举的“禹平天下，二龙降之。”“黄帝将亡，则黄龙坠。”“周之兴也，鹫鹙鸣于歧山。”①这些都是把征验（即诗中的“他物”）放在本事（即诗中“所咏之词”）的后面。从兴的典型形式要求来看，它们显然都是不规范的。可以想见，像这样不规范、不稳定的兴象当时可能很多，有时偶然出现比较规范的形式也不一定立即就被肯定，而又被湮没在众多的兴象中。这是由于从个别的原始兴象到一般的规范化的兴，也就是规范化的抽象的兴的形式的产生和被肯定要有必要的条件，在这些条件具备之前，不可能完成这个转化。这些条件最少包括以下两个方面：

1. 作为原始兴象产生基础的物象宗教性质和神秘观念意义的减弱和消失。如前所说，原始兴象是观念内容与自然物象的统一。不同的原始兴象的观念内容及其性质彼此的差别很大。原始兴象都是具体的、个别的，因而它所外化的形式也是具体的，个别的，而不具备一般性和普遍性。只有对这些具体的个别的形式进行“抽象”和“概括”，才可能从中产生出一般的规范化的形式。不过，这里说的“抽象”和“概括”不同于科学的抽象和概括（详后），它只有在具体的原始兴象的宗教观念内容随着历史的发展而逐渐淡泊直至消失的情况下才有可能实现。失去了宗教观念内容的习惯性联想由于只剩下了空洞的外壳，亦即一般的抽象联想的模式。这种模式就是“以他物引起所咏之词”的规范化

---

① 如前所说，原始兴象与以神物为征验和预兆的易象相通，故举易象之例足以说明兴象。

的兴的形式的滥觞。

2. 诗歌艺术创作实践经验的积累和人们对于艺术形式审美能力的提高。由于社会生产实践的限制，人们对于美的认识和感受能力发展到一定水平之前，根本不可能去追求和欣赏艺术形式的美。只有在人们的审美能力发展到一定阶段，对于兴的艺术形式才能够欣赏，对于兴的出现给诗歌在音乐性（诗歌韵律、节奏）、形象性（诗歌形象、情景关系）和内部结构（诗歌各部分之间及其与整体的关系）等方面带来的重大变化才能予以肯定。这就是说，在长期的艺术实践中，由于审美能力的提高，人们终于认识到以"他物"引起"所咏之词"不但能够充分体现习惯性联想，而且也符合诗歌艺术形式和诗歌艺术特征的要求。

总之，正是在原始诗歌的创作和流传过程中，在诗歌内容不断增删和改动而日趋丰富的同时，由习惯性联想所外化的诗歌艺术形式由于原有的宗教观念内容的消失而日趋抽象化。经过长期的筛选，以"他物"来引起"所咏之词"的规范化的兴的形式就这样被那些无名的歌手不自觉地创造出来了。

如果把上面所说的兴起源的历程予以概括，可以看出它主要经历了以下几个发展阶段：

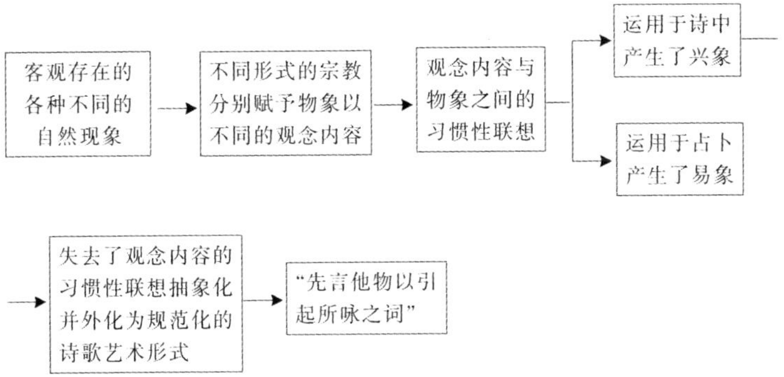

简言之即：

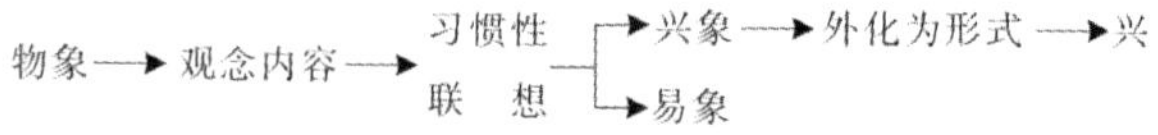

可以看出，从个别的原始兴象到一般的规范化的艺术形式和艺术方法，正是一个在形式上由个别到一般，由不规范到规范的长期发展过程。如前所说，它不同于科学中的抽象和概括，在本质上有其更为复杂的性质。第一，科学中的抽象和概括是认识过程从感性向理性的飞跃，一般不受时间的限制；而由具体的原始兴象到作为一般的规范化的诗歌艺术形式的兴则是一个历史发展过程，它不但受着时间的限制，而且与意识形态领域中的复杂变化直接相关：只有当原始兴象的宗教观念内容由于历史发展而逐渐模糊直至消失之后，被外化的形式才可能脱离原来的观念内容，以独立的规范化的艺术形式而存在。事实上，宗教观念内容模糊、消失的过程与形式的抽象化和规范化过程是同时并进、相辅相成的。宗教观念内容的消失促进了兴的艺术形式的独立，而抽象形式的发展反过来又加速了宗教观念内容的消失。第二，科学中的抽象和概括是纯理智活动，而兴的形式的抽象化虽然不无理智活动的因素，但却不是本质的和主要的。对它说来，心理的因素即兴象所体现的观念内容与物象之间的联想由于不断重复而形成的习惯性条件反射更为重要。这种条件反射越牢固和深刻，形式的外化和独立才越有可能。同时，只有建立在宗教生活基础上的物象与观念内容之间的联系已经影响到人的主体心理结构，由它所外化来的形式才可能被充分肯定。第三，更为重要的是，兴起源的过程，即宗教观念内容向艺术形式的演化过程是历史积淀的结果。由于艺术形式中积淀着宗教观念内容，使之获得了超模拟的意义，并最终发展成为具有审美特征的艺术形式。而人们能够欣赏它并引起美感,则是包括宗教观念在内的社会历史内容积淀在主体心理的结果。

综上所述,集中了我国诗歌艺术重要审美特征的兴,并非与诗歌艺术同时出现,它属于历史范畴,是诗歌艺术一定发展阶段的产物。兴的起源既不是出于审美动机,也不是出于实用动机,而是出于深刻的宗教原因。从起源的本质上看,兴乃是诗歌艺术从包容着各种意识形态的混沌统一的原始文化中分化出来的一种观念意识物态化的标记,是扬弃了宗教观念内容的习惯性联想外化而成的表现形式。这个过程鲜明地反映着具有民族特色的深层心理模式。在后世看来属于形式美而没有内容意义的兴,在起源时并非属于形式范畴,而首先属于内容的范畴。

兴是在包括诗歌艺术史在内的社会历史发展过程中形成的一种形式美,而人们能够肯定并欣赏它,说明艺术形式与主体心理在形式感方面具有对应关系。这种对应关系既不是天然的,也不是孤立的纯心理问题,更不是德国哲学家康德所主张的主客观之间的先验共通感,而是如前所说的人类社会历史和诗歌艺术发展的结果。因此,兴的形式美的形成和人们对它的感受和欣赏能力,也只能从社会历史和诗歌艺术的发展中得到解释。

最后,还有两个问题:

一、由原始兴象向习惯性联想再到规范化的兴的艺术形式的演化是一个由量变到质变的渐变过程,由于意识形态的延续性特征,往往使得新旧两种观念和意识形态同时并存,所以,在兴的起源过程中很难找到一个明确的界限划定哪是宗教动机的结束,哪是审美动机的开始。我们可以肯定的只能是:习惯性联想中的宗教内容不断减弱直至消失,而艺术审美因素相应地不断增长直至发展成为兴的本质。

二、第一章中说过，鸟、鱼、树木和虚拟动物等几种原始兴象都植根于原始宗教生活，但产生的具体途径和原因各不相同，各自独立发展，自成一个历史过程。产生原始兴象，如鱼类兴象和虚拟动物兴象不是从早于它们出现的鸟类兴象中派生的，它们之间不存在发生学上的联系，因而不能用一个模式去生搬硬套。那么，这些通过不同途径产生的原始兴象，最后在诗中却走向了相同的归宿：都以“先言他物以引起所咏之词”为其外在形式。这种殊途同归的现象是偶然的巧合，还是有其必然性？事实证明是后者而不是前者。这可以从两方面来理解：首先，习惯性联想所体现的有关观念内容（主观）与自然物象（客观）之间的联系，符合将主观思想感情客观化、物象化的诗歌艺术本质特征的要求。同时，原始兴象所体现的抒发主观情怀的方式由于以古老的宗教观念为基础，符合传统观念和心理，因而比较容易得到人们的认同。（详第六章第一节《兴的起源与诗歌艺术的飞跃》）其次，前面说过，几种原始兴象都植根于原始宗教生活，由于原始宗教的某些敬神活动，如祭祀、祈祷等往往作为生产劳动的必要补充手段，具有一定的生存斗争意义，因而具有某些审美因素的萌芽，从而从发生学上决定了习惯性联想最终发展成为一种具有审美特征的艺术形式。

第二节　兴的起源与审美观念的发展

我们曾经指出，原始兴象及其所体现的习惯性联想是兴起源过程中的关键性一步，这不仅是由于它构成了兴产生的基础，而且在于它蕴含着丰富的宗教观念内容，在本质上不同于一般的联想和想象，并与审美观念和审美意识的发展密切相关，从而决定了兴的规范化的艺术形式与审美观念之间发生学的内在联系。在我国诗歌艺术发展史上，兴所以能够成为具有审美意义的艺术形式以及它的出现所以能够引起诗歌艺术的飞跃，其原因正在于此。因此，具体揭示兴的起源与审美观念和审美意识发展之间的关系，不仅对于认识兴的本质，而且对于认识我国诗歌艺术的根本特征和早期发展，都具有一定的意义。

人们掌握和认识世界的方式，正如马克思指出的，除了科学的、艺术的和实践—精神的之外，还有宗教的。前边所说的初民对于某些自然物象的神化，赋予它们以想象的观念内容恰恰反映了宗教认识方式的本质特征。各种不同的具体的原始兴象正是这种认识方式的产物。在原始兴象中，“个别自然事物，特别是河海山岳星辰之类基元事物，不是以它们的零散的直接存在的面貌而为人所认识，而是上升为观念。观念的功能就获得一种绝对普遍存在的形式。”[①]如前边所提到的鸟类兴象、鱼类兴象、树木兴象以及虚拟动物兴象中，被神化了的鸟、鱼、树木等自然物象就这样由现实的具体存在变成了超现实的抽象存在，由个别的活生生的物质存在形式变成了普遍的思想形式。在这里，初民把想象的观念内容和关于鸟、鱼、树木的知觉映象不加区分地“互渗”在一起，也就是把知觉表象和宗教观念内容不自觉地结合起来。这种结合成为产生有关神话的主观心理基础。正是在这个意义上，可以说“古人在创造神话的时代，就生活在诗的气氛里”[②]。这种见解实际上敏锐

① [德]黑格尔:《美学》第二卷，商务印书馆 1979 年版，第 23 页。

② [德]黑格尔:《美学》第二卷，商务印书馆 1979 年版，第 18 页。

地看到了对于世界神化的某些观照实质及其与审美观念之间的关系。

可以看出，具体的原始兴象所体现的宗教认识方式与人的审美认识活动具有某些相通之处。首先，它把自然物象当作直接的感性经验对象，从一定的客观具体形象出发，同时又不止于感性知觉，而有其复杂而又神秘的联想和想象。在这个过程中，感性经验和想象的观念意义、具体形式和抽象内容，感知、感受同一定的理性活动直接相互结合。显然，这种结合并非现实性的结合，而是建立在虚幻信仰基础上的结合，是现实的知觉映象与主观幻想的结合。这就是说，意义的普遍性必须通过客观物象的具体形式才能呈现于意识。所以，人们也就不可能把抽象的观念内容和具体形象分开，因而也“谈不上内在的和外在的，意义与形象，这两方面的分别，因为内在的还不是本身独立的，和直接的现成的现实事物分开的意义”。[①] 当一定的自然物象作用于初民感官的同时，长期宗教生活所培植起来的有关的观念意义也就立即直接呈现于人们的想象之中。例如鸟图腾部族成员看到鸟、鱼图腾部族成员看到鱼，有关它们的神奇的幻想和超现实的力量，如祖先观念、保护神的威力以及丰收、繁衍和部族的兴盛强大等便立即呈现于意识中。就自然物象不止于其自身而具有更多想象的内容来看，可以说这就是一种观照，一种特殊的宗教性的观照。在这种观照中，感觉与理解直接互相渗透而不经过判断、推理等逻辑思维，也就是说，它们之间不是按现实的逻辑程序联系，而带有更多的直觉性特征。与此同时，多种心理功能，诸如感知、想象、情感与理解（对世界的宗教性的理解）共同活动。由于主体向客观事物注入了更多的感情因素而使其中感性成分占有更

① [德]黑格尔：《美学》第二卷，商务印书馆 1979 年版，第 34 页。

大的优势。

黑格尔认为美是理念的感性形式的显现，强调了美的理念实质，正是这一点构成了他唯心主义美学体系的核心。这个建立在唯心主义哲学观点基础上的论断，在理论上显然是根本错误的。但是，如果扬弃了它的客观唯心论的思想体系，而用唯物主义观点予以解释，就能看出它还是道出了美的某些本质特征，特别是原始兴象所体现的宗教认识方式中的审美成分。

原始宗教认识方式中的审美因素与原始思维方式密切相关。原始思维方式是人类思维的低级发展阶段，在这个阶段，人们从客观世界所获得的知觉表象还未上升为概念，所以具象性即在思维过程中始终不脱离具体的感性形象就成为原始思维的最重要的特征。在这种思维方式中，不是运用概念、判断、推理等逻辑基本范畴，而是通过具有直观特征的具体形象、类化表象和集体表象，以及它们的组合。现代人很难想象这些表象对于原始人具有怎样的意义和力量。“个体往往是在一些能够对他的情感产生最深刻印象的情况下获得这些集体表象的。事情的确是这样，特别是在下述时刻传给原始社会的成员的那些表象，即当他成长为一个男子，成长为社会集体的自觉的一员，当‘成年礼’[①]的仪式使他经历一次新生时，当他在那些作为神经的严酷考验的折磨中发现了该社会集体的生活本身所系的秘密时，这些表象的情感力量很难

① 原书“成年礼”，译者加有以下注释：“成年礼”：“是许多部族对达到性成熟的男性少年举行的一系列仪式，是这些少年被确认为成年、成为部族的拥有全权的正式成员、参加秘密团体以及获得结婚许可的必经过程。在行成年礼期中，除严格遵守一系列禁忌外，有时还要经受各种宗教仪式的严酷考验，如鞭笞、割礼、火考验、敲掉牙齿等。成年礼仪式一般都由部族的首领或老年人指导进行。”

想象有多么大。它们的客体不是简单地以映象或心象的形式为意识所感知。恐惧、希望、宗教的恐怖、与共同的本质汇为一体的热烈盼望和迫切要求，对保护神的狂热呼吁——这一切构成了这些表象的灵魂、使行成年礼的人对它们既感到亲切，又感到可畏而且真正神圣。”①在这些表象中，物象与观念彼此密不可分。如同观念的符号，初民通过它们来表现某些观念意义，彼此交流、互相了解，并理解他们所看到的各种事物乃至整个世界。这样，又形成了原始思维中的另一个重要的特征，即象征性特征。由于物象的象征意义，亦即注入物象中的观念内容与特定物象的紧密结合，以及这种结合的约定俗成的特征而使之趋于固定。所以，初民实际上是不自觉地完成了感觉映象与观念内容的统一。以这种“结合”与“统一”为本质特征的象征性使初民的思维摆脱了个体性和偶然性，而具有越来越广泛的集体性和社会性。正是在心与物相统一这一点上，可以看出原始思维具有艺术审美方式的某些萌芽。

以上就具体的原始兴象的某些审美特征的萌芽做了一些初步的探讨，为了进一步认识它的本质特征以及它与审美观念发展之间的关系，有必要考察原始兴象所体现的习惯性联想与一般联想和象征之间的区别。除了产生的社会历史背景彼此不同之外，还在于它们具有不同的内容：与一般联想相比，习惯性联想与社会生活的联系更为密切并富于抽象观念的特征；而与象征相比，它更加富于历史内容和传统色彩。概括地说，习惯性联想在起源的本质上是宗教的，而一般的联想和象征在起源的本质上则是审美的。

① ［法］列维一布留尔：《原始思维》，商务印书馆 1981 年版，第 26—27 页。

一般的联想无论是类比联想、接近联想还是对比联想[1]都是把各种不同的知觉表象联结在一起，建立在神经系统暂时联系的基础上。虽然这些联想作为审美感受中常见的心理现象，在审美感受的想象活动中起着相当重要的作用，但是由于经验的限制和缺乏本质的必然联系，使它更着重于事物的外部特征，而不一定能够把握事物的本质内容，因而决定了它的偶然性和暂时性的特征。而原始兴象所体现的习惯性联想则不然，由于它产生于特定的社会历史发展阶段，并且是在长期的原始宗教生活中所培植起来的以一定观念为基础的联想，因而使它不仅避免了偶然性和暂时性的局限，更重要的还在于它有着某种理性（宗教理性）和规范化的特征。如鱼类兴象以鱼与丰收，繁衍以及后来的婚姻、匹偶之间的联想为基础，鸟类兴象以鸟与祖先以及后来的父母之间的联想为基础，而这种联想完全以对于鱼、鸟的神化为前提。由于有一定的宗教生活和宗教观念为其基础，使这种联想只能在宗教信仰允许的范围内展开，从而限制联想的随意性，而使之趋向于某种规范的固定内容。在原始宗教作为原始社会上层建筑的主导力量而主宰人们的精神或在它作为一种传统观念尚有很强大影响的情况下，这种规范作用是十分明显和有力的。在它的强有力的作用下，使原始兴象有别于偶然的暂时的联想，而成为具有特殊性质的习惯性联想。

现在再看原始兴象所体现的习惯性联想与象征的区别。这里说的象征不是指原始思维的象征性特征，而是指文学艺术创作中的一种具

① 类比联想是由对一件事物的感受而引起的和它在性质上或形态上相似的事物的联想，如以暴风骤雨比革命运动，以猛虎比勇士；接近联想是由事物之间在时间或空间方面相接近而产生的联想，如由古想到今，由物想到人；对比联想是由对某一事物的感受而引起和它相反特点的事物的联想，如由崇高想到卑鄙，由英雄想到懦夫等。

体手法。

象征，就其主观心理来看也是一种联想，但它不同于一般的联想，更不同于原始兴象所体现的习惯性联想。“象征的基础是普遍的精神意义和适应或不适应的感性形象的直接结合。”①在象征中，意义与形象之间的联系不是任意拼凑，不像在信息符号（例如通讯电码和旗语等）中那样通过任意的结合构成，而必须建立在一定的审美观念的基础上，使形象和意义的结合能够体现出美来。比如以青松象征崇高和坚定，以狮子象征勇猛和刚强，以红豆象征爱情和相思，以大海象征广阔和雄伟。尽管象征也有着地域性和民族性的限制和区别，但是，不论是中国还是外国，也不论是什么民族，象征中的感性形象与意义之间必须具有某些相关联的性质和特征，它的外部形貌足以暗示出它所具有的意义。也就是说它的形象本身的特征具有某些规定性，足以引导人们进行具有一定方向，达到某种意义的想象。在这里，不但要以对于形象的外部特征的审美感受为前提，而且一定的认识、理解和想象能力同样也是不可或缺的条件。从发展的观点看，作为艺术重要手段象征的产生，须以审美观念和审美感受能力的发展为前提，所以黑格尔才说象征中意义和它的表现的结合“是由想象和艺术来造成的”。② 可见在发生学上它不是基元的，而是派生的。至于象征出现以后，丰富了艺术反映生活能力和表现手段，促进了审美观念和感受能力的提高，则是它们互相影响的结果。

就与审美观念发展的关系看，原始兴象所体现的习惯性联想比象

① [德]黑格尔：《美学》第二卷，商务印书馆 1979 年版，第 33 页。

② [德]黑格尔：《美学》第二卷，商务印书馆 1979 年版，第 33 页。

征更富于原始性和独立性。因为如前所说习惯性联想的产生和发展，不像象征那样必须以审美观念和审美感受的发展为前提，而是另有其更为根本的原因：它植根于具有一定生存斗争意义的原始宗教生活土壤中，是宗教形式下一定的社会生活内容的升华。另一方面，在原始兴象所体现的习惯性联想中，物象与观念意义之间的关系也不像象征那样，由形象的外部形态和特征就可以引起关于某些意义的联想，因为二者之间并不存在这种对应关系。例如，我们从鸟的外部形态和特征根本无法想象出祖先的观念；从鱼的外部形态和特征根本无法想象出匹偶和婚媾；更不会从龙凤等虚拟动物的外部形态和特征想象到国祚昌盛等。原因很简单，既然外部形态和特征根本没有显示出物象的观念内容，当然，人们也就无法进行这方面的想象。这说明，在这种联想中物象与观念意义之间的关系与象征不同，它不是一般的审美，因而无法从审美方面求得解释。它的原因是历史的、宗教的，只能从历史和宗教中去寻找。既然原始兴象的出现不以审美观念和审美感受的发展为前提，它们之间当然也就不存在着发生学方面的关系。

总而言之，原始兴象所体现的习惯性联想在起源上是宗教的，而非审美的，但它的观照态度的特殊本质又确实蕴含着某些审美因素的萌芽。

原始兴象具有如此的性质特征，当把它以兴的形式运用到诗中时，自然也就把对于客观物象的观照态度引入了诗中。随着历史的发展，这种观照态度的宗教观念内容和性质渐渐消失而审美因素逐渐加强，随着原始兴象积淀为一般的规范化的艺术形式的兴以后，这种“引入”对于诗歌艺术发展的意义也就越来越明显：不但为完善诗歌艺术的本质奠定了基础，而且也为丰富诗歌艺术的表现方式和手段提供了可能。

诗歌艺术从此逐渐形成了其特有的审美特征—诗味。诗歌的艺术性质要求含蓄隽永,意味深长,把本来"可以说明白的话说得不明白点"[①],而不宜直言。但是含蓄隽永,意味深长不等于含混模糊,也不能使人恍惚迷离,坠入神秘的玄想,而必须有明确的认识和思想指向。在以"兴"的形式摄取"他物"入诗时,由于原始兴象对于"他物"的观照态变,使这个物象既以具体的形象而存在,同时又不止于其形象自身,而有一定的观念内容。正是这一点在最基本的意义上满足(或者说是符合)了诗歌特殊本质的要求。这种"借物言情"既使诗歌避免一味直言,达到含蓄隽永,意味深长的要求,又使感情的抒发有所规范,趋于一定的认识和思想指向。(详第六章第一节《兴的起源与诗歌艺术的飞跃》)

最后应当说明,在审美认识和宗教性观照,艺术思维和原始思维之间,虽然都具有主客观交融和心与物相会的共同特征,但其"交融"和"相会"的具体内容却各不相同,彼此之间具有明显的区别:

第一,在艺术和审美认识中,这种"交融"和"相会"是自觉的有意识的行为,因而能够分清客观物象与融入物象中的主观因素;而在宗教性观照和原始思维中则不然:"交融"和"相会"是非自觉的行为,物象与融入物象中的主观因素处于混沌统一的状态而难分彼此。同时,在神秘的宗教世界观的支配下,主客观也完全被荒谬地颠倒:物象的宗教观念意义本是虚幻的,却被认为是真实的"最高存在",而客观存在的物象却被认为是它虚幻的影子。

第二,在宗教性观照和原始思维中主客观之间可以神秘地传感和相互影响,形成巫术性质的"互渗",而在艺术创作和审美认识中主客观

① 闻一多:《神话与诗》,古籍出版社 1959 年版,第 117 页。

之间的"交融"和"相会"与巫术"互渗"风马牛不相及。

可见,在宗教性观照和原始思维中,观念与物象之间,心与象之间的统一,是真实具体的感性形象与虚幻抽象意义的统一。这种统一,就一个民族自身来看,自有其历史根源,但在一般的意义上却不是本质的必然。例如,对于鸟图腾部族来说,鸟是祖先神兼保护神,而对其他部族来说,不过是一般的飞禽而已。兀鹰在很多地方"被认为是凶残和贪食的,而埃及人则认为它有极度的母性的温柔",并"成为母亲之神莱斯的鸟"。[1] 可见,宗教性观照和原始思维中的这种统一并不能反映事物的本质,它本身并不具备客观真理性。这与作为客观现实形象反映并具备客观真理性的艺术创作显然具有完全不同的本质。

① [法]拉法格:《思想起源论》,生活·读书·新知三联书店 1963 年版,第 59 页。

第三章 兴起源的时代与原始诗歌和神话的结束

以上两章考察了原始兴象以及在原始兴象基础上作为一般的规范化诗歌艺术形式的兴的起源和形成过程，本章将考察兴起源的时代问题及其对于文学史研究的意义。

首先考察原始兴象起源的大致时间。不同的原始兴象起源的时间不完全相同，应当分别进行考察。

鸟类兴象产生的时间：

我们在《鸟类兴象的起源与鸟图腾崇拜》一节中指出，在鸟图腾部族那里，以鸟为祖先，全体部族成员都自认为是鸟的后代子孙，是一种十分普遍的宗教观念。鸟类兴象的产生实际上就是鸟与祖先（后来又推演到父母）观念之间的习惯性联想在诗中采取了“他物”与“所咏之词”的特殊的存在形式。由于鸟类图腾崇拜的宗教观念和宗教意识在造型艺术中留下了明显的痕迹，为我们解决这一问题提供了极大的方便。属于仰韶文化时期的马家窑遗址、马场遗址和庙底沟遗址中所发现的大量的彩陶器物上，绘有各种各样的鸟纹几何图形。很多考古学家和美学家帮肯定了这种抽象的几何纹饰是由写实的鸟类图像逐渐演化发展而来，它们并非单纯为了审美和装饰，而具有氏族图腾的神圣含义。

例如李泽厚指出：

由写实的、生动的、多样化的动物形象演化而成抽象的、符号的、规范化的几何纹饰这一总的趋向和规律，作为科学假说，已有成立的足够根据。①

石兴邦指出：

陶器上的动物图像可能是动物崇拜的反映，是图腾信仰的一种标记，因为这些蛙鸟图像占着主导地位，在图腾崇拜发达的氏族公社制繁荣时期，表现得特别显著……彩陶纹饰是一定的人们共同体的标志，它在绝大多数场合下是作为氏族图腾或其他崇拜的标志而存在……仰韶文化的半坡类型与庙底沟类型分别属于以鱼和鸟为图腾的不同部落氏族，马家窑文化是属于分别以鸟和蛙为图腾的两个氏族部落……②

据碳-14测定，马家窑文化存在于公元前3290—前2880年之间，距今约四五千年，庙底沟文化的时间大体与此相当。这个时期属于仰韶文化后期，正是我国由母系氏族社会向父系氏族社会过渡阶段。从有关的神话传说来看，郯子称少昊为祖，舜思念母亲时“鸠与母俱”，有娀氏二佚女吞鸟卵而生契等，其中少昊、舜、契正是这个历史时期的人（神）。神话传说与考古学的研究成果恰相一致，更可以充分证明鸟图腾崇拜的宗教信仰即盛行于母系氏族社会向父系氏族社会过渡的历史时期之前。因此，我们可以断定，以这种宗教观念为基础的鸟类兴象的

① 李泽厚：《关于中国古代艺术的札记》，《美学》第2辑，上海文艺出版社1980年版。
② 石兴邦：《有关马家窑文化的一些问题》，《考古》1962年6期。

起源时代的上限不会早于母系氏族公社的衰落时期，也就是不会早于母系氏族社会末期。

鱼类兴象产生的时间：

在《鱼类兴象的起源与生殖崇拜》一节中，我们曾说，以鱼类为“他物”起兴的诗，“所咏之词”多为匹偶、爱情和婚姻（一夫一妻制的婚姻，下同）。因此鱼类兴象起源的时代可以根据鱼类崇拜和匹偶、爱情、婚姻在历史上出现的时期来推断。从神秘的半坡人面鱼纹可以知道，鱼被作为生殖、繁衍和丰收的象征而获得神秘的宗教意义是在母系氏族公社的繁荣时期。不过我们不能只根据这一点就判断鱼类兴象产生于母系氏族社会的繁荣时期，而必须兼顾匹偶、爱情和婚姻这个方面。人类婚姻史说明，匹偶、爱情和婚姻只有在原始社会走向瓦解，私有制开始出现的历史条件下才能产生。这是因为两性个体之间爱情的产生必须以一夫一妻制的婚姻和家庭的存在为前提，而一夫一妻制的婚姻和家庭只能以配偶之间的共同经济生活和私有财产为基础。正是在原始社会末期，随着生产力的发展和私有制的出现，人们才逐渐地从氏族集体中独立出来，并开始逐渐建立起个体家庭。[①] 从此以后，人类社会生活中才出现了匹偶、爱情和一夫一妻制的婚姻。这一点完全可以从地下发掘出来的考古资料中得到证明。大汶口文化遗址中，共有墓葬133座，内有四座为男女合葬。这说明一夫一妻制的婚姻在这个时期其最重要的职能即在于生殖——为将私有财产传给自己的子女而生殖。正是在这样的社会历史条件下，本来是象征生殖、繁衍的鱼类才有

① 关于一夫一妻制和个体家庭的出现与财产私有制之间的关系，请参阅第五章第五节《原始情歌——〈侯人歌〉》。

可能与匹偶、爱情、婚姻等事物联系起来，从而为鱼类兴象的产生奠定了基础。因此，我们可以断定鱼类兴象产生的时代不会早于原始社会末期。

在我们所研究的几种原始兴象中，比较而言，鸟类兴象和鱼类兴象产生较早，而另外两种兴象——树木兴象和虚拟动物兴象产生比较晚。由于这两种兴象在起源时涉及一些阶级社会的事物而使其带有鲜明的时代特征。

树木兴象产生的时间：

在《树木兴象的起源与社树崇拜》一节中，我们说过树木兴象渊源于社树崇拜，社树崇拜即对于社的崇拜，直接来源于原始社会的土地崇拜。但是，关于社的宗教内容绝不限于土地崇拜。这是因为有关社的宗教生活随着社会历史的发展越来越多地渗入了政治伦理内容，因而也就越来越明显地趋向于社会化。随着土地私有制的出现，土地为不同地域、不同等级的奴隶主所占有，原来原始社会中掌管全部土地的统一的社神也相应地分为不同地域、不同等级的社神。这些大大小小的社神与奴隶制社会中各地各等级的无数的大宗、小宗恰相一致，所以祭社神实际上是在宗法制的一家一姓、一族一国的范围内进行。于是，经过长期的祭社活动，社树便逐渐具有了宗族乡里和国祚福禄等观念意义，从而构成了树木兴象产生的基础。因此，诗中以树木为“他物”起兴引起的“所咏之词”其内容多与社树的观念内容相一致。据此，我们可以断定树木兴象产生于奴隶制的宗法制形成过程中，具体说来，不会早于夏商之际。“郊社所从来尚矣。”（《史记·封禅书》）如果从树木兴象产生的最初源头——土地崇拜算起的话，它确实经历了漫长的历史发展过程，同时，其性质也要比鸟类兴象和鱼类兴象复杂得多。这一点从古代有关传说中也可以得到间接证明。《礼记·祭法》云:“共工氏之子后土为社。”共工氏之子即句龙。“共工氏霸九州,其子曰句龙,能平水土,死为社祠。”(《汉书·郊祀志》)从古代文献的记载来看,他们活动的时间延续很长,大体与三皇五帝相始终。一个人不可能活这样长的时间,作为社的化身,其历史不过是社的演变和发展历史的写照而已。

虚拟动物兴象产生的时间:

在《虚拟动物兴象的起源与祥瑞观念》一节中曾说过,虚拟动物是初民在宗教观念支配下想象中的产物,实际并不存在。虚拟动物虽然具有神奇的形象和超现实的威力,但是它的出现却有其十分现实的原因和历史的必然性。例如龙凤等虚拟动物都是综合了不同动物(主要是图腾动物)的状貌和特点虚构而成,这正是原始社会末期,各图腾部族在长期的共同生活和战争中彼此不断融合渗透,逐渐走向统一的历史过程在宗教意识中的反映。龙凤等图腾动物产生之初像原始社会的其他图腾动物一样,也不过是作为整个部族的保护神,而不是某个统治者个人的保护神,因而它也就不可能具备阶级统治的意义和色彩。在诗中以虚拟动物为“他物”起兴都是作为国祚兴盛的吉兆,具有吉庆祯祥之意。这种兴象在本质上是一种祥瑞观念,统治阶级借以证明自己的统治合乎天意,因而具有明显的阶级统治性质和特征。这充分说明这种兴象不可能产生于龙凤等虚拟动物刚刚出现的原始社会末期。只有在对它们加以改造,使之由整个部族的保护神变成奴隶主阶级的最高统治者,如王、天子的个人保护神,由部族全体成员共同的精神寄托变成最高统治者个人的统治工具以后,也就是由原始社会过渡到奴隶制社会以后,虚拟动物兴象产生的社会历史条件才开始具备。祥瑞观念是奴隶主阶级最初的思想家(即专职巫史)根据天人感应的思想观念，运用了原始社会流传下来的物占形式，对于传统的图腾保护神加以改造的结果。由此不难看出，虚拟动物兴象不但保留着神秘的宗教性质，而且起着神化统治者的作用，具有强烈的政治色彩和功利特征。同时，由于它总是与帝王的“建国受命，兴动事业”相联系，因而又富于一定的历史内容。可以肯定，源于原始社会末期作为整个部族保护神的图腾动物的虚拟动物兴象，其正式形成当在进入奴隶制社会之后。

以上分别考察了鸟类、鱼类、树木类和虚拟动物等原始兴象形成的大体时间，可以看出，不同的原始兴象出现的时间彼此不尽相同。其中就出现最早的鸟类兴象来看，如果从鸟类被赋予图腾神的观念意义算起，那么它的形成过程最早可以上溯到原始社会末期，即母系氏族公社衰落的时期。其他原始兴象的大量出现和普遍运用于诗，则是在此很久以后的事情。其中虚拟动物兴象出现最晚，大约在进入奴隶制社会以后。原始兴象的种类本来很多，我们的考察仅仅是在能够找到渊源关系的兴象的范围之内。不过，仅从这几种原始兴象也足以说明，在整体的规模上原始兴象的出现经历了相当长的时间。在这段时间内，各种原始兴象相继形成和出现。原始兴象一经诞生，便与诗歌一起广泛流传，它所体现的物象与观念内容之间的习惯性联想由于成千上万次的重复而被不断巩固和强化。与此同时，随着原始社会的解体和奴隶制社会的到来，原始宗教的各种宗教观念和宗教意识（如图腾崇拜观念、生殖崇拜观念、土地崇拜观念等）由于失去了存在的基础，或逐渐走向消亡，或改变了自身的性质，从而更加速了物象与观念内容之间的习惯性联想外化为形式的过程。形式的外化，意味着内容越来越淡薄直至完全消失，最后习惯性联想只剩下空洞的外壳，成为一般的抽象联想的模式。这种外化和抽象化的完成，亦即以“他物”来引起“所咏之词”

的兴的规范化形式的出现，如前所说，正是在各种不同的原始兴象相继出现并广泛流传的过程中完成的，因此可以肯定，这个时间与原始兴象出现和广泛流传相距不会太远。这样看来，认为一般的规范化艺术形式和艺术方法的兴的出现，大体是在从原始社会向奴隶制社会过渡时期或稍后一段时期内，是比较接近于事实的。

我们对于兴起源时间的推断，还可以从我国诗歌艺术发展的历史得到证明。

就现存的古代文献来看，作为艺术形式和艺术方法的兴最早见于《易经》。《明夷·初九》云："明夷于飞，垂其翼。君子于行，三日不食。"《中孚·九二》："鸣鹤在阴，其子和之。我有好爵，吾与尔靡之。"《大过·九二》："枯杨生稊，老夫得其女妻。"《大过·九五》："枯杨生华，老妇得其士夫。"这些比国风还要简短的歌谣，较好地运用了以"他物"起兴的方法。在"他物"与"所咏之词"之间具有形象的比附和象征意味，可以使人产生比较丰富的形象联想。《周易》相传是伏羲、文王、周公的秘籍，实际是体现着奴隶主阶级早期思想家哲学思想的占卜记录。它是商代淫祀信鬼，巫祝占卜盛行的社会风气的产物，整理成书则是以后的事。它以神秘的宗教形式述说着重大的历史事件和哲学思想，保存了殷周时代大量的珍贵历史资料，同时也搜集了不少民间歌谣。从上面提到的那些歌谣可以看出，殷周之际兴的形式和方法不但已经普遍运用于诗歌，而且它在起源时的宗教观念内容已经不复存在，而表现出艺术审美特征。如前所说，这正是由宗教的观念内容向艺术形式积淀和演化的结果。这里有一个问题应当说明：兴起源时的某些宗教痕迹在《周易》的歌谣中既已蜕除，那么为什么在产生于其后的《诗经》中反倒有所保留呢？这是因为：一般说来《诗经》的创作时间是从西周初期至春秋中叶，即从公元前 11 世纪至公元前 7 世纪。但这只是就其多数诗篇而言，并不意味着没有例外。实际上有少数篇章产生于西周之前，并保存了原始诗歌的某些风貌，或者本身就是地道的原始诗歌。它们流传于民间，被周朝采诗之官采来一并编入《诗经》。这样，早期诗歌的某些特征，其中包括兴起源时的某些宗教痕迹便被保存下来。其次，即使是出于当时的诗歌也不能完全排除某些传统思想观念（其中最重要的就是宗教观念）的影响。春秋时代，随着奴隶制的瓦解和封建制的兴起，社会生活的各个领域都发生了翻天覆地的变化；思想领域里唯物主义思想有了进一步的发展。先进的思想家开始怀疑甚至否定传统的天命观念和鬼神的存在，并认识到人的作用和力量。“夫民，神之主也。”（《左传·桓公六年》）“国将兴，听于民；将亡，听于神。”（《左传·庄公三十二年》）这些光辉思想猛烈冲激着天命、鬼神和先王合为一体的唯心主义思想体系。但是，从社会思想的一般状况来看，传统的思想观念仍然根深蒂固，特别是在某些地方的民间，宗教思想意识仍很浓烈，甚至还保持着原始宗教的某些习俗。比如在陈国，向来巫觋盛行，人们受传统巫风的影响，“好祭祀鬼神，鼓舞而祀”（《汉书·匡衡传注》），甚至“不修中馈休其蚕织，而起学巫觋，鼓舞事神”（王符《潜夫论》），故陈风中的男女歌舞之辞，多呈现明显的原始巫史文化风貌。可以想见，在宗教风气炽烈的社会环境中，人们于歌舞吟咏之际，必然会自觉不自觉地将传统的宗教思想观念和巫史文化渗入其中，从而在当时的诗歌中留下深刻的痕迹，因此，后人才有可能在它们身上依稀辨认出某些往昔历史的踪影。意识形态的超越时代的延续性反映在文学中，使文学的发展呈现着错综复杂的状态。

所以，《易经》中的歌谣的宗教痕迹反而不如其后的《诗经》明显，与兴起源的宗教根源的论断并不矛盾。如前所说，《易经》中有些歌谣的兴，其起源时的宗教痕迹已经蜕除，而以艺术的审美特征为其本质，这只能说明《周易》时代（殷周之际）兴早已完成了由宗教观念内容向艺术审美形式的积淀过程。既然兴在殷周之际就已达到了这样的发展水平，那么，可以想象，它的起源应当更早于此。这样，我们关于兴起源于原始社会向奴隶制社会过渡时期或其后不久的论断，从现存文献的有关记载也可得到证明。

兴产生之前，也就是进入奴隶制社会之前，我国文学领域里主要有两种文学形态："把自然力形象化"的原始神话和与音乐、舞蹈密切结合的原始诗歌。在漫长的原始社会里，它们（特别是神话）经过不断发展，以其灿烂辉煌的成果开我国文学长足发展之先河，哺育和启迪着一代又一代的诗人和作家，原始社会末期，随着社会经济制度巨大变革，这两种文学形态也面临着历史性的重大转折。值得注意的是，兴产生的原始社会向奴隶制社会的过渡时期，恰恰也是原始诗歌和原始神话正式结束的历史时期：原始神话随着原始时代的结束一去不复返了，而原始诗歌则随着社会历史的发展也跨入了新的发展阶段——阶级社会诗歌的发展阶段。如前所说，兴起源的社会历史条件只有在原始社会走向衰落的历史条件下才具备，而原始社会的衰落却使"借助想象以征服自然力"的神话和与歌、舞密切结合并作为劳动生产必要补手段的原始诗歌失去了存在的社会土壤。作为诗歌艺术方法的兴与原始神话和原始诗歌在它们各自发展的历史上，一个宣告诞生，另一个同时宣告结束。这绝非偶然的巧合，而有其社会历史的根源和它们自身发展规律的必然性。

进入阶级社会以后，作为上层建筑组成部分的诗歌与原始诗歌相比也开始发生了巨大的变化：不但题材有所丰富和扩大，而且作品还具有了阶级属性和阶级斗争的意义。除了作品的性质和思想内容方面的重要变化之外，在艺术特征方面二者之间有没有根本的区别呢？前面说过，作为诗歌艺术方法的兴，正式形成于原始社会向奴隶制社会过渡的历史时期，这无疑说明，原始诗歌中没有兴的存在，阶级社会的诗歌才开始运用兴的艺术方法进行创作。所以，是否运用了兴的艺术方法也就成为原始诗歌与阶级社会诗歌在艺术上的根本区别。这一点完全可以从具体作品得到有力的证明。

总而言之，如果说由原始诗歌向阶级社会诗歌的转化在艺术上有什么标志的话，这个标志就是兴的出现并普遍运用于诗歌。

关于原始诗歌的艺术表现方式和兴的出现给诗歌艺术带来的巨大变化，在第五章《兴出现之前的诗歌——原始诗歌》和第六章第一节《兴的起源与诗歌艺术的飞跃》有详述，请参阅。

在文学史和有关论著中，对于诗歌发展历史的时代和阶段划分，例如原始诗歌与阶级社会诗歌的划分，通常是以社会历史发展作为划分标准，认为原始社会的诗歌即原始诗歌，而进入奴隶制社会以后的诗歌即阶级社会的诗歌。诚然，这样的划分有其一定的根据，对于认识文学的时代内容和历史特征也是必要的。但是，把它作为唯一的尺度，而忽略甚至否认不同时代、不同发展阶段的诗歌在艺术审美上的质的差别，无论如何是不全面的。特别是对于像上面说的重大转折时代前后的文学，这个问题尤其显得尖锐和突出。事实上，在诗歌发展史上，进入阶级社会以后的诗歌，不仅以其全新的思想内容和性质，而且还以兴这种规范化的艺术形式和塑造形象的手段区别于原始诗歌。这就是说，由原始诗歌到阶级社会的诗歌，诗歌艺术是以双重的新质——新的思想内容和性质与以兴为代表的新的艺术方法和审美特征而跨入新的历史发展阶段的。诗歌艺术历史发展的时代和阶段划分必须兼顾时代内容和审美特征这两个方面，才是科学和根据充分的。然而，在兴起源的本质和产生的时代问题提出和解决之前，“两种诗歌”在艺术上的根本区别似乎无从谈起而陷入盲目状态。从这里不难看出，文学理论上的空缺和不足必然会给文学史研究带来某些局限。

总而言之，作为原始诗歌向阶级社会诗歌转化的艺术标志，兴的形成和正式运用于诗歌创作，是诗歌艺术表现方法的时代性转折，是诗歌艺术方法的重大飞跃，并预示着我国诗歌艺术园地百花盛开的春天即将来临。我国诗歌艺术的第一个高峰，《诗经》正是以比兴为其代表性的艺术成就和艺术方法，难道是偶然的吗？

第四章　文化背景与“同龄艺术”

第一节　兴起源的社会宗教文化背景

一般说来，艺术形式和艺术方法对于社会现实具有某种程度的独立性：它们远离社会经济基础，甚至与一般的社会生活也没有什么直接联系，因而也就不像艺术内容那样随着社会生活的变化而迅速变化。艺术形式和艺术方法的这种特征，归根结底是它特殊的质的规定性和稳定性而决定的。但是，“远离”绝不是脱离，没有直接联系并不等于没有联系。作为艺术整体的有机组成部分，它们终究不可能完全超脱社会历史发展的制约。就兴来说，尽管表现为抽象的一般艺术形式和方法，但还是可以从历史发展中找到产生它们的社会土壤。

当然，比起其他审美范畴（如为均衡、对称、节奏、韵律等形式美），兴的产生过程在性质上更为复杂。因此研究它起源的社会历史背景也就不能像对某些形式美（如均衡、对称、节奏、韵律、光滑、匀直等）那样单纯从物质生产发展规律方面去找原因，即不能满足于“人最初是从功利观点来观察事物和现象，只是后来才站到审美的观点上来看待它们"[①]这样一个一般的原理，而必须从兴起源的特殊本质出发，在搞清生产力的发展和一般社会历史特点的前提之外，进一步寻找它产生的思想和意识形态的特殊原因。这就要求我们具体揭示兴起源的社会宗教文化背景。

从第一章可以知道，有些原始兴象（如鸟类兴象）是原始宗教的直接产物，并与原始社会生活密切相关；另有一些兴象（如树木兴象、鱼类兴象和虚拟动物兴象）的某些观念内容虽源于原始宗教，但正式形成却是在原始宗教转化为人为宗教以后的事情。所以要揭示兴起源的宗教文化背景，无论从哪种兴象来说，都必然要广泛涉及原始宗教的长期发展，即从原始宗教及其向人为宗教的转化以及与此有关的原始文化的某些特征。

原始宗教的具体形态是多种多样的，但其核心却是共同的，那就是对于自然的神化。自然界的种种物象，例如山河、日月、鸟兽、草木等本是外在于人并有其独特属性的物质性存在，是不受精神制约的独立的自然客体。如第一章所指出的这种与精神相对立的自在之物被赋予超自然的观念内容，是在人类社会发展过程中的特殊的历史条件下完成的。人类历史上这种虚妄荒诞现象本身却有其十分现实而迫切的原因，并在一定程度上曲折地反映着人们精神生活的某些时代特征。

由于生产力发展水平的极端落后和社会实践范围的狭隘，以及由此而决定的人们认识能力的低下，使原始宗教得以产生并成为当时主宰人们内心世界的唯一的精神力量。在人类历史上，自从摆脱了动物

① [俄]普列汉诺夫:《艺术与社会生活》，生活书店 1938 年版，第 106 页。

意识，意识到自身存在的那一天起，它的精神就一直陷于越来越多的群神的包围和支配之下。就人类认识的发展来看，作为大自然产物的人类自身，当他回过头来对于这个自然进行了不自觉的反思，其结果是在客观世界开始被认识的同时，又被赋予了浓重的神秘意义和属性。“宗教是在最原始的时代从人们关于自己本身的自然和周围的外部自然的错误的、最原始的观念中产生的。”[①]于是，世界即神、神与物同体的万物有灵论就成为当时人们精神生活的基本内容和特征。与阶级社会的人为宗教不同，原始宗教没有作为世界最高主宰的至高无上的尊神，也不具备一元化的系统信仰。它殿堂中的神为数众多，光怪陆离，呈现着巨大而庞杂的状态和信仰多元化的特点。原始宗教的发展形态，大致有过大自然崇拜、动植物崇拜、鬼魂崇拜、祖先崇拜、土地崇拜、生殖崇拜、图腾崇拜、灵物崇拜和偶像崇拜等。每一种具体崇拜形式都有其特定的崇拜对象和信仰内容。总起来看，可以说世界上一切与人的生活和认识对象有关的事物，都曾先后程度不同地被神化过，因而都曾作为神灵高踞于人类之上。作为上层建筑中的一种观念形态，对于物象的每一种神化都以一定的社会物质生活条件的变化为基础。例如人们崇拜动植物，是因为在渔猎和采集时代它们是人们赖以生存的食物来源，而当进入农耕时代以后，土地作为重要的生产资料，成为人们生存依赖的对象，于是人们便认为食物是土地之神的恩赐，因而又崇拜它。“对于自然的依赖感，再加上那种把自然看成一种任意作为的有人格的实体的想法，就是献祭这一自然宗教的基本行为的基础。”[②]原始宗教中

① 《马克思恩格斯全集》第二十一卷，人民出版社 1965 年版，第 348 页。

② [德]路德维希·费尔巴哈：《费尔巴哈哲学著作选集》下卷，商务印书馆 1984 年版，第 460 页。

庞杂而多样的信仰的产生并非偶然，而是有其社会历史和人类认识发展的必然性，并且不管它的内容怎样荒诞离奇，总有其原因和规律可循。“至于那些更高地悬浮于空中的思想领域，即宗教、哲学等，那么它们都有它们的被历史时期所发现和接受的史前内容，即目前我们不免要称之为谬论的内容。这些关于自然界、关于人本身的本质，关于灵魂、魔力等的形形色色的虚假观念，大都只有否定性的经济基础；史前时期的低级经济发展有关于自然界的虚假观念作为自己的补充，但是有时也作为条件，甚至作为原因。”[①]在原始宗教的思想体系中，本来是主客观关系的人与自然的关系却成为人与神的关系，因此，我们从人与神的关系的具体形式可以间接看到一定历史条件下人们的社会关系和社会生活内容。

在原始宗教不断发展的同时，原始社会的其他意识形态和自然科学的萌芽也有了相应的发展。一方面，像一般的人为宗教一样，原始宗教作为一种虚妄的保守力量，紧紧地束缚着人们的认识能力，严重阻碍着其他意识形态的发展；另一方面原始宗教又以其具有一定的生存斗争意义而不同于一般的人为宗教，它不仅为其他意识形态的发展提供了支配思想，而且为它们提供了存在形式和活动场所，从而又促进了它们的发展。于是，原始社会各种意识形态和自然科学的萌芽便自然地走上了以原始宗教为中心的特殊的发展道路，从而形成了它们的不同于以后时代意识形态的重要特征。同时，作为主宰人们精神世界的原始宗教为了加强自己的统治力量，利用了当时人类文明所取得的一切

① 《恩格斯致康·施米特》，《马克思恩格斯选集》第四卷，人民出版社1972年版，第484页。

成就，诸如哲学、历史、艺术和自然科学的萌芽，使自己成为包容各种意识形态和知识萌芽的集合体。这个笼罩在当时全部社会生活上空的巨大阴影，以其神秘虚幻的方式朦胧而曲折地反映着尚不发达的思维能力所达到的一切结果。因此，宗教世界观支配下的以原始宗教为核心的原始文化必然呈现出混沌统一的基本特征。

作为时代的产物，原始艺术如音乐、舞蹈、诗歌（包括含有原始兴象的诗歌）、绘画、雕塑、装饰、文身等，都以对于世界的神秘观念为基础，在本质上不过是对于包括审美意识萌芽在内的这种观念的物化。因此，宗教观念和原始文化混沌统一的基本特征在它们身上的表现也就最为明显。（关于每一种原始艺术的内容和特征详本章下一节《原始宗教和人类的艺术活动》）

综观这些人类艺术史的开始篇章，可以说它们形象地概括了人类幼年时期物质生活和精神生活的各个方面。它既反映了残酷的生存斗争现实，又反映了部族重大事件和历史；它既有关于神灵世界的幻想和关于世界、人类来源的解释，又有关于人们现存关系和万物存在的认识。此外，还有关于自身与图腾保护神之间的关系的自我认识和关于另一个世界的想象。这种艺术活动既是神秘庄严的宗教生活，又与生存斗争有着直接的联系；既是对于神的虔诚祈祷，又是热烈愉快的娱乐活动；既是对于虚幻神国世界的幻想，又是对于现实美好生活的追求。而这一切都以对于周围自然环境的神化也就是赋予自然物象的一定的超现实的观念意义为前提。没有这个对于客观世界的神化，原始艺术是不可想象的。所以，一方面作为宗教观念和审美意识的物化，原始艺术反映并肯定了客观物象的宗教观念内容；另一方面作为宗教活动的组成部分，原始艺术不只是它的被动的承受者，同时又是它的积极的传播者。这样看来,人们意识中关于某些物象的宗教观念意义,如第一章所说的,作为图腾崇拜对象的鸟所具有的祖先神的观念内容、鱼的丰收繁衍意义、社树的土地崇拜意义和虚拟动物的氏族图腾的神圣含义的产生,那是包括原始艺术在内的长期的宗教活动的结果。也就是说,正是原始艺术活动(如创作舞蹈、绘画、雕塑、诗歌的活动)与原始宗教一道共同赋予并肯定了物象的超现实的宗教观念内容。这种情况充分体现了原始文化的混沌统一特征,同时也反映着这个文化内部各种意识形态之间的复杂的相互关系。

客观物象被赋予超现实的观念意义,不但构成了原始宗教的核心,而且也是兴产生的基础。鸟类兴象即直接产生于原始宗教,而对于其他更多的原始兴象(如树本兴象等)来说,虽不是它的直接产物,但与它也有一种渊源关系。因为以这些物象为"他物"而引起的"所咏之词"如国祚福禄、乡情、祥瑞以及爱情、匹偶等都是进入阶级社会以后才出现的事物。所以这些兴象的产生又与社会制度的大变革(原始社会向奴隶制社会过渡)和宗教的历史性变化(原始宗教向人为宗教的转化)具有直接关系。

兴产生的历史时期——从原始社会末期到奴隶制社会初期——是人类历史上的一个重大的转折时期。从某种意义上说,这次变革较人类历史上其他几次社会制度大变革,如奴隶制向封建制转化,封建制向资本主义制度的转化,都具有更为激烈和深刻的性质。后几次社会制度的变革,不管多么尖锐和复杂,毕竟都是一种剥削制度代替另一种剥削制度,一个剥削阶级推翻另一个剥削阶级,而导致阶级对立的剥削压迫制度却始终保持着。在这个制度基础上各个阶级社会(奴隶社会、封建社会和资本主义社会)的某些上层建筑和有关的观念体系,虽然在具体内容和性质上彼此不尽相同，但它们之间总还保持一定的最基本的共同特点。这不仅表现为鲜明的阶级属性和阶级对立特征，而且表现为存在形态和形式的某些一致性上。因此，在最广泛的意义上它们完全可以相互继承。它们之中具有很多共同的事物，诸如国家军队、阶级对立、等级制度、生产部门、社会分工、婚姻、家庭以及反映它们的各种各样的思想观点，所有这一切，在人类历史上的第一个剥削制度社会即奴隶制社会中就以“雏型”的状态初具规模了，从而为它们在以后各种社会形态中的存在和发展奠定了基础。而由原始社会向奴隶制社会的过渡则不然，它是从无阶级社会向阶级社会的过渡，是以一种剥削制度来代替没有剥削和压迫的社会制度。在这场变革中整个社会从社会经济制度到上层建筑，从生产形式到社会分工，从男人和妇女的关系到人们的生活方式以及人们的精神、心理、风俗习惯都发生了翻天覆地的变化。在这个巨大变革的潮流中，原来的宗教——原始宗教为了适应人类历史上第一个统治阶级的政治需要，性质也发生了根本变化，变为人为的宗教，它的具体内容和社会功能都具有了新的时代特征。

在社会制度发生历史性变化、人们的生活领域迅速扩大、社会生活和人与人之间的关系日趋复杂的时代条件下，作为原来的统治思想的宗教不可避免地面临着前所未见的复杂的社会局面，宗教像以前一样仍想支配和驾驭它们，将它们统统纳入神秘的体系之中。然而宗教固有的虚妄和保守本质，使它的神秘威力在蓬勃发展的社会生活面前显得捉襟见肘。比如对于刚刚出现的一些新事物，如商品交换、私有财产、家庭、夫妻、宗族、乡情以及意识形态领域中的公正与阴私、善良与邪恶等，传统的宗教由于无法囊括这一切而遇到了严重的挑战。这些刚刚出现的事物由于尚未受到宗教的洗礼而呈现着赤裸裸的非宗教的世俗特征。神化这些东西，使它们“皈依”宗教，对它来说是迫切需要完成而又是十分麻烦的事情。但是，宗教毕竟是一种根深蒂固的传统观念和适应能力非常顽强的精神力量，为了适应社会的发展和变化，为了征服那些新的事物，扩大其统治，增强其权威，它巧妙地采取了改变某些性质以增加新功能的方法。通过这些新的功能来与那些新事物相对应，从而统摄和驾驭它们。例如在原始宗教的自然崇拜中，日月、星辰、江河、土地最初是以其自然属性以及人们对它的依赖程度而受到人们崇拜；后来，在新的社会历史条件下，这些自然实体被神化不单纯是其自然属性对于人们生存的意义，更重要的是有了新的阶级斗争的意义。原始宗教中的很多神祇都有这样的经历。例如地神崇拜就经历了由崇拜土地自然神到不同地域的土地管理神的变化，其功能由自然的转而为社会的。星辰也经历了由自然神到社会神的转变。例如箕星的运行可以预示人事变化和天下治乱。河神也是如此，由对江河的崇拜转变成为对于管理江河的人神——实际是当地统治者的化身的崇拜。此外，自然的天被作为清明无私之神，太阳被作为公正光明之神，以及善神、恶神、家神、财神等都是宗教不断发展变化的结果。就这样，世间的一切（包括那些刚刚诞生的新事物）都被宗教以其无限扩大的神性网罗起来，成为神权统治下的宗教世界的组成部分。

同样，鱼、树木等基元物象在原有的宗教观念内容基础上又被赋予新的观念意义，在本质上也是随着社会的发展变化，其神性向外扩张的结果。例如，如前所说，鱼本来的宗教意义在于丰收和繁衍，建立在一夫一妻制家庭基础上的爱情、匹偶产生之后，鱼又成为它们的象征，并具有促成匹偶合欢，生殖旺盛的功能。树木（社树）最初作为社的象征，具有土地崇拜的某些意义，后来随着社会生活的发展和复杂化，其性质也不断发生相应的变化，而逐渐具有了福禄国祚、宗族乡里等新的意义。宗教观念的这种发展，使物象传统的宗教意义与现实的社会生活内容有可能结合起来。这一点在客观上对于人们的认识方式，特别是对于诗歌艺术中的兴的起源和发展具有十分重要的意义。因为正是这种特点，使人们才有可能在诗歌艺术中通过传统的宗教观念内容来反映现实生活，从而创造出兴的表现形式。如以鱼为“他物”引起有关爱情、婚姻的“所咏之词”，以树木为“他物”引起有关福禄国祚、宗族乡里的“所咏之词”，从第二章《兴：宗教观念内容向艺术形式的积淀》可以知道，这种建立在宗教意义基础上的物象与观念之间的习惯性联想演化为艺术形式和艺术方法之后，其宗教观念本身便相应地减弱和消失了。虚拟动物兴象在这一点上则完全不同，以祥瑞观念为本质的虚拟动物兴象，在诗中虽然也采取了以“他物”引起“所咏之词”的兴的规范化形式，但它却仍然以宗教观念为本质。

原始社会末期，先民在经历了漫长的野蛮和蒙昧时代之后，终于走到了阶级社会的大门前，第一次迎来了文明的曙光。这个历史时期生产力发展水平虽然仍很低，但与以前相比还是有了一定的发展。更为重要的是，原来的那种生产、生育以求生存的简单生活方式正在开始发生变化，为数众多的属于社会、家庭和个人范畴的新生事物不断涌现，人与人之间的联系和交往也在增加。随着人们实践范围和视野的不断扩大，人的潜在能力也有所发展和提高。对我们的课题研究来说，最重要的是审美能力的发展和提高，如对形式美（平衡、对称、节奏和韵律等）和生活美（生活情趣和生活中的某些美的事物）的感受和认识能力的发展和提高。这只要看一看下一节所述原始社会在雕塑、彩陶和纹饰等方面所取得的辉煌成就即可一目了然。正是在这样的基础上，那些无名的诗人才有可能把起源于宗教观念内容的以“他物”引起“所咏之词”的模式作为一种形式美而予以肯定。

所以，兴作为一般的规范化艺术形式和艺术方法，尽管早已获得了超时代的普遍性质和意义，但起源时的宗教观念本质却使它与那个时代永远地联系在一起。

第二节　原始宗教与人类的艺术活动

原始社会人类艺术活动的空间是十分广阔的。

为了认识原始兴象的特征及其与审美因素的关系，有必要放眼于这个空间，看一看它的中外“同龄艺术”的一般情况，横向比较有助于认识的深化。

原始兴象产生的历史时期，人类的艺术活动尚处于早期发展阶段，无论是思想内容、表现方式，还是在社会中的地位和作用都不同于后来的艺术，原始艺术以其鲜明的特征成为美学和艺术研究史的一个专题。近代特别是 19 世纪以来，西方很多美学家、艺术理论家和人类学家对这个问题做了大量的研究，并取得了一定的成绩，其中有些研究成果直到今天对我们有一定的参考价值。我国自中华人民共和国成立以后，在这方面也做了初步探索。今天在这个领域，无论中外都还存在很多疑难和空白，有待我们进一步探索。

人类审美意识产生和早期发展的原因及其方式是个比较复杂的问题。作为上层建筑的组成部分，当然可以从经济基础和物质产生方式找到终极根源，但是仅仅满足于这个一般原理，而不做具体的历史分析是远远不够的，因为这不仅完全忽略了原始艺术的丰富性和复杂性，而且完全否定了上层建筑与经济基础之间的“中介物”的重要作用，最终必然将充满生机与活力的人类早期艺术活动套入僵死的模式。

上一节我们曾经说到原始文化的混沌统一特征，在这个庞大而复杂的统一体中，原始宗教占据着绝对的统治地位，对其他各种意识形态起着支配和主导的作用。这些意识形态都以原始宗教为灵魂，依附于原始宗教而存在，因而往往也具有神秘而神圣的性质。这一点在原始艺术中表现尤其明显和突出，如舞蹈、音乐、诗歌、雕塑、绘画和装饰等，往往都用于宗教目的，不是作为原始宗教活动的内容，就是作为原始宗教的有关仪式和手段，其自身都不是完全独立的。即使是那些反映生产劳动内容的艺术，其中也明显渗透着浓重的宗教理念内容，甚至其本身就是保证劳动生产顺利和丰收的不可或缺的巫术魔法的组成部分。由于与原始宗教有着如此密切的关系，所以艺术本身往往具有神秘的属性，起着宗教巫术的作用。这一点成为原始艺术不同于后代一般艺术的重要区别之一。

比如舞蹈，对于初民来说就不是一般的艺术，也不是单纯的轻佻娱乐，而是接通人与神交流的带有巫术性质的动作符号，具有神圣的宗教意义。摩尔根观察了美洲土著的舞蹈得出了如下的结论：“舞蹈是美洲土著的一种敬神的仪式。也是各种宗教的庆典中的一项节目……与他们的宗教信仰和崇拜神明的制度有着直接的关系。”[①]这种情况在图腾舞蹈中更为突出。图腾舞蹈是一种很重要的原始舞蹈，它用舞蹈动作符号，通过象征神秘地与图腾祖先神接通，以乞求它的保护。这种舞蹈

① [美]摩尔根：《古代社会》，商务印书馆1977年版，第113页。

往往以大规模的集体方式进行。舞蹈时人们按图腾动物的形象来装扮自己，或将图腾形象描绘在自己身上。这正是通过“图腾同样化”(Assimilation of Totem)来取悦图腾神，达到乞求保护的目的。我国古代有这样的记载：“予击石拊石、百兽率舞。”“瓠巴鼓琴而鸟舞鱼跃。”“舜作《箫韶》九成，凤凰来仪，其形参差，像凤凰之翼。”这些记载都是后人对于远古图腾歌舞的朦胧回忆。除此之外，即使是那些反映生产劳动内容的舞蹈往往也离不开宗教观念的支配。例如在生产活动前后进行的那些模拟劳动动作的舞蹈，舞蹈者通过模拟动物的动作和叫声，企图获得实际上支配这些猎物的魔力，以保证狩猎的丰收。如前所说，在原始人看来，主客观之间具有某些超现实的神秘联系，人们的主观幻想可以干预和支配客观事物的发展。这种认识在事实上构成了巫术产生的基础。像图腾舞蹈一样，这种带有魔法巫术性质的舞蹈作为生产劳动的手段和必要补充受到初民的同样的高度重视。

绘画、图案和雕塑等造型艺术在原始人的心目中也并非单纯的审美，而在很大程度上是作为与超现实的神灵传感的媒介，以神秘的宗教意义为其本质。原始人认为图像是所画对象本身与神秘属性的结合，具有特殊的魔法巫术功能，因而比对象本身更富于神圣的性质。特别是那些作为氏族标志的神灵图像，如龙凤等作为浓缩了部族集体意识的神秘象征符号更是如此。“图像与被画的和它相像的被它代替了的存在物一样，也是有生命的，也能赐福或降祸。”[①]因而原始人对于图像往往顶礼膜拜，祈求它的保佑。例如第一章的第二节《鱼类兴象的起源与生殖崇拜》提到的我国母系氏族社会的西安半坡人面鱼纹图，本是当

① [法]列维—布留尔：《原始思维》，商务印书馆 1981 年版，第 37 页。

时渔猎生活的产物，它的超现实的虚构形象，它的人鱼合一的神秘构图，既不是对于鱼类形象的简单摹写，也不是对于渔猎生活的单纯回忆，而是经过宗教“中介物”折光的结果。这种奇妙的想象，显然是出于一种迫切的需要和精神上的原因。很多考古学家都已指出，人面鱼纹图对于半坡氏族公社的成员来说并非单纯的装饰和审美，而是鱼图腾崇拜的表现。它的非现实的图像具有复杂的观念内容，对于氏族成员充满了神圣的含义。

人面鱼纹图的珥鱼、衔鱼以及半坡鱼图多有鱼纹、网纹共生的现象，正是人们乞求图腾鱼的保护，驱鱼入网，获得丰收愿望的体现。“‘同类生同类’，是‘类似符咒作用’之公理。这样，画出野兽者，就是将它遣来支配它的意思。”[①]如果一个人能描绘出所要猎取的动物，好运气就会不可思议地降临到他身上。另一方面，出于繁殖和延续后代的迫切愿望，人们羡慕鱼的强大繁殖能力，希望自己的子孙也能像鱼一样地绵绵不绝。同样的，这种乞求繁衍的宗教活动是人类自身扩大再生产的重要补充。鱼崇拜的宗教意义还可以从中外历史的众多事例得到证明。世界不少地区从新石器时代开始，便以雕刻的石鱼、烧制的陶鱼作为丰收和繁衍的象征。我国直到明清时代仍以石鱼的隐现作为能否取得丰收的征兆。[②] 要寻找这种现象的历史根源，可以一直上溯到那神秘的人面鱼纹所体现的宗教意义。又如抽象的几何图案和纹饰。我国仰韶文化和马家窑文化的彩陶中很多绘有这样的图案和纹饰。“主要的几何形图案花纹可能是由动物图案演化而来。有代表性的几何纹

---

① 弗理契：《艺术社会学》，神州国光社 1930 年版，第 119 页。

② 参阅第一章第二节《鱼类兴象的起源与生殖崇拜》。

饰可分成两类：螺旋形纹饰是由鸟纹变化而来的，波浪形的曲线纹和垂幛纹是由蛙纹演变而来的。”[①]“半坡彩陶的几何形花纹是由鱼纹变化而来的，庙底沟彩陶的几何形花纹是由鸟纹演变而来的……”[②]半坡彩陶和庙底沟彩陶同属仰韶文化。马家窑文化在仰韶文化的影响下发展起来，它们的几何图案和纹饰是很有代表性的。像前边所说的半坡人面鱼纹图一样，这些由对于生活中的物象不断摹写、仿制、简化、提炼，最后升华而成的抽象的几何图案，既不是个人创造性想象的产物（初民不具备那样丰富的想象力和抽象概括力），也不是单纯追求美的创造（初民不具备那样高度发展的对于形式美的创造力和感受力），而是在一定的物质生产方式基础上，宗教观念支配下全氏族或部族社会活动的结果。所以，它不是以其形式而是以其所体现的复杂的观念内容而存在，也就是说，它不单纯是装饰艺术，更是充满神圣含义的氏族图腾标志。

为了进一步了解这种抽象的几何图案的意义和性质，让我们再看一看在其他原始民族那里首先被简化、提炼并升华为抽象的几何图案的是一些什么形象：1. 澳洲人作图腾仪式用的“止令茄”（churinga）是图腾祖先的寄托之所，上面描绘的图腾动物，就是图腾动物的象征纹样，而不是它的写实形象。澳洲人视它比写实的动物形象更为神秘，“止令茄”的放置之处不言而喻成为整个民族的圣地。2. 澳洲蛴螬图腾部族也是以抽象的纹样来表现他们的崇拜对象：以一条弯曲的线来象征大蛴螬。3. 大蜥蜴图腾部族也是如此：以波状线表示蜥蜴的长

① 石兴邦：《有关马家窑文化的一些问题》，《考古》，1962 年 6 期。

② 石兴邦：《有关马家窑文化的一些问题》，《考古》，1962 年 6 期。

尾,以圆线为肋,以半圆形虚线为肩,以斑点表示皮肤。4. 澳洲的伯尼开阿人描绘他们崇拜的图腾动物袋鼠时,用两个小圆代表袋鼠的眼睛,下面一个稍大的圆代表嘴,其他则用几何纹样。5. 澳洲大量的岩洞壁画所描绘的图腾动物也有一个“由单彩而复彩,由写实而纹样”的演变过程。①

关于抽象的几何图案的演变过程,有些艺术理论家和人类学家已经有所认识,看一看他们的有关论述对于我们也许是有益的。

德国人类学家艾伦莱赫说:“所有一切具有几何图形的花样,事实上都是一些非常具体的对象(大部分是动物)的简略的,有时候甚至是模拟的图形。”②

奥地利考古学家赫尔内斯指出:欧洲新石器时代的抽象的几何图形,大概都是起源于对自然界和日常的技术过程那种因袭的模仿。③

还有些人更进一步注意到那些被模仿的动物的宗教性质和与本部族的关系。

德国艺术理论家格罗塞说:有些澳洲人画蛇,开始是“竭尽其力之所能的以求逼真自然”,此后“则并不照自然的原型来摹写,而是照着那变成象征之人工的图画来临摹”,其目的“乃是以固定而且易于认识的形式表现部落的象征”。④

另外,著名的艺术理论家斯本塞和基伦在他们的有关论著中用当

---

① 岑家梧:《图腾艺术史》,商务印书馆 1937 年版。

② [俄]普列汉诺夫:《论艺术》,生活·读书·新知三联书店 1964 年版,第 132 页。

③ [英]李斯·托威尔:《近代美学史评述》,上海译文出版社第 1980 年版,第 200—201 页。

④ [德]格罗塞:《艺术的起源》,商务印书馆 1984 年版,第 182 页。

代原始民族的大量事实证明了那首先被简化和提炼成抽象的几何图形正是从图腾动物开始。

根据以上事实和有关学者的论述，我们认为关于抽象几何图形的以下结论是可信的："由写实的、生动的、多样化的动物形象演化而成抽象的、符号的、规范化的几何纹饰这一总的趋向和规律，作为科学假说，已有成立的足够的根据。同时，这些从动物形象到几何图案的陶器纹饰并不是纯形式的'装饰''审美'，而具有氏族图腾的神圣含义，似也可成立。""巫术礼仪的图腾形象逐渐简化和抽象化而为纯形式的几何图案（符号），它的原始图腾含义不但没有消失，并且由于几何纹饰经常比动物形象更多地布满器身，这种含义更加强了。可见，抽象几何纹饰并非某种形式美，而是：抽象形式中有内容，感官感受中有观念。"①

关于雕塑。我国的雕塑艺术在距今六七千年之前就已经有了初步发展。从地下发掘情况来看，最初的某些雕塑像早期绘画一样，也是宗教观念物态化的表现，具有强烈的社会功利意义。甘肃东部出土的陶瓷人头和人头形器口陶瓶都属于仰韶文化，是我国早期雕塑的重要发现。它的宗教意义和非实用性已经引起人们的注意："……人头形器口陶瓶的体积较小，器口的人头眼和嘴乃至鼻孔都有孔洞，不可能作水器用。但这些陶塑人头的顶部都有圆孔，有的孔径还较小，而且器形长，因此也不会是贮放谷物之类的贮藏器，有些可能是用来装不经常更换的液体，这或许和原始宗教的某种信仰有关。"②特别值得注意的是，在这些雕像的人头顶部有黄豆大的小孔"其实用意义不明"③，事实上，从

① 李泽厚：《关于中国古代艺术的札记》，《美学》1980年第二期。

② 张朋川：《甘肃出土的几件仰韶文化人像陶塑》，《文物》1979年11期。

③ 张朋川：《甘肃出土的几件仰韶文化人像陶塑》，《文物》1979年11期。

实用意义上是无法解释的，它的意义恰恰在于宗教方面，是宗教观念留下的明显痕迹。

原来，早在仰韶文化时期之前，人们就产生了灵魂观念，认为自己的行为和心理受着它的操纵。灵魂不死，具有永恒的意义。人活着的时候，它藏在人的身中，死后钻出身体。灵魂进出有孔道，因此有必要在人脑和瓷棺上留有孔道。地下发掘证明了这一点："小孩的瓮棺在半坡埋在居住区……瓮棺是用一个粗陶瓮上面盖一个细泥陶钵式盆，钵或盆的底部有一个小孔，这可能意味着让小孩的灵魂出入有通路。"[①]我国有些少数民族至今仍有类似现象的残迹。"这种现象在法国、英国、克里米亚、高加索、巴基斯坦、印度、瑞典的巨石建筑的墓中也有发现，在这些墓的入口，常凿一个方形或圆形的小孔，一般认为是供灵魂出入的。"[②]原始人有时甚至直接在死人的头骨上钻孔，以使灵魂脱离躯壳。[③] 这些"艺术品"正是有关灵魂的宗教观念的产物。

此外，近年来我国还发现了一些反映生殖崇拜观念的雕塑，如突出胸部和腹部的妇女雕像和作为男性生殖器造像的石且、陶且等。这些雕像和造像充满了神圣的宗教意义。（参阅第一章第二节《鱼类兴象的起源与生殖崇拜》）

再看装饰和文身。按艺术发展史，动物的皮毛、爪牙和骨角等是人类早期比较普遍的装饰品。据普列汉诺夫对于大量原始民族的研究，毛皮、爪牙、骨角等之所以引起原始人的喜爱并用以为装饰品，不仅在

① 《新中国的考古收获》，文物出版社 1961 年版，第 10 页。

② 《西安半坡》，文物出版社 1963 年版，第 220 页。

③ 关于为灵魂留孔道，可参阅萧兵《西安半坡鱼纹人画面新解》（《陕西师范大学学报》1979 年 4 期），论证颇详。

于它们可以作为勇敢、敏捷的标志，而且还常常出于一种宗教动机。例如印第安人喜欢以非常凶猛的白熊的爪作为装饰就是如此。在他们看来，佩带白熊的爪，白熊的勇猛便可传达给人。这之间有着人们无法解释的神秘联系。人们为了获得猛勇的品质，成为好的猎人，才去佩带它。所以实地考察了印第安人生活的斯库尔克拉夫特认为“这些爪部分地是作他的装饰品，部分地是作他的护身符”。①

文身(“文”同“纹”)起源的宗教意义更为突出。我国古代的越人以龙为图腾，为了祈求那具有“魔那”即超现实法力的龙祖先的保护，越人往往“祝发文身”，所谓“断其发，文其身，以象龙子”。(《汉书·地理志》应劭注)即把自己打扮成龙的样子，证明自己是龙的后代。这样的文身显然是出于一种虔诚的图腾崇拜心理。人们奉龙“为图腾，崇拜它，信任它，皈依它，把整个身体和心灵都交付给它，如果有什么方法使自己也变得和它一样，那岂不更妙？在这里，巫术——模拟巫术便是野蛮人的如意算盘。‘断其发，文其身’——人一像龙人便是龙了。人是龙，当然也有龙的法力或‘魔那’，这一来一个人便不待老祖宗的呵护而自然没有谁敢伤害，能伤害他了。”②

文身以像图腾在其他原始氏族中也十分普遍。在非洲、澳洲和美洲的土著多在躯干、四肢和面部描绘图腾的形象或涂抹图腾动物的颜色以像图腾。这种“图腾同样化”对于有些部族的酋长来说尤其重要，因为他可以代表整个部族与图腾神之间的亲缘关系。在英属哥伦比亚的原始民族中，一般的部族成员只在面部涂抹图腾动物的颜色，而酋长

① ［俄］普列汉诺夫：《论艺术》，商务印书馆 1982 年版，第 11 页。

② 闻一多：《神话与诗》，古籍出版社 1957 年版，第 30 页。

则除了在面部还要在身上也涂抹上这种颜色。作战的时候，这种文身艺术还可作为护身符保护自己，消灭敌人。北美海达人常把象征图腾动物的符号黥于面部，而南太平洋的黑利人则把鱼的形象逼真地刺绘于身上，这种鱼正是他们崇拜的图腾。

关于装饰、文身的宗教意义，佛雷泽说：“图腾部族的成员，为使其身受到图腾的保护，就有同化自己于图腾的习惯，或穿着图腾动物皮毛或其他部分，或辫结毛发、割伤身体，使其类似图腾；或取切痕、黥纹、涂色的方法，描写图腾于身体之上。北美印第安人的身体，每有描写动物的图像，（如野牛、海豹、龟、蛙、鸟之类）此种精神状态的表现，正可以图腾信仰解释之。”①

同样，原始诗歌与原始宗教的关系也极为密切。在很多情况下它与巫术、咒语、物占以及对于神的礼赞结合在一起，有时它本身就是祭祀祈祷和有关宗教仪式的唱词。例如我国古代的《蜡辞》就有这样的特征。原始人相信由于神的保护和主客观之间的神秘的互渗关系，他们使用的语言特别是按一定的音调和节奏组织起来的语言即诗歌本身就具有一定的超现实的魔法威力，可以影响客观现实的发展，帮助他们把希望和幻想变成现实。所以那种以征服自然力的热情和幻想为内容的诗歌自然便具有一定的巫术咒文的特征。这些诗歌由于具有生存斗争意义而在原始诗歌中占有重要的地位。此外，我国古代的物占例如在第一章中所引的“飞龙在天，利见大人。”“禹平天下，二龙降之”等，按传统习惯看法，它们未被视为诗，但从它们的铿锵音调，整齐的语言和鲜

---

① ［英］佛雷泽：《图腾主义与族外婚》，转引自岑家梧《图腾艺术史》，商务印书馆 1937 年版，第 44 页。

明的节奏来看，无疑都具有早期诗歌的特征。此外，原始诗歌中还有一些歌颂图腾祖先神的颂歌，它们与原始宗教的关系同样也十分明显，例如"葛天氏八阕乐歌""燕燕往飞"等，这些诗歌在本书第五章《兴出现之前的诗歌——原始诗歌》有详述，兹不重复。

以上所举原始社会的艺术，无论是人面鱼纹还是抽象的几何图案，无论是带有灵魂出入小孔的雕像还是装饰、文身，它们都有一个不同于后代一般艺术作品的共同特征：这些在后世看来以审美意义为其特征的艺术作品，给予初民的主要不是美的欣赏和享受，而是宗教的实用功能和价值——作为初民宗教礼仪和巫术活动礼器、手段，对他们来说充满了超现实的神秘宗教意义。

"在虚幻地相信自己和各种植物、动物有着亲属关系的原始人的意识里，反映了由图腾崇拜所产生的各种现实的、必须执行的要求。人类越把自己和神话般的祖先混为一谈，他们的那些装饰品、文身和舞蹈，就越没有什么艺术意义，而是具有宗教的、巫术的意义。"[①]不过，在对世界的宗教认识方式中，由于从一定的具体形象出发，而又不止于感性知觉，并有其复杂的神秘联想和想象；由于感性经验和想象的观念意义，具体形式和抽象内容，感觉与理解直接互相渗透而暂时不经过概念，判断、推理等逻辑形式，因而与审美认识具有某些相似之处，或者说具有一定的审美因素的萌芽。[②] 所以当原始人在进行"艺术"活动，创作那些"艺术作品"，即用一定的物质手段物化宗教性观照和宗教认识方式时，同时也就物化了其中所蕴含的那些审美因素的萌芽。于是，便

---

① [法]沙利·安什林：《宗教的起源》，生活·读书·新知三联书店 1964 年版，第 89 页。

② 参阅本书第二章第二节《兴的起源与审美观念的发展》的有关部分。

形成了原始艺术的二重性质:它是审美的,又不完全是审美。作为艺术作品,它有着不同于一般艺术的超现实的神秘属性和功能,而作为宗教巫术礼仪活动,它又包蕴着一定的审美认识成分。事实上,在审美意识的早期发展阶段,很难把它与宗教观念分割开。原始艺术中那超自然的神奇形象,是客观世界在原始人心目中的印象,那决定客观事物发展的无边的法力,则是原始人的愿望和幻想。正是这些具有二重特征的艺术活动创造了人类艺术史的最早的篇章,闪烁着人类早期审美意识的光辉。

这种对于包蕴着审美因素萌芽的宗教性观照的物化活动,不同于合规律性与合目的性的劳动工具(如有一定规则形状的石器)和生活用具(如有一定规则形状的陶器)的制造,它是一种富于想象的观念意义的创造性活动。由于原始社会的生产力发展水平很低,由于精神劳动和体力劳动尚未分家,使它不可能脱离生产实践活动,这自然给它带来生机和活力。那些在渔猎、捕获、收割之前进行的带有神秘巫术性质的绘画、诗歌、舞蹈等,可以使人熟悉劳动过程,提高夺取胜利的信心,从而成为劳动前的不可或缺的精神准备和技术准备,亦即成为生产实践的手段和补充,甚至是它的必要组成部分。这种富于神圣观念意义和巫术功能的艺术活动,并没有像在后来的阶级社会中的艺术那样遁入神秘的殿堂或幽深的象牙之塔,而是脚踏实地,在生产实践和生存斗争中进行。因此,这种作为宗教性观照的物化的艺术作品一旦出现,反过来又会影响和促进审美意识的发展,也就不足为怪了。

在本质上,美是客观性和社会性的统一。所谓客观性不只是物的自然性或典型性(当然并不排除它们),更是社会历史发展赋予它的内容和属性即物的社会性。所谓社会性也不只是社会意识和情趣,而更是客观存在于社会生活中的属性。所以美既是客观的又是社会的；它离不开人类社会，并随着人类社会的发展而不断发展。在这个过程中，人的主观能力（如认识能力、审美能力）也在发生相应的变化和提高。在人类发展的轴线上，主观与客观之间处于不断运动的状态，同时也存在着相对平衡的趋向。就是说主体掌握世界能力的发展与人类客观对象的丰富是并进的，外在世界总有与人的本质力量相对应和相适应的对象。“只有凭着从对象上展开的人的本质的丰富性，才能发展而且部分地第一次产生着人的主观感受的丰富性。”[①]人类审美意识发展的历史说明，这个对象不仅包括生产劳动的对象，同时也包括作为生产实践补充的原始艺术活动及其成果。因为“艺术对象创造出懂得艺术和能够欣赏美的大众，——任何其他产品也都是这样。因此，生产不仅为主体生产对象，而且也为对象生产主体”。[②] 正是艺术活动同社会生产实践一道，培养、磨炼和锐化了人们的感觉和感知能力，使它们从动物的感性生理内容变为具有越来越丰富的社会内容，使五官成为真正的人的五官——而这正是人类全部历史的最辉煌的成果之一。

① 《1844年的经济学—哲学手稿》、《马克思恩格斯选集》，人民出版社1972年版，第89页。

② 《〈政治经济学批判〉导言》，《马克思恩格斯选集》第二卷，人民出版社1972年版，第95页。

第五章　兴出现之前的诗歌——原始诗歌

我们已经证明,作为规范化的诗歌艺术形式和艺术方法的兴,大体产生于原始社会向奴隶制社会过渡或稍后不久的时期。正是在这段历史时期内,文学史也经历着一个巨大的转折:阶级社会的诗歌宣告诞生,原始诗歌和神话宣告结束。兴的产生与文学史的转折这个具有历史意义的重合,自然形成了以下的重要事实:兴出现之前的诗歌正是我们通常所说的原始诗歌,兴的产生在客观上成为原始诗歌向阶级社会诗歌转化的艺术标志。为了认识我国原始诗歌发展的历史,认识兴是在怎样的诗歌艺术创作的基础上产生以及它的产生给诗歌艺术带来了什么样的重要变化,有必要具体了解兴出现之前的诗歌——原始诗歌——的具体发展情况。

原始诗歌一般是指原始社会的诗歌,就我国来说,指的是从诗歌起源到阶级社会开始即夏朝以前的诗歌。在这个历史时期,我国社会经历了文明到来之前的漫漫长夜,可是流传下来的诗歌却寥寥无几。"虞夏以前,遗文不睹",(《宋书·谢灵运传》)已经成为我国早期诗歌研究中无法补救的缺憾。世传《康衢谣》《击壤歌》《南风歌》《卿云歌》等早已被证明系伪作而不可据。所以目前通行的几部中国文学史及有关论著对此不得不简略其辞。另外,我国原始诗歌研究在理论认识上也存在一些问题。自 20 世纪 30 年代以来，我国陆续介绍了一些外国关于诗歌起源和原始诗歌的理论，这对于认识我国的原始诗歌起了很大作用。但是，我国原始诗歌的历史很长，在这段时间内原始诗歌有了很大的发展和变化，并且呈现出明显的阶段性特征。原始诗歌理论的某些观点究竟是针对哪个发展阶段还是它的整体，必须进行具体的分析。过去由于忽略原始诗歌的阶段性差别，提到原始诗歌就不问其具体阶段，一概等同视之，因而只能笼统言之，以偏概全，这必然给我国原始诗歌研究造成混乱。

本章试图对我国原始诗歌的发展做简要的说明，同时澄清一些模糊认识，并对原始诗歌的阶段划分提出初步看法。

我国原始诗歌的发展大致可分为五个阶段：

一、诗歌艺术的起源；

二、图腾歌舞与图腾颂歌：《燕燕歌》；

三、原始史诗：葛天氏八阙乐歌；

四、原始祭歌：《蜡辞》；

五、原始情歌：《侯人歌》。

第一节　诗歌艺术的起源

诗歌是艺术史上最古老的艺术种类之一。如果从那些在劳动中发出的有节奏的呼声算起的话，似乎可以说，它从人类为了生存，而开始从事繁重的劳动那一天起，就诞生了，所谓“歌咏所兴，宜自生民始也。”（《宋书·谢灵运传》）当然这些在劳动中发出的有节奏的呼声，还并非真正的诗歌，充其量不过是诗歌因素而已，但是，真正的诗歌正是从这里开始。毕海尔（又译为布赫尔）说："劳动中身体动作如果做得有节奏，就会最有效而且最不易发生疲倦……并且，人们在集体用手劳动时，须得有节奏地配合他们的动作，以便把这些动作有效地联系起来，有节奏的工作到了高度筋肉紧张时，他们就发出哼哈哎哟的声音。原始人在这些声音上附加一些字，随后又在声音与声音的空隙中填些别的字，结果就有了诗歌。"[①]很显然，这最初的诗歌因素并非有意识的创作，而是作为劳动的附属物在劳动过程中不自觉地产生的。《淮南子·道应训》云："今夫举大木者，前呼邪许，后亦应之，此举重劝力之歌也。""举重劝力之歌"就是我国最初的诗歌。它的调子有高低强弱的变化，音乐是必要的因素。所以诗与歌在劳动中同时出现，从起源上就是必然地结合着。但它与舞蹈的结合却是在劳动以后的其他场合，并须有其他的条件。不可想象，在那种常常以生命为代价的生存斗争中会有舞蹈夹在其中。[②] "在那发达的最初的阶段上，劳动、音乐和诗歌，是最紧密地相结合着的，然而这三位一体的基础的要素是劳动，其余的两要素，仅有从属的意义。"这里说的是以劳动为基础的诗与音乐的结合，而不是诗、歌、舞三者的结合。诚然，诗、歌、舞三位一体是原始诗歌的一个重要特点，但绝不会出现在诗歌发展的最初阶段。

这种在有节奏的劳动呼声中加上一些简单的语言而成的诗歌，就是所谓劳动歌的雏形。所加上的歌词一般只有几个字，是极为简单的，并且是就劳动临时所见顺口咏唱，带有明显的即兴的性质。它的咏唱

① [美]哈拉普著，朱光潜译：《艺术的社会根源》，新文艺出版社 1951 年版。

② 毕海尔语，转引自普列汉诺夫《论艺术》。

实际上起着组织和指挥劳动的作用，往往由劳动的指挥者领唱，用力时则由大家共同发出那有节奏的呼声。这种劳动歌不但内容随着劳动种类的不同而不同，而且其节奏也是随着劳动种类的不同而发生相应的变化。相传作于伏羲氏时代的网罟歌就是这样的诗歌。后世的夯歌、舂歌、渔歌、樵歌、拉网歌、背牵歌则是它的发展。“这些歌（指最古的劳动歌——引者）尤其是这些歌的助音所代表者非它，乃是与工作不可解地联系着的那些天然声音的混合。所以野蛮人在工作时的歌调的第一次尝试，并不是他根据作诗的一定规律而把他们想到的词句集合起来，以便把他的意思表现得最为美丽，最为显而易解，而是把半野蛮的声音排列为一定的次序，以工作进程而完成之，以期得到一定的愉快感觉，他利用构成语言的天赋的单纯声音作为劳动歌的原始材料，歌曲就如此产生了。”①这种“以工作进程而完成之，以期得到一定的愉快感觉”的诗歌，无论从创作动机还是从社会效果来看，其基本性质都不以审美因素为主。可是另一方面，十分值得注意的是，这种不自觉的诗歌创作，由于与改造世界的社会生产实践联系在一起，而社会生产实践不但形成了审美主体对美的需要，而且为这种需要直接提供了美的内容及其表现形式，因而它又包含着未来诗歌艺术审美特征的萌芽。

我国早期的一般诗歌由劳动歌直接发展而来，采取了劳动歌的形式，即在有一定节奏的感叹声中加入一定的语言而成。它可以是偏重于抒情的，也可以是偏重于叙事的。“此种无意思的喘呼的集合成为原始的歌唱……它们可以成为抒情诗，同时也可以成为叙事诗。”②那有

① 毕海尔：《诗歌及音乐的起源》，《小说月报》22 卷 8 期。

② 毕海尔：《诗歌及音乐的起源》，《小说月报》22 卷 8 期。

节奏的感叹声在我国古代诗文中尚留存很多，例如兮、猗、吁、哦、譆、唉、呜呼、噫嘻等。最初它们是很富于音调变化的，待到用文字记录下来，便被固定化了。《说文》云："吁，惊也。""嗟，吞叹也……一曰太息也。""譆，痛也。"初民正是用它们来表现喜、怒、哀、乐、惊、惧等各种情绪。这些感叹字是一定情绪的不自觉的发泄，而所加上的实字则是对这种情绪的明确的形容或表达。"只有带这类感叹虚字的句子及由同样句子组成的篇章，才合乎最原始的歌的性质。因为，按句法发展的程序说，带感叹字的句子，应当是由那感叹字滋长而来的……最初是一个'兮'字，然后在前面加上实字。"①在这极为简单的诗歌形式中，以音调的变化作为抒发感情的基本手段，而诗的内容是极为简单和次要的。

在早期的一般诗歌的题材中，不要说君臣、师友、夫妻、父子等人与人之间的关系，就连爱情和自然美，诸如花草、树木、山川、日月一般也没有成为它的注意对象。因而自然美在这些诗中也就不可能留下什么痕迹。"像这样的爱（指两性之间的爱情——引者）都不吟咏于诗，那么，自然的鉴赏——那是文明国民所带来的抒情诗之无数的美花——在狩猎民族的诗中只不过极少数的发现，更不会有什么奇怪吧。"②这是因为：一方面，诗歌内容受着社会生活发展的制约，在某些事物产生之前，或在其意义和价值正式显现出来之前，诗歌绝不会去咏唱它们。另一方面，从审美主体来看，"只要人自身的劳动还没有造成人的对自然的兴味，人的对自然的感觉，也就是人的自然的感觉……"③这就是说，在人们把握世界的能力和审美观念都还处于早期发展阶段的时候，

---

① 闻一多：《神话与诗》，古籍出版社 1956 年版，第 182 页。

② ［德］格罗塞：《艺术的起源》，商务印书馆 1937 年版，第 322 页。

③ 马克思《1844 年经济学—哲学手稿》《马克思恩格斯选集》，人民出版社 1972 年版。

客观世界尽管丰富多彩,但"为他而存在"的事物却很少。因为对他而言,大多数事物还都是潜在性的存在,而不是现实性的存在。原始诗歌的题材对象因而也就只能局限于人们直接生活范围内的极少数事物,如渔猎和采集的过程及其对象等。相传于黄帝时的《弹歌》:"断竹,续竹;飞土,逐肉。"以简短有力的八个字叙述了从制作工具,到实际射杀和最后追捕的全部狩猎过程。其内容和形式都具有那个时代的某些痕迹。

第二节　图腾歌舞与图腾颂歌:《燕燕歌》

我国的舞蹈正式产生于旧石器时代晚期。

虽然不能说在此以前全然没有舞蹈动作的因素,但以一定的舞蹈动作表现一定的生活内容却是从此时才有的。据考古学材料介绍,这个时期采集和渔猎已经有了一定的发展,畜牧业和农业即将出现,生产力的提高为舞蹈的产生创造了主客观两方面的条件。

如果说最初的诗歌作为劳动的附属物产生于劳动过程当中的话,那么作为劳动产物的舞蹈则产生于劳动过程之后,是对某些生产动作的模拟和再现;如果说产生于劳动过程当中的诗歌能够及时组织和指挥劳动,其作用在劳动的当时即可发挥出来的话,那么产生于劳动过程之后的舞蹈则是想"再度体验一种快乐的冲动"[①],其作用的发挥不可能在劳动的当时,而是在后来,在下一次或更久以后的劳动中。和最初

① ［俄］普列汉诺夫:《论艺术》,生活·读书·新知三联书店 1964 年版,第 73 页。

的诗歌相比较，初期的舞蹈带有更多娱乐的性质。同时，集体舞蹈需要组织、训练和排演，它的产生比诗歌需要更多的条件，它必须是在劳动之后的空闲时间，并且有多余的精力和体力，还要有一定的事物储备。从主观方面来说，必须对劳动动作熟悉即对于劳动过程与动作的更多的观察与提炼。

在舞蹈出现的初期，由于人类的思维能力发展水平的限制，人们还不善于单独用它来表达自己的感受和情绪，而必须依靠语言、音乐的自发配合。可见，诗歌舞蹈的结合最初在审美主体方面有着充分的内在潜力，至于这种潜力能否实现以及在怎样的程度上实现，则完全取决于社会生活发展对它的需要。像今天我们所知道的诗歌舞三位一体成为其重要特点，并对它们各自的发展产生了那么深刻的影响，必有其深刻的社会原因。在这里，原始社会的宗教生活起了决定性作用，原始宗教以其巨大的力量不但影响了诗歌舞的内容，而且促进了它们的结合。

我国宗教意识的产生可以上溯到两万年以前的山顶洞人时期，但是对于艺术发展产生深远影响则是图腾崇拜出现以后的事情。图腾崇拜产生于新石器时代，相当于传说中的黄帝时代前后。如前所说，它是原始宗教的一种比较高级的形式，兼有动植物崇拜和祖先崇拜的特点。图腾部族成员自认为他们来自图腾崇拜对象，并把它奉为祖先神兼保护神，认为有了图腾神的保佑，就会万事顺利。因此把部族的兴隆强盛与图腾神紧紧联系在一起，便成为他们根深蒂固的观念；以虔诚的心情祈祷图腾神的保佑，便成为他们宗教活动的重要内容[①]。他们要把自己的身体和灵魂都交付给图腾保护神，通过模拟巫术使自己也具有超

① 参阅第一章有关部分。

现实的法力。为了使自己像图腾保护神一样，不只有上一节所说的文身，而且还模仿图腾崇拜对象的动作，“予击石拊石，百兽率舞。”(《尚书·益稷》)“……使瞽人拊鞞鼓，击钟磬，凤凰鼓翼而舞。”(《竹书纪年·帝喾》)把自己装扮成图腾动物以表现其神圣意义的图腾歌舞就这样诞生了。图腾歌舞往往是在整个部族的范围内举行，规模宏大，气氛热烈，如同部族成员的盛大节日。只用舞蹈一种形式不足以尽兴，也不足以取悦于图腾神。于是审美主体那种诗歌舞结合的内在潜能便得以发挥，使诗歌舞三位一体成为现实。“诗，言其志也；歌，咏其声也；舞，动其容也。三者本于心，然后乐器从之。”(《乐记·乐记》)在人们观念中，只有这样才能达到愉神祈祷的目的，否则是无法感动图腾神灵的。“笙镛以间，鸟兽跄跄，《箫韶》九成，凤凰来仪。”(《尚书·益稷》)“葛天氏之乐，三人操牛尾，投足以歌八阕。”(《吕氏春秋·古乐》)这些记载清楚说明诗歌舞三者结合成为一种富于社会意义的固定形式，正是在特殊的社会历史环境中，在宗教的神圣光辉照耀下而确定的。

正因为如此，这个阶段原始诗歌的内容多与颂扬和怀念图腾祖先有关，并且多与神话传说相结合，比起上一发展阶段那种以生产劳动过程为唯一内容的诗歌，不只内容丰富很多，在观念上也更为复杂。例如《燕燕歌》：①

燕燕往飞！

此诗只有一句，出自《吕氏春秋·音初》：

有娀氏有二佚女，为之九成之台，饮食必以鼓。帝令燕往视

① 题目为作者所加。

之，鸣若谥隘。二女爱而争搏之，覆以玉筐。少选，发而视之，燕遗二卵，北飞，遂不反。二女作歌，一终曰："燕燕往飞！"实始作为北音。

从古至今很多学者都认为它不是诗歌中的诗句，即认为它不是歌辞，而是诗歌题目。明杨慎在他编辑的《风雅逸篇》里将它收入第十卷，此卷所录均为诗题。又《辞源》《辞海》"北音"条也都只承认它的诗题性质。实际上这种看法是值得商榷的。

诗歌发展史证明，我国《诗经》以前的诗歌（包括原始诗歌、《诗经》和"逸诗"）本来一无例外地都没有题目。[①]《诗经》中的题目也为后人所加。《诗经》除少数几篇以外，其他绝大多数诗篇的题目都是取诗中字，特别是诗篇开头几字而成。这是《诗经》给诗歌加题的一种基本方式。《诗经》的创作时间起自西周初期止于春秋中叶，前后绵延五六百年之久。就地域而言，三颂二雅十五国风，遍及当时我国大部分地区。产生于这样广大的地区，经过这样漫长的时间，数量又如此可观，而在命题方式上却如此一致，在古代社会条件下，如果不是统一编定，统一加题，那是不可想象的。这间接告诉我们《诗经》中的绝大多数诗篇本来就没有题目。前人对此早有发现，所谓"古之人于诗多不命题"（欧阳修语，转引自朱熹《诗集传》）反映的正是这种情况。搞清了《诗经》命题的特点，有些原始诗歌题目的来历也就明确了。原来它们都是后人按《诗经》的命题方式后加上的，即以诗首名篇，为诗歌定下了题目，如《南风歌》（首句"南风之薰兮"）、《候人歌》（"候人兮猗"）等。到战国时代，

① 参阅拙作《先秦诗歌命题方式论考》，《河北大学学报》（哲学社会科学版）1980 年 1 期。

屈原突破了传统，创立了新的命题方式。他根据诗歌的思想内容和抒发感情的特点来命题，即以意立题，从而使诗题与诗歌的思想内容具有了内在的联系。从此以后，诗歌题目才不再游离于全诗之外，而成为诗歌艺术的有机组成部分。命题方式的这个巨大的进步，是屈原对于我国文学史乃至文化史的一个重大贡献。从前面所引《吕氏春秋·音初》的记载可以知道，“燕燕往飞”为商民族先民的歌，产生于原始社会，在时间上远在《诗经》和屈赋之前，根本不可能有题目。说它是诗歌的题目，从根本上违背了诗歌命题方式发展的历史规律。

另外，从行文来看也清楚说明“燕燕往飞”是辞而非题。在古代文献中，凡用题目说明歌唱某诗时，没有例外地都以“歌××（题目）”的方式表示。例如：

> 昔者舜作五弦之琴，以歌《南风》。
>
> 《礼记·乐记》
>
> 使工为之歌《周南》《召南》……为之歌《邶》《鄘》《卫》。
>
> 《左传·襄公二十九年》
>
> 春歌《青阳》，夏歌《朱明》，秋歌《西皞》，冬歌《玄冥》。
>
> 《史记·乐书》
>
> 歌《采菱》、发《扬阿》。
>
> 《淮南子·人间训》

其中《采菱》《扬阿》又见《楚辞·招魂》：

> 陈钟按鼓，造新歌些。《涉江》《采菱》，发《扬荷》些。
>
> 《扬荷》即《扬阿》

以上皆引用诗题之例。而引用诗句说明歌唱某诗或某诗片段时，其前一般用“歌曰”。例如：

> 有孺子歌曰：“沧浪之水清兮，可以濯我缨……”
>
> 《孟子·离娄上》
>
> 涂山之女歌曰：“绥绥白狐，九尾庞庞……”
>
> 《吴越春秋》
>
> 荆轲……又前而为歌曰：“风萧萧兮易水寒，壮士一去兮不复还。”
>
> 《史记·刺客列传》

可见“歌××”，“歌”字后均为诗题，“歌曰××”，“曰”字后均为辞。二者泾渭分明，绝无含混。据此行文惯例，至少我们可以肯定“燕燕往飞”不是诗题。

有人虽然承认“燕燕往飞”不是诗题是辞，但却认为它不过只是诗中的一句，而不是“一句”的诗。例如根据“一终曰：‘燕燕往飞’”，便把它理解为诗歌的最后一句。这是根本说不通的。其实“一终”就是一歌、一首或一段之意。《礼记·乡饮酒》：“工入升歌三终。”疏云：“谓歌《鹿鸣》《四牡》《皇皇者华》，每一篇而一终也。”又《新方言·释言》云：“凡事有始终期限曰一成、曰一终……俗转作一桩。”可见“一终曰”绝不是乐歌结尾一句的意思，而是说一篇有始有终的完整诗歌。

人们所以不承认“燕燕往飞”是一首完整的诗，似乎是因为它只有一句，不具备诗的规模。其实，这是一个很大的误解。原始诗歌一般都很简短，有的只有一两句。无论中外都是如此。例如古希腊的一首原始诗歌就是这样的“一句”:“转,磨子,转!”[①]澳洲的原始部落也有“一句”的原始诗歌:“哦,喀尔华的鹭鸟啊!”[②]菩多库多人有一首颂酋长的诗歌也只有一句:“这位酋长是不怕什么的!”[③]我国古代的《候人歌》也只有一句:“候人兮猗!”

此外,后代诗歌中也不乏“一句”诗。据《隋书·地理志》:

> 屈原以五月望日赴汨罗,土人追至洞庭,不见。湖大船小,莫得济者,乃歌曰:“何由得渡湘?”因而鼓棹争归,竞会亭上,习以相传,为竞渡之戏。

又《古谣谚》引《武陵竞渡略》:

> 划船不独禳灾,且以卜岁。俗相传歌:“花船赢了得时年。”只此一句,无上下文,不知所自始而频有其验。

可见“一句”诗并非个别现象。

“最原始的歌唱中的歌词常常是同一呼声或同一言辞的重复。”[④]通过反复来“延扩”内容,加强表现力,是原始诗歌的一个重要特点。此外原始诗歌与音乐密切结合,曲调变化更是抒发感情的手段。不考虑原始诗歌的这些具体特点,而以后代诗歌的特点去衡量它,是不可能得出正确结论的。

在肯定“燕燕往飞”是完整的一句诗的性质以后,我们可以进而结合有关“吞卵生子”的图腾崇拜神话,分析它的思想内容。

---

① [英]乔治·汤姆逊:《论诗歌源流》,作家出版社1955年版,第24页。
② [德]格罗塞:《艺术的起源》,商务印书馆1937年版,第248页。
③ [德]格罗塞:《艺术的起源》,商务印书馆1937年版,第245页。
④ [苏]柯斯文著:《原始文化史纲》,人民出版社1955年版,第191页。

从本文开头所引《吕氏春秋》那段文字可以知道，“燕燕往飞”与殷民族始祖诞生的神话结合在一起。这则神话，除《吕氏春秋》以外，在《诗经·商颂·玄鸟》《史记·殷本纪》《礼记·月令》郑玄注等文献中也有记载。综合这些记载可以知道，殷民族的始祖契为有娀氏简狄吞玄鸟卵怀孕而生。玄鸟即燕，是殷民族的祖先神兼保护神，殷民族奉它为图腾崇拜对象。按照图腾崇拜的宗教观念，每个部族都有自己的图腾祖先神，它是给部族每个成员以“保护和帮助之最好的朋友”[①]，要用自己的全部神威来保护它的后代子孙。初民认为，一个部族能否强大昌盛，是与图腾祖先神的保护分不开的。在原始社会的历史条件下，图腾祖先观念实际是维系部族团结的一个强大的精神力量。殷民族既以燕为图腾崇拜对象，那么他们所唱的“燕燕往飞”一诗在思想性质上当然也就以图腾崇拜的宗教观念为基础，因此，它所抒发的感情也就比较好理解了。为了更好地认识它，我们先看这样一则记载：“是月也，玄鸟至。至之日以太牢祠于高禖。天子亲往，后妃帅九嫔御。”《礼记·月令》这段文字显然渗入了阶级社会的观念，但所述之事总会有某些原始生活的根源。玄鸟来的时候，人们是那样欢欣和喜悦，隆重的祭祀如同盛大的节日，天子后妃也要亲临。“玄鸟至”是如此，那么玄鸟离开的时候，初民的怀念和惜别之情也就完全可以想象了。

如第一章第一节《鸟类兴象的起源与鸟图腾崇拜》所说，殷民族起源于我国北方，即古代燕地及其以北地区，其世系、文化和地望与“玄”即北方有着极为密切的关系。[②] 北是他们的祖宗故国，是玄鸟图腾神

---

① [德]格罗塞著：《艺术的起源》，商务印书馆 1937 年版，第 245 页。

② 金景芳：《商文化起源于我国北方说》，《中华文史论丛》第七辑。

的出处。他们与“北”具有一种血肉相关的感情。这是商人的宗教观念,也是他们所特有的民族观念和感情。那玄鸟遗卵而“北飞”正是飞回他们的祖宗故国,飞向祖先神灵的所在,这必然会牵动他们对于祖先的深情。所以“燕燕往飞”实际是一首图腾的颂歌,祖先的颂歌,它的感情所凝聚的是以图腾崇拜为基础的祖先观念。殷之先民望着燕子向北飞去,以虔诚而敬畏的心情赞美和歌颂他们的图腾祖先神,表现出对于祖先神灵的无限向往和怀念。

用诗歌来歌颂和赞美图腾崇拜对象是初民表达他们对于图腾祖先神的强烈感情的方式之一,不仅我国如此,世界各地都是如此。前面曾举过澳洲的原始部族(属于袋鼠图腾的族人)见到袋鼠时,便情不自禁地咏唱袋鼠的例子,兹不重复。它们和“燕燕往飞”一样,都充满了对于图腾神的崇敬和向往。

在原始艺术中,歌颂和赞美图腾神除了在诗歌中有所表现以外,在舞蹈、音乐和造型艺术中也有明显的表现。反映氏族图腾的神圣含义,通过一定的手段(如舞蹈、绘画、雕塑、诗歌)神秘地与图腾祖先神接通,以乞求它的保护,是原始艺术的重要内容之一。

可以看出,“燕燕往飞”虽只一句,但却是我国诗歌艺术史上极少数表现图腾崇拜内容的诗篇之一,它的意义和价值是十分明显的。但是,这样一首原始诗歌在古今有关诗集,例如沈德潜《古诗源》、杜文澜《古谣谚》中均未见著录;而各家文学史和有关专著在论述原始诗歌时一般也都只引用《蜡辞》《弹歌》和《候人歌》等,于此诗却从未提及——实际上是没有认识或根本不承认它是一首原始诗歌。一首侥幸流传下来的原始诗歌被长期埋没,实在是令人遗憾的事情。

“候人兮猗”(即《候人歌》)是幸运的,它与“燕燕往飞”出于同一古籍，却早已被发现：杜文澜将它收入《古谣谚》；闻一多《神话与诗》中的《高唐神女传说之分析》《歌与诗》、郭沫若《屈原研究》、刘大杰《中国文学发展史》等均把它作为一首完整的原始诗歌而屡加称引。杜文澜把它命名为《涂山女歌》，闻一多则命名为《候人歌》。闻氏采用的正是以诗首名篇的传统方式，我们似可援例将“燕燕往飞”题名为《燕燕歌》，并希望在文学史上能够给它以一定的地位和评价。

第三节　原始史诗：葛天氏八阕乐歌是秦民族的史诗

葛天氏八阕乐歌始见于《吕氏春秋 · 古乐》：

> 昔葛天氏之乐，三人操牛尾，投足以歌八阕：一曰载民，二曰玄鸟，三曰遂草木，四曰奋五谷，五曰敬天常，六曰达帝功，七曰依地德，八曰总禽兽之极。

这是一则引起人们广泛注意的重要资料。我国出版的文学史、艺术史以及有关的文艺理论论著，在说明文学艺术的起源和诗歌、音乐、舞蹈的关系时，对它无不加以引用，并做一些泛泛的说明。例如有的学者说：“这八阕可能是传说中最古的一套乐曲……是反映原始社会已经进入以农业为主的时代的人们的生产斗争，同时也反映了人们迷信神权的意识。”[①]但“八阕”乐歌的主题究竟是什么？它反映了怎样的社会

① 高亨：《文史述林》，中华书局1980年版，第44—45页。

生活？每一阕的具体内容是什么？它们之间有什么联系？它是上古哪个民族的诗歌？它所反映的思想观念与原始时代是否完全符合？等等。这些问题不只对于这则资料本身，而且对于我国上古诗歌，特别是原始诗歌的研究都有一定意义。如果考虑到我国原始诗歌发掘得很少，研究又很不够的情况，那么，对于这些问题做出正确回答，就尤其有必要了。

不可否认，正确回答上述问题有一定的困难：一是每阕寥寥二三字，其准确意义难以把握；二是"八阕"以原始诗歌的形式反映一个民族创业的历史，而其中却掺杂了不少后代的思想观念，从而使诗歌的思想内容复杂起来。因此，必须把其中的原始诗歌成分和后代思想观念加以澄清、析别，搞清二者的关系，才有可能认识它的本来面貌。这涉及"八阕"的时代问题，请参阅附录。

现在，让我们根据它简短的文字所显露的蛛丝马迹，从字句的释义入手，结合有关神话和历史传说予以疏解，必要时还要从思想发展史、宗教发展史的角度加以论证。

一、关于"载民"

"载"是开初或初始的意思。"载"与"哉"通。《尔雅·释诂》："哉，始也。"是载亦始义。《孟子·滕文公下》："汤始征，自葛载。"赵岐注云："载，始也。言汤初征自葛始也。"《孟子·梁惠王下》记此事作"汤一征，自葛始"，是"载""始"二字互通。"民"是人的意思，"厥初生民，时维姜嫄"（《诗·大雅·生民》）。《诗集传》："民，人也，谓周人也。"可见，"载民"即初始之民，也就是初始之人的意思，相当于《生民》中的"厥初生民"之义。《生民》是记叙周民族开国历史的诗歌，它从姜嫄感上帝灵迹而生后稷述起，表现了对祖先的崇拜。

原始民族中盛行祖先崇拜。民族始祖多是英雄和领袖，具有超人的本领和才能，对于本民族做出过光辉的业绩和贡献，他的灵魂则是子孙后代的保护神。周民族的始祖后稷是一位具有神灵的伟大的农业发明家和英雄。“弃（即后稷——引者）为儿时，屹如巨人之志。其游戏，好种树麻、菽，麻、菽美。及为成人，遂好耕农，相地之宜，宜谷者稼穑焉，民皆法则之。帝尧闻之，举弃为农师，天下得其利，有功。”（《史记·周本纪》）统观“八阕”，结合有关的神话和传说，可以知道“载民”所指的这位祖先也是一位伟大的英雄和领袖，那么，他究竟是谁？有什么超人的本领和才能？“八阕”本身已经提供了可靠的根据。

对于祖先的崇拜除了需要鬼魂观念之外，还要有血统亲缘的观念，因此可以肯定祖先崇拜一定是产生于鬼魂崇拜和血统亲缘观念出现之后。一般说来，原始民族祭祀祖先往往有固定的仪式，并通过集体歌、跳舞取悦祖先的神灵。“八阕”乐歌就是如此：很多人操着牛尾奏乐、唱歌、跳舞，其隆重、热烈程度是可以想象的。司马相如《上林赋》对葛天氏之乐做了这样的描写：“听葛天氏之歌，千人唱，万人合，山陵为之震动，州谷为之荡波……”其中难免铺张之词，但其浩大的声势还是可供参考的。

二、关于“玄鸟”和“总禽兽之极”

我国古代玄鸟的神话主要与两个民族——殷民族和秦民族——的祖先有直接关系。

玄鸟与殷民族始祖的关系在《吕氏春秋·音初》《史记·殷本纪》中都有记载。《史记·殷本纪》：

殷契母曰简狄，有娀氏之女，为帝喾次妃。三人行浴，见玄鸟堕其卵，简狄取吞之，因孕生契。契长而佐禹治水有功。帝舜乃命契曰："百姓不亲，五品不训，汝为司徒而敬敷五教，五教在宽。"封于商，赐姓子氏。

玄鸟与秦民族始祖的关系见《史记·秦本纪》：

秦之先，帝颛顼之苗裔孙曰女修。女修织，玄鸟陨卵，女修吞之，生子大业。大业取少典之子曰女华。女华生大费，与禹平水土。已成，帝赐玄圭。禹受曰："非予能成，亦大费为辅。"……是为柏翳。舜赐姓嬴氏。

简狄吞玄鸟卵而生契，契为商民族的始祖；女修吞玄鸟卵而生大业，大业之子为大费，大费即柏翳，亦作伯益。伯益始有姓，故被奉为秦民族的始祖。

殷、秦两个民族都以玄鸟为祖先神，那么，"八阕"所咏的"玄鸟"究竟是殷民族的祖先神还是秦民族的祖先神呢？歌唱这"八阕"乐歌的究竟是原始殷民族还是原始秦民族？这个原始民族追怀和崇拜的祖先究竟是契还是伯益？显然，这是决定"八阕"性质的关键性问题。

我认为"八阕"中的玄鸟不是商民族的祖先神，而是秦民族的祖先神，歌唱"八阕"乐歌的不是商民族而是秦民族，他们所追怀和崇拜的始祖不是契而是伯益。根据如下：

首先，从这位始祖的身份和超人的本领与功绩来看。

"八阕"之八云："总禽兽之极。"《说文》云："总，聚束也。"王注云："谓聚而束之也。"故束发曰"总"；"总角之宴，言笑晏晏"（《诗·卫风·氓》）和"百里赋纳总"（《尚书·禹贡》）中的"总"即束义的具体应用。聚束可引申为统管、主持和指挥之义，如总戎、总兵。极者，穷尽也：“是故君子无所不用其极。”（《礼记·大学》）所以，“总禽兽之极”是驯服和总管一切禽兽之意。那么，殷民族的始祖契和秦民族的始祖伯益，哪一位具有这样的本领和功绩呢？据《国语·鲁语上》：“契为司徒而民辑。”《礼记·祭法》：“契为司徒而民成。”“司徒”金文作“嗣土”，即司土。司土是原始社会管理土地的官。土地是农业的根本，契管理土地，可见与管理和驯养禽兽没有直接关系。

再看秦民族的始祖伯益。据记载，伯益的超人本领恰恰在于管理禽兽方面：“伯益知禽兽”（《汉书·地理志》），“综声于鸟语”（《后汉书·蔡邕传》）。又据《史记·秦本纪》：伯益“佐舜调驯鸟兽，鸟兽多驯服……舜赐姓嬴氏”。关于他的神通与功绩，有些古籍说得更为具体：

> 当尧之时，天下犹未平，洪水横流，泛滥于天下……舜使益掌火，益烈山泽而焚之，禽兽逃匿……
>
> 《孟子·滕文公上》

> 帝（舜）曰：“俞，咨益，汝作朕虞。”益拜稽首，让于朱（即豹——引者）、虎、熊、罴……
>
> 《尚书·舜典》

虞是负责山泽禽兽之官。伯益“知禽兽”，通鸟语，他做帝舜的虞是完全称职的。可见那个能够驯服和统管一切禽兽的正是伯益。这样看来，“总禽兽之极”不正是他的神职吗？这说明，“八阕”之一所咏的“载民”——民族的始祖——不是被赐子姓的契而是被赐嬴姓的伯益；其二所咏的“玄鸟”不是殷民族的图腾而是秦民族的图腾。

“八阕”中的玄鸟是秦民族的图腾还可以从其他材料中得到进一步

的证明。我们知道，在原始民族的心目中，图腾同时也是自己民族的保护神，《墨子·明鬼》："秦穆公当昼日中，处乎庙，有神入门而左，鸟身、素服三绝，面状正方。(秦)穆公见之，乃恐惧奔。神曰：'无惧！帝享女明德，使予锡汝寿十年有九……'穆公再拜稽首曰：'敢问神名？'曰：'予为句芒。'"[①]句芒即玄鸟，它赐福寿给秦民族的后代子孙，正是图腾神兼保护神的宗教观念的反映。

作为秦民族始祖的伯益，生于大禹时代，正是我国原始社会末期。据考古学材料，我国的畜牧业就是从这个时期正式开始的。伯益"总禽兽之极"的神话传说反映出他就是我国畜牧业的发明者。"在原始人的观念中，神并非一种抽象的概念，一种幻想的东西，而是一种用某种劳动工具武装着的十分现实的人物。神是某种手艺的能手，是人们的教师和同事。神是劳动成绩的艺术概括。"[②]"八阕"中特别歌颂他，正是他的伟大发明和功绩受到人们崇敬的反映。

原始殷民族和原始秦民族都以玄鸟为图腾，两个民族的关系是亲近的。而不同图腾的部族则有时发生战争。原始夏人以龙为图腾[③]。伯益助禹治水有功，禹死后，益与夏人的矛盾立即激化："益干启位，启杀之。"(《竹书纪年》)"启与友党攻益而夺之天下。"(《战国策·燕策》)益的子孙却与商联合起来："费昌当夏桀之时，去夏归商，为汤御，以败桀于鸣条。大廉玄孙曰孟戏，中衍、鸟身人言。帝太戊闻而卜之使御，吉，遂致使御而妻之。自太戊以下，中衍之后，遂世有功，以佐殷国，故嬴姓多显，遂为诸侯。"(《史记·秦本纪》)同图腾的秦、商两个民族联合

---

① "秦穆公"一作"郑穆公"，据孙诒让说改，见《墨子间诂》。

② [俄]高尔基著，孟昌等译：《文学论文选》，人民文学出版社 1958 年版，第 322 页。

③ 闻一多：《神话与诗》，古籍出版社 1956 年版，第 34—36 页。

起来，终于打败了异图腾的夏桀的统治。秦与夏、商这三个民族的先民之间自有一番亲疏离合关系，搞清“八阕”的性质，对于认识我国上古民族关系的历史也有一定意义。

总之，“八阕”中的“玄鸟”一阕是秦民族对于他们的图腾神的颂歌。

三、关于“达帝功”

《释名》：“达，彻也。”《说文》：“彻，通也。”通，据《易·系辞》：“往来不穷谓之通。”

《说文》：“功，以劳定国也。”可见，“功”是关系到国家兴亡安危的大事，并非一般的功劳。“夫圣王之制祀也……以劳定国则祀之”（《国语·鲁语上》），“以劳定国”而有功者在上古是被奉为神明的。“不见其事而见其功，夫是之为神。”（《荀子·天论》）“神之定国”，凡人是无从了解的。

帝作为神，其义有二：一是上帝，主宰宇宙的至上神；二是一般的尊神，如五方帝。其实五方帝也是上帝，只不过是地方的上帝而已。原始社会由于生产力极为落后，人们的目光局限于很小的范围，除了自己的生活圈，对广大世界毫不了解，因而认为本民族的神就是整个世界的神。后来，随着生产力的提高和实践范围的不断扩大，人们逐渐认识到本民族以外的世界。于是，世界的最高神——上帝——出现了，而原来的本民族的帝则相应地降为一般尊神。“达帝功”的帝只是一个民族的帝，显然不是指上帝，而是地方性的尊神。

那么，这个帝究竟是谁呢？《史记·封禅书》：“秦襄公既侯，居西陲，自以为主少昊之神，作西畤，祠白帝。”可见，秦民族的帝就是少昊。但必须证明“达帝功”的“帝”就是少昊，而不是其他尊神，才能与前面关于“八阕”性质的认识相一致。实际上,“八阕”本身已经提供了证明这一问题的线索,这要从帝、少昊帝及其使者说起。

关于帝及其使者的记载可以一直追溯到卜辞——“于帝使凤”,说明殷商时代就有凤即玄鸟充当帝使的神话。《荀子·解蔽》引逸诗:“凤凰秋秋,其翼若干,其声若箫,有凤有凰,乐帝之心。”看来,帝与其使者玄鸟的关系是很和谐的。那么,究竟是哪位帝与玄鸟有这种主使关系呢?《礼记·月令》的记载明确回答了这一问题:玄鸟为“帝少昊司命之官”。又《淮南子·天文训》:

东方木也,其帝太昊,其佐句芒,执规而治春①。

《拾遗记·少昊》:

及皇娥生少昊,号曰穷桑氏……时有五凤,随方之色,集于帝庭,因曰凤鸟氏。

少昊出于太昊,都以玄鸟为其使者。少昊一诞生,就有玄鸟来充当使者,也许正是因袭太昊而来。玄鸟是秦民族的图腾神,图腾神而为少昊的使者,那么,其后代当然要奉少昊为帝了。

“八阕”中在“达帝功”之前有一阕曰“玄鸟”,玄鸟与帝之间的内在联系不就是以上述神话传说为基础吗?或者说上述神话传说不就是这种内在联系的注解吗?此“帝”既然与玄鸟有这种联系,不就有力地证明他就是少昊吗?“达帝功”者,达少昊帝之功也。称自己民族的帝,是不必称其名的。

---

① 句芒又为木神。玄鸟与木神都有春神的意义,见丁山著《中国古代宗教与神话考》,龙门联合书局1961年版,第49—50页。

"八阕"中"帝"与"玄鸟"的这种关系还可以从少昊与伯益的关系得到具体解释。

前面说过,"以劳定国"谓之功。那么,少昊定的是什么国呢?《左传·昭公十七年》:

少昊挚之立也,凤鸟适至,故纪于鸟,为鸟师而鸟名……玄鸟氏,司分者也。

又据《山海经·大荒东经》:

东海之外大壑,少昊之国。

少昊氏在东海之外建立了鸟国,他是鸟国之首领,其属下百官皆以鸟为名,除上文所引的玄鸟之外,还有凤鸟、青鸟、丹鸟、雎鸠、鸤鸠、爽鸠等。秦民族的始祖伯益,又称益,益同嗌,籀文做张口分尾的燕子形象。伯益通鸟兽,不正是鸟国首领少昊部下的一个属官吗?我们不妨再做大胆推论,他就是那个"司分者"的玄鸟氏。"始祖之名仍然是一种图腾……团的图腾起源及始祖由来,似乎只是一个。"[1]在原始民族的心目中,始祖与图腾崇拜对象往往是一而二、二而一的东西。

少昊帝的鸟国本在东方,他是东方之帝,后来他又成为西方之帝,"西方金也,其帝少昊"(《淮南子·天文训》)。秦民族本是东方的民族,后来迁居西方。神话中的少昊与历史上的秦民族"不约而同"地都从东向西迁徙,难道是偶然的巧合吗?秦人西迁,带走了他们地上的一切,同时也带走了他们天上的尊神——少昊帝,因而也就不得不驾临新

① [法]杜尔干:《宗教生活的简单形式》,转引自李玄伯《中国古代社会新研》,开明书店1948年版,第33—34页。

土了。

根据以上对“达帝功”三字的考证与解释，可以知道这一阕原来是秦民族歌颂他们的尊神少昊：我们的少昊帝神通广大，功劳至大至极啊！

四、关于“遂草木”和“奋五谷”

原始社会生产力的发展十分缓慢，直到原始社会末期，我国中原地带仍是一片洪荒世界。“上古之世，人民少而禽兽众，人民不胜禽兽虫蛇……民食果蓏蚌蛤，腥臊恶臭，而伤害腹胃，民多疾病。”（《韩非子·五蠹》）人们过着狩猎和采集的生活。随着社会的发展，出现了人类历史上第一次大分工——畜牧业从狩猎中产生；接着是第二次大分工——农业从采集业中产生。这两次重要分工的完成，极大地促进了社会生产力的发展。“遂草木”“奋五谷”就是这一现实的真实反映。

“遂草木”的“遂”：“牺牲不略则牛羊遂。”（《国语·齐语》）“气衰则生物不遂。”（《礼记·乐记》）“禽兽成群，草木遂长。”（《庄子·马蹄》）“遂”经常与草木、牲畜和禽兽连用，表示发育和成长之意。有时可与“育”字通用。《文选》引“八阕”“遂草木”“育草木”可证。“遂草木”意即草木发育生长繁茂。

前面说过，畜牧业产生于原始社会末期，随着原始社会的解体和奴隶制的出现，畜牧业逐渐发展起来。畜牧业的出现和发展，迫切需要刍秣，人们对于草木的生长和繁茂当然也就更为关心了，“厥民因鸟兽希革”（《尚书·虞书》），这种植根于经济因素的心理变化，正是从伯益发明畜牧业才开始的，以畜牧业的发明者伯益为祖先的秦民族的这种心理更为强烈。这样看来，“遂草木”不正是秦民族心理和感情的真实表现吗？

再说“奋五谷”。从种植的出现到“五谷”概念的产生经历了漫长的岁月，“五谷”观念的出现是农业高度发展的结果[①]。“奋”，《说文》段注“大飞也”，意即振翅疾飞，故“奋”与“飞”经常连用，《诗·邶风·柏舟》：“静言思之，不能奋飞。”此处的“奋”是强力奋进之意，从振翅疾飞引申而来；强力奋进于五谷，就是为五谷而强力奋作。“奋”字用得极为尽情达意，准确地反映了当时的情况：

首先，它体现了当时人们对于农业劳作特点的认识。在采集和狩猎活动中，供人们采集的果实和狩猎对象，在一定地区的一定时间内其数量是一定的，这给获取食物带来了极大的限制。“没有什么人类的努力，可以增加这些粮食来源。尽管那些魔术家可以那么说，其实，如果把技术改进到或是把狩猎和采集加紧到超过某一点以上，结果定会使猎物灭绝、来源绝对减缩。而实际上，狩猎人口对于任其支配的畜源，是显得十分适合的。耕种马上打破了这么安排着的界限。要增多食物来源，只须多播些种子，多把些土地来耕种[②]。显然，比起采集和狩猎，农业更需要发挥人的主观能动性。一个“奋”字充分表现了人们对于种植和获取更多食物的殷切期待。

从事原始种植极为艰苦，在“洪水横流，泛滥于天下，草木畅茂，禽兽繁殖”（《孟子·滕文公上》）的环境中，再加上生产工具简陋，技术低劣，向土地索要食物，其困难是可以想象的。而且，原始农业除了一般

① 我国古代对于谷类的称呼，先是“百谷”，后是“九谷”“六谷”，最后才是“五谷”。直到今天，仍以“五谷”最为常见。“五谷”是农业发展起来以后才出现的概念，不可能是原始社会的语言。（详附录：《以时语写古事》。）

② ［苏］柴尔德著，周进楷译：《远古文化史》，群联出版社1954年版，第63页。

的水旱虫灾以外，禽兽也是庄稼的严重威胁，“禽兽多则伤五谷，因习兵事，又不空设，故因以捕禽兽……为田除害”(《公羊传·桓公四年解诂》)。“孟夏之月……驱兽毋害五谷。”(《礼记·月令》)如果考虑到直到殷商时期王畿内还多禽兽，王可就近狩猎，就可以想见，驱灭禽兽，为田防护，在初期农业中是多么重要的事情。“襢裼暴虎，献于公所。将叔无狃，戒其伤汝。”(《诗·郑风·大叔于田》)搏虎英雄，受到人们如此热烈的赞许和关爱。与禽兽搏斗经常会有牺牲，如此看来，“奋五谷”的“奋”是饱含着英勇无畏的精神的。

五、关于“敬天常”和“依地德”

“天常”和“地德”都不是原始社会的概念：“天常”是春秋时期以后的概念，“德”的出现是在殷末以后，“地德”就更晚了。在这里作者不过是借时语写古事。现分别就这些概念及其所指以及有关的时代性问题论述如下：

先说“敬天常”。

“天常”是由“天”和“常”的概念发展而来。“天”的本义是“大”，也用以指上帝，其意义很清楚，无须再做解释。关于“常”，据《韩非子·解老》：

> 夫物之一存一亡，乍死乍生，初盛而后衰者不可谓“常”。唯夫与天地之剖判也俱生，至天地之消散也不死不衰者谓“常”。

可见“常”就是道。道是老子哲学中的最高范畴，具有本质、规律的意义。荀子把“天”与“常”联系起来：“天行有常，不为尧存，不为桀亡。应之以治则吉，应之以乱则凶。”(荀子《天论》)这可以说是“天常”概念的胚胎了。《吕氏春秋·大乐》对"天常"做了明确解释：

> 太一出两仪，两仪出阴阳。阴阳变化，一上一下，合而成章。混混沌沌，离则复合，合则复离，是谓"天常"。

《大乐》接着指出了"天常"的具体表现：

> 日月星辰，或疾或徐；日月不同，以尽其行。四时代兴，或暑或寒，或短或长，或柔或刚。

可见"天常"是由太一而生的阴阳二者的生生不息的无穷变化。荀子发展了这一思想，强调发挥人的主观能动作用，利用"天常"以成人事，形成了初步的人可以胜天的思想："从天而思之，孰与制天命而用之；望时而待之，孰与应时而使之。"（荀子《天论》）这在实际上否定了至高人格神的天。

"天常"产生于春秋战国时期，是我国思想史上闪烁着唯物主义光辉的先进思想，是新兴地主阶级的思想武器，反映着他们改造社会的要求和进取精神，具有一定的历史进步意义。"天常"的时代性和阶级性是十分明显的。

再从宗教思想的发展来看：原始初民崇拜的对象，起初总是那些与他们生存密切相关的具体事物，而不会是那些抽象的事物。就天体崇拜来说，开始时总是崇拜日月星辰等天体，而绝不是那虚无缥缈的"天"。正如开始他们总是崇拜江河、湖泊、海洋和池塘等，奉它们为神，而不是崇拜一般的水，奉一般的水为神一样[①]。像"天常"这样高度概括抽象而内涵又很复杂的思想，不只原始社会没有它得以产生的土壤，

① 所谓水神，一般是指河神、海神等。

而且也是当时人们思维能力所达不到的。尽管宗教是对于客观世界的歪曲反映，但是它本身却不能不遵循人类认识发展的一般规律：由个别到一般，由具体到抽象。所以，从原始宗教的实际出发，“敬天常”应当是指对那些与生产、生活密切相关的各种自然现象，如寒来暑往、潮涨潮落、阴晴圆缺、风云变幻等的信仰和崇拜。

再说“依地德”。

什么叫“地德”？“地”何能而有德？《礼记·郊特牲》：

> 社，所以神之道也。地载万物，天垂象。取材于地，取法于天；是以尊天而亲地也。

《正义》解释这段话说：“地载万物者，释地所得神之由也。地之为德以载万物为用故也。”又据《礼记·孔子闲居》：“天无私覆，地无私载。”地于万物，公正无私，无厚无薄，一律负载。这是“地德”的内容之一。

《周易正义·坤》解释“至哉坤元，万物资生”时说：“‘至哉坤元’者，叹美坤德……地能生养至极，与天同也……‘万物资生’者，言万物资地而生……有此生长之德，合会无疆。”可见，“地德”的内容之二是“生长之德”，即生长万物、恩养众生之德。

“地德”这一概念秦汉载籍多有记载，如《国语·鲁语》：“是故天子大采朝日，与三公、九卿祖识地德。”又《淮南子·俶真》：“含哺而游，鼓腹而熙，交被天和，食于地德。”显然，这些都是用“地德”之第二义，即生养万物之恩德。在这个意义上，有人径将“地德”解为五谷[①]，则是择其

① 例如，刘文典就将“地德”解为五谷，见《淮南鸿烈集解》上册，中华书局 1989 年版，第 49 页。

要而言之了。

“八阕”所咏的“地德”实际是原始社会土地崇拜的表现，是就“地德”的两方面内容而言：大地无边无际，负载万物，初民对它充满了神秘感。种植出现以后，土地成为人们重要的生产资料，由于生存进一步依赖它而更加崇拜它。土地崇拜的观念在加深，有关的崇拜仪式也随之不断增加。祭祀土地之神有时要用血祭：“以血祭祭社稷，五祀五岳。”（《周礼·大宗伯》）“血祭，盖以血滴于地，如郁鬯之灌地也。”（金鹗《求古录·燔柴瘞埋考》）血祭有时用牲血，有时用人血：“邾娄人执鄫子，用之。恶乎用之？用之社也。其用之社奈何？盖叩其鼻，以血社也。”（《公羊传·僖公十九年》）有时还要杀人用人祭，“自言能治田土，不能治田土者，杀其身以衅其血”（《管子·揆度》）。人们不惜以血和生命来祭祀土地，充分说明人们对土地的依赖和崇拜有多么深刻和强烈！“依地德”不正是这种观念的反映吗？

总之，“敬天常”“依地德”是原始宗教信仰的重要内容[①]。在人类历史上，自从种植出现以后，人们便把自己的生死祸福进一步交给了自然界，从而更加深了对于大自然的依赖，自然崇拜因而得到进一步的发展，有关的宗教仪式也不断增添。初民深信：“耕种之事非利用厚生的技艺所能尽，必兼营事神求福的宗教焉；从破土起，至收藏止，步步离不开宗教的仪节。”[②]“敬天常”和“依地德”就是这种浓重的自然崇拜观念和繁多的有关宗教仪节的概括。

---

① 在此段之前原有一段，以甲骨文中的“德”字说明“地德”不是原始社会的语言，因电子版无法书写而删掉。特此说明。

② ［美］摩耳著，江绍原译：《宗教的出生与长成》，上海商务印书馆1926年版，第51—52页。

六、“八阕”乐歌的构成和主题思想

以上我们对“八阕”的内容逐条进行了考证和疏解，论证了“载民”就是初民、初人，即一个民族的始祖；这个始祖乃是伯益，是女修吞玄鸟卵而生，后被赐嬴姓；玄鸟是这个民族的图腾；这个民族所崇拜的帝是先在东方建国，后移居西方的少昊。在原始社会，图腾与始祖是一个民族的代表和标志，因此，可以肯定这个民族不是其他民族，而是秦民族；“八阕”乐歌不是其他民族的诗歌，而是秦民族的诗歌。

在搞清“八阕”具体内容的基础上，可以对“八阕”做段落划分。为了方便起见，我们将“八阕”的顺序做了调整。全诗可以分为三部分。

第一部分包括三阕：第一阕“载民”、第二阕“玄鸟”和第八阕“总禽兽之极”，这部分写秦民族的伟大始祖伯益和图腾神玄鸟：伯益具有超人的神奇本领——“总禽兽之极”，是能通兽语，调养禽兽的畜牧业的发明家。人们无限追怀和崇拜这位功勋卓著的伟大英雄。

第二部分包括两阕：第三阕“遂草木”和第四阕“奋五谷”，这部分写秦民族艰苦创业的奋斗过程：由于饲养牲畜的需要，秦民族迫切期待草木发育成长；为了五谷丰收，秦民族更是不辞辛劳，奋力耕种，表现出英勇无畏、坚苦卓绝的奋斗精神。

第三部分包括三阕：第五阕“散天常”、第六阕“达帝功”和第七阕“依地德”，这部分写秦民族的宗教活动和仪节：天体崇拜、土地崇拜以及对于少昊帝的歌颂与崇拜。秦民族把他们取得的业绩归因于天地的恩赐和少昊帝的功绩[①]。

明确了“八阕”的内容构成和段落划分，其主题思想和史诗性质也就清楚了：葛天氏八阕乐歌是一首具有史诗性质和特征的乐歌（详后），它以原始诗歌的形式记叙和讴歌了秦民族祖先的神异不凡、超人本领及其对于民族事业开创和发展的伟大贡献，反映了秦民族英勇无畏、坚苦卓绝的奋斗过程和伟大精神以及对于天地神灵和祖先神的无限追怀和崇拜。

七、从与《生民》的比较看“八阕”的史诗性质及其意义价值

现在让我们从与《生民》比较的角度来看“八阕”，这样其“史诗”的性质会看得更加清楚：如果说《诗经·商颂·玄鸟》是记叙商民族创业的史诗，《诗经·大雅·生民》是记叙周民族创业的史诗，那么，葛天氏“八阕”乐歌则是记叙秦民族创业的史诗。

由于《诗经·商颂·玄鸟》一诗叙事描写不充分，不便进行比较，我们集中将“八阕”乐歌与《诗经·大雅·生民》进行比较。《诗经·大雅·生民》也是由八章组成，按内容也可分成三部分。现列表对比如下：

表 8—3　“八阕”乐歌与《诗经·大雅·生民》对比

内容提要	“八阕”	《诗经·大雅·生民》
第一部分： 民族始祖诞生的不凡和始祖超人的神奇本领	载民； 玄鸟； 总禽兽之极	一章　履神迹而孕； 二章　后稷诞生的不凡； 三章　被弃而不死； 四章　擅长种植的天生禀赋

① 我们将“八阕”按内容分为这样三部分，打破了原来的排列顺序，其实变动的主要是把第八阕“总禽兽之极”提到第三阕“遂草木”之前。这样，“八阕”乐歌的脉络就比较明晰了。

续表

内容提要	“八阕”	《诗经·大雅·生民》
第二部分： 业绩的开创和伟大的贡献	遂草木； 奋五谷	五章　有功于农艺，收获嘉谷； 六章（同上）
第三部分： 宗教崇拜和对于帝的歌颂	敬天常； 依地德； 达帝功	七章 祭祀上帝，祈求丰年； 八章 讴歌天恩祖德

可以看出，作为史诗，“八阕”乐歌与《生民》之间无论在内容构成、篇章结构上，还是在通篇的脉络发展上都相一致：首先，两首诗歌都由八阕或八章构成，并且都可分为三部分；其次，三部分的内容基本一致，内容走向完全相同：第一部分都是从民族祖先的诞生写起，接着写祖先的神异和超人的本领；第二都分都是写民族业绩的开创和伟大贡献；第三部分都是写宗教活动和对上帝、祖先的崇拜与感恩。全诗脉络清楚，首尾完整，结构严谨。在这方面，尽管“八阕”乐歌一阕只有一句，篇幅非常短小，但同样也具备这样的特点。

再看二者的不同点：除了在繁与简、叙述和描写的详略具有明显的差别之外，更重要的在于它们各自具有鲜明的思想特点，而这些特点恰恰与它们产生的不同历史背景和具体环境密切相关，这说明这些特点正是它们各自的时代特征。

我们知道，《诗经·大雅·生民》大致做于西周初期，当时周人的统治刚刚建立，迫切需要从政治、思想等各方面巩固和加强自己的统治。在政治措施方面，周公制礼作乐的传说虽不尽可信，但是，以礼乐为工具来维护统治却完全是事实。在思想方面，周人提出了尊天敬祖，顺承天意，代天统治下民的思想。如此神化上天、神化祖先（不只是始祖）正是为了神化自己、给自己的统治披上神圣的灵光。这样看来，周人在《诗经·大雅·生民》中神化祖先和自己的统治，赋予祖先和自己的统治以神异的色彩，并虔诚地祭祀上帝和祖先的神灵也就绝非偶然。正是因为如此，我们读《诗经·大雅·生民》在被奇异的神话打动的同时，还会深深感受到弥漫于字里行间宗教香火的浓烈氛围。

“八阕”乐歌也比较复杂，但却完全是另一种性质。按说，“八阕”乐歌作为原始史诗其思想观念应当很单纯，但实际情况并非如此：“八阕”乐歌中除了原始社会的思想因素之外，还由于后人以时语写古事，亦即以后代的概念如“天常”“地德”等记录原始社会的宗教祭祀活动，如天体崇拜、土地崇拜等，从而使阶级社会的思想观念与原始诗歌的性质和形式存在着明显的矛盾，“八阕”乐歌因而也就呈现出一种特殊的复杂状态。

当然，指出“八阕”乐歌中的非原始诗歌的思想因素，并不意味着否定它的原始诗歌性质。事实上，原始时代的诗歌经过后人的文字记录，很少有不掺入后代思想意识的。这里强调“八阕”中那些非原始社会因素，只是说把它作为一首原始诗歌加以引用时，特别应当注意它后代的思想成分，否则将给文学史以及有关研究工作带来混乱。

“八阕”乐歌虽然十分简单，但恢复其原始诗歌的本来面貌，正确认识其内容和价值却具有重要的意义。首先，从世界文学的范围看，众所周知，真正的原始诗歌存留下来的可谓凤毛麟角，以致很多西方学者不得不通过当代原始民族诗歌的“活化石”进行研究，而“八阕”乐歌以历史本真的存在呈现在我们面前，使我们有可能穿越数千年的时空亲临原始诗歌现场，直接感受和认识原始诗歌的特点，其价值是难以估量的。其次，“八阕”乐歌填补了我国文学史上的空白，丰富了我国的文学遗产，特别是它以原始诗歌的形式简要记叙了一个民族业绩开创和发展的历史，为我国文学史上绝无仅有。然而，在"八阕"乐歌的本来面貌被恢复之前，这样一首宝贵的诗歌竟只能被当作证明诗、歌、舞三位一体的材料，实在是可惜。最后，从史诗的角度看，其意义和价值也十分突出。我们知道，学术界曾广泛流行这样一种观点：我国叙事诗不发达，史诗更少。揭示"八阕"乐歌本来面目，说明我国文学在原始诗歌发展阶段就已经有叙事诗，并且史诗也见雏形，而《诗经》中的《诗经·大雅·生民》等史诗与"八阕"乐歌之间在内容构成、篇章结构和通篇走势方面的一致性，说明它们之间的继承关系，这对于研究我国史诗和上古诗歌的发展必将提供新的重要线索。

附录：以时语写古事

——关于葛灭氏"八阕"乐歌的时代问题

为了进一步认识"八阕"乐歌的本来面貌，只解决它的主题问题是远远不够的，还有一些问题需要澄清，比如它产生的时代问题，即"八阕"乐歌是不是原始社会的诗歌，其中有没有后代的概念和思想成分，如果有的话，究竟是哪些，根据是什么等。有些学者认为这个问题已经解决，肯定它是"产生在原始社会的作品"。[①] 有的学者认为"八阕"乐歌显示出一种合乎原始文化史的内容。[②] 这些说法都认为"八阕"乐歌

① 中国科学院文学研究所中国文学史编写组：《中国文学史》，人民文学出版社 1962 年版，第 1 册第 4 页。

② 李纯一：《中国古代音乐史稿》，音乐出版社 1964 年版，第 5 页。

是纯粹的原始社会的诗歌，不掺杂任何后代阶级社会的思想内容。事实上，这种说法并不符合实际。原来，“八阕”乐歌不完全是原始社会的产物，其中有一部分，如“敬天常”“达帝功”和“依地德”等出自阶级社会。这三阕诗歌就其所指的生活内容来看，可能具有原始社会的根据，但这些概念和思想却是出自后代，是后人用时语写古事，即用春秋战国时代的概念和思想写原始时代的有关事物。这说明，“八阕”乐歌的时代性不是单一的，其中柔和了不同历史时代的思想成分，从而使之在思想观念上呈现出更为复杂的面貌。

考察“八阕”乐歌的时代性问题，不只有助于揭示它的本来面貌，而且涉及如何看待流传下来的原始诗歌问颢，而这正是包括原始诗歌在内的原始文化研究中的一个十分重要的问题。

现将这几阕的时代属性及其本来意义考证如下：

关于“敬天常”：

“敬天常”为葛天氏“八阕”乐歌的第五阕。它十分明确地提出了“天常”这一概念。如果按照上述各家八阕乐歌都是原始社会的直接产物的说法，那么“天常”应当早在原始社会就已经存在了。实际上，无论从思想发展史还是从宗教发展史来看，作为先秦天道观发展历史过程中的一个重要概念，“天常”根本不可能产生于原始社会。

“天常”概念的形成有一个长期演变的历史过程。它的萌生可以溯源于春秋时代的老子哲学①。在老子之前，“天常”概念的滥觞也不复存在。在我国哲学史上，老子最先提出了“道”和“常道”的概念，“天常”

① 《夏书》中即有“天常”概念：“惟彼陶唐，率彼天常，有此冀方。”但《夏书》早被证明系后人伪托而不可据。

的“常”正是由此衍生而来。“道”即“太一”。“道也者，至精也，不可为形，不可为名，强为之，谓之太一。”(《吕氏春秋·大乐》)而“常”与“太一”相通。所谓“每以凝常无物为宗，悟其指归，以虚通太一为主。”(《庄子集释·天下篇·疏》)可见在老子哲学中“常”即“常道”也可简称“道”。“常”的具体含义，据《韩非子·解老》：“夫物之一存一亡，乍死乍生，初盛而后衰者不可谓‘常’，唯夫与天地之剖判也俱生，至天地之消散也不死不衰者谓之‘常’。”在老子看来，“道”“常道”“太一”是宇宙间的最高存在，是世界的本体和世间万事、万物之源。这样，老子就用“道”和“常道”否定了殷周以来作为最高人格神的天的绝对权威，这当然是有积极意义的。那无声无形而又无所不在的“道”和“太一”就其作为超越时空的最高存在来看，显然是属于凌驾物质世界之上的永恒的神秘范畴。在这一点上，它非常像黑格尔的绝对观念和理念。有趣的是黑格尔把他的绝对观念和理念也叫作“太一”。他说：“这个太一本身就是纯思想，也就只为纯思想而存在……把它既作为实体又作为创造一切事物的力量来理解，藉这些事物它才可以得到显现，因而也就和这些事物有一种肯定的(积极的)关系。”[①]从这里也可以间接看到老子哲学中“道”与“太一”的客观唯心主义实质。另一方面，老子哲学中又包含一定的朴素辩证法的因素，这一点与黑格尔哲学也有相像之处。《吕氏春秋·大乐》发展了它积极的一面：“太一出两仪，两仪出阴阳。阴阳变化，一上一下，合而成章。混混沌沌，离则复合，合则复离，是谓‘天常’。天地车轮，终则复始，极则复反，莫不咸当。日月星辰，或疾或徐，日月不同，以尽其行，四时代兴，或暑或寒，或短或长，或柔或刚。”这里

---

① [德]黑格尔：《美学》第二卷，商务印书馆1979年版，第79页。

给“天常”以新的解释，它所强调的已经不是凝固不变的永恒的绝对观念，而是由“太一”生出的阴阳二者生生不息的变化规律。这个规律具体表现在日月星辰的运行和四时寒暑的交替变化上。显然，这时的“天常”已经不同于它所脱胎来的老子哲学中的“常”“道”等观念，而具有其一定的唯物主义成分。进一步发展“天常”观念的唯物主义思想，并把它运用于实际生活的是荀子，他说：

> 天行有常，不为尧存，不为桀亡，应之以治则吉，应之以乱则凶……
>
> 《天论》

荀子特别强调发挥人的主观能动性，主张利用“天常”，通过人的努力改变现状以成人事。他说：“大天而思之，孰与物畜而制之！从天而颂之，孰与制天命而用之！望时而待之，孰与应时而使之！”(《天论》)这里荀子提出了一个具有积极意义的人定胜天的思想，体现了唯物主义的战斗精神。荀子所处的战国末期是我国封建制彻底战胜奴隶制的时代，也是我国由分裂走向统一的时代。新兴的地主阶级正在为建立统一的封建制的国家而努力。实际上，“天常”这时已成为处于上升时期的地主阶级的思想，成为地主阶级改造自然、改造社会的思想武器。所以，“天常”这一概念，从其历史源流来说，是先秦天道观长期发展的结果；而从社会政治根源来看，则是我国社会由奴隶制向封建制过渡时期的产物。

总之，“天常”滥觞于老子哲学中的“常”“道”“太一”，而正式提出则是在战国时代的《吕代春秋》和《荀子》。在此之前，我国哲学思想史上根本不存在“天常”这一概念。作为社会制度大变革的产物，它有丰富的社会历史内容。这样一个具有强烈的时代历史色彩和阶级色彩的概念根本不可能产生于原始社会。《吕氏春秋》不过是用其当时的语言“敬天常”反映原始社会的天体崇拜的宗教活动,如果因此便认为它是原始诗歌的原有语汇,那就从根本上违背了历史发展的逻辑。

关于“达帝功”。

“达帝功”是葛天氏“八阕”乐歌的第六阕。按其所涉及的概念的性质,这一阕也不可能产生于原始社会。也是用后代的语汇反映原始社会社会生活的一个侧面。

“达帝功”的“帝”向我们透露了明显的时代特征。

“帝”之含义有二:一是指人,一是指神。

指人,《说文解字》云:“帝,谛也。王天下之号也。”这就是说,称王于天下的人为帝。原始社会中根本不具备一人统治天下的社会历史条件;王天下完全是阶级和阶级对立出现以后的事情。

指神,其义又有二;一是上帝或天帝,一是一般的尊神,如五帝或五方帝。“帝”的这两种含义的产生有着密切的联系,并有复杂的社会历史背景。在回答这个问题之前,我们先来看一看“达帝功”的“帝”到底是指什么?是指人还是神?如果是神,是至高的上帝还是一般的尊神?如果是一般的尊神,那么究竟是哪一位尊神?

在“达帝功”之前的第二阕是“玄鸟”。“帝”与玄鸟之间的关系十分密切。这一点在卜辞以及后来的古代文献如《荀子·解蔽》《墨子·明鬼》均有反映,此不一一罗列。那么究竟是哪一帝与玄鸟有这样密切的关系呢?《礼记·月令》明确记载玄鸟为“帝少昊司命之官”。《淮南子·天文》云:“东方木也,其帝太昊,其佐句芒,执规而治春。”“句芒”即玄鸟。又据《拾遗记》:“及娥皇生少昊,号曰穷桑氏,一号金天氏。时有五凤，随方之色，集于帝庭，因曰凤鸟氏。”原来少昊，出于太昊，都以玄鸟为其使者。少昊刚一诞生，就有玄鸟来充当使者，也许正是自太昊因袭而来。玄鸟是秦民族的图腾祖先神，祖先神而为少昊的使者，那么其后代当然要奉少昊为帝了。

可见“达帝功”的“帝”既不是“王天下”的人王，也不是作为宇宙至上神的上帝，而是指一般的尊神即五帝之一的少昊。所以，“达帝功”原来是秦民族歌颂他们的始祖少昊的：我们的少昊帝的功绩是至大无极无所不在的呀！[①]

一个民族的祖先神而被尊为帝，是原始社会以后很久的事情。这段历史从“帝”义发展和演变的历史也许会看得更清楚。

本来，原始宗教和原始神话中的神都不以帝相称。因为原始宗教中根本没有作为世界主宰的至高无上的上帝，它的殿堂中的尊神为数众多，光怪陆离，呈现出巨大而庞杂的状态。这些尊神之间虽然也有矛盾斗争（有时甚至势不两立），但地位却是平等的，没有什么高下尊卑之分。同时，人们的信仰也随着历史和地理环境而各有所宜，因而从总体上呈现着信仰多元化的倾向。

随着人间阶级分化和阶级对立的产生，诸神也开始分化，形成了他们之间的隶属和支配关系，而作为至高神的上帝的出现则是人间最高王权产生以后的事情。人们总是自觉不自觉地按照人间的现实关系来创造神。因为“甚至人们头脑中模糊的东西也是他们的可以通过经验来确定的、与物质前提相联系的物质生活过程的必然升华物”。[②] 所以

---

① 《释名》云：“达，彻也。”《说文解字》：“彻，通也。”又据《系易辞》：“往来不穷谓之通。”根据这些，我们将“达”解释为大至无极，无所不在。

② 《马克思恩格斯选集》第一卷，人民出版社 1972 年版，30—31 页。

宇宙至上神实际不过是人间最高统治者的投影。从历史上看，我国称至上神为帝是殷商才开始的，这在卜辞中可以找到很多例证。殷人的帝就是帝喾，是至上神与祖先神的合一。殷代只此一帝，少昊这时是绝不会被称为帝的。后来为了人王的尊严，在他的名字上加“帝”字，表示他是人间的最高统治者，这样才与天上的上帝一致起来，如殷末的帝乙、帝辛。不过这是极个别的，大多数最高统治者仍然是称王，称天子，而绝少称帝，直到东周一直都是如此。到战国时代，这种情况开始发生了变化，为了尊崇和神化一些传说中的部族的祖先、首领和酋长，给他们的名字前也加了帝号。如黄帝、炎帝、帝舜、帝禹等。秦民族的尊神少昊被称为帝，大致也在这个时期。神话传说中的尊神很多，其中最重要的有五个，这就是“五帝”。“五帝”一语最早见于《晏子春秋》，其《内篇·谏上》云：“请致五帝，以明君德。”又见于《孙子》，其《行军篇》云：“凡此四军之利，黄帝之所以胜四帝也。”这是以承认五帝为前提的说法。从此以后“五帝”一语才广泛流行，并在流行中产生了不同的说法。如《礼记·月令》《大戴礼》《史记》、孔安国《尚书序》均各有说法。据以上可知“五帝”一语的产生不会早于战国时期。

可以断言，古籍中关于神话传说时代的诸帝的记载都是后人的伪托，而非原来的古称。这样看来，葛天氏八阕乐歌歌颂秦人的尊神的功绩却用“达帝功”一语，显然是《吕氏春秋》采用了战国时代的语汇，而非原始诗歌原有的语言。我们既承认八阕乐歌是一首原始诗歌，又说它采用了非原始社会的语言，这个内在矛盾应当如何解释？八阕乐歌的本来面貌应当如何认识？这些问题后面再回答。

关于“依地德”。

“依地德”是八阕乐歌的第七阕，它反映了初民对于土地的依赖，是原始社会土地崇拜的表现。但是,这里所用的概念却不是原始社会中的概念。比起上面所说的"天常""帝"等概念来,"依地德"中的"德"和"地德"是两个更为晚出的概念,绝不会产生于原始社会。

作为德行的"德"最早见于《尚书·盘庚》:"式敷民德,永肩一心。"但是,在盘庚时代,"德"字运用还不广泛。它的流行是随着武王"革命"而开始的。"德"的观念正是这场"革命"在意识形态上的反映。殷人敬事上帝,迷信鬼神,事无巨细都要决疑于占卜,求助于鬼神。这是殷王朝加强其统治的重要手段。在加强精神统治的同时,他们还仰仗暴力,用暴力来维持他们花天酒地、恣意淫乐的生活。残暴的统治激起了奴隶的反抗,自称为"帝"的殷朝统治者一旦归于毁灭。迷信上帝、仰仗暴力都未能挽救走向灭亡的历史命运。

殷王朝的灭亡对于周人是个极为深刻的历史教训,他们深切感到仅止敬事上帝,而不致力于"进德修业",致使奢欲横流,行止浩荡,必然要招致杀身亡国之祸。为了避免重蹈殷人覆辙,使天下长治久安,周人在敬天修武的同时,还特别注重德行的修养。周人强调和重视"德"是有其明确的政治目的的。"敬天"与修德在周人看来是完全一致的:有德者才能"保民","保民"者才能得到"天"的厚赉,而永保其江山。

或许有人会说,"德"的出现早于盘庚时代,卜辞中就有"德"字。诚然卜辞中有"德"字。但卜辞中的"德"没有例外地都是借作得失之"得"。[1] "德"字甲骨文是间十字路口直视之意,即视有所得。后来,周人给它加上"心"字,从直从心,才突出了它的道德意义,成为把心思放端直之义。由"得"而"德"即重修养而有得于心。《大学》中说:"欲修其

① 见罗振玉《释德》,转引自中国科学院考古研究所《甲骨文编》。

身者先正其心”,正是“德”的新义。

至于“地德”一语出现更晚。它是在“德”普遍流行之后,将其意义运用于土地崇拜的结果。

具体说来,“地德”含义有二:

其一为负载万物:万物存在于大地之上,大地均予负载。所谓“天无私覆,地无私载。”(《礼记·孔子闲居》)“地载万物者,释地所得神之由也。地之为德以载万物为用故也。”(《礼记·郊特牲·正义》)

其二为恩养众生:大地生长万物,有“生长之德”,众生赖以生存。所谓“地能养生至极;……万物资地而生,……有此生长之德,合会无疆。”(《周易·坤·正义》)在恩养众生的意义上,有人将“地德”径直解为“五谷”。

土地对于万物、众生均无厚无薄,一视同仁,皆予负载,皆予恩养,其中都体现着公正无私的美德。所以负载万物和恩养众生都不过是公正无私的美德的具体表现。

“地德”见于秦汉载籍者,当首推《国语》。《鲁语》云:“是故天子大采朝日,与三公九卿祖识地德。”在此之前的古代文献从未见“地德”一语。例如《诗经》中不但未见“地德”,而且连“地”也很少用。[①] 至于甲骨文中根本无“地”,其义皆以“土”言之。

以上从“德”与“地德”观念的具体含义和它们的产生发展过程,可以看出“地德”的出现不会早于东周时代,原始社会根本没有产生这一

---

① 《诗经》中多以“下土”与“上天”相对,而不用“地”。如“日居月诸,照临下土。”(《诗经·邶风·日月》)“明明上天,照临下土。”(《诗经·小雅·小明》)等。《诗经》中用“土”有三十次之多,而用“地”仅两次:《诗经·小雅·斯干》:“乃生女子,载寝之地。”《诗经·小雅·正月》:“谓地盖厚,不敢不蹐。”

概念的可能。原始社会发展到农耕时代，土地成为人们赖以生存的食物的重要来源，人们对它由依赖而崇拜，再加上初民对于世界的神秘感，于是产生了土地崇拜。这就是说原始社会确实存在土地崇拜，但却不可能有“地德”这样的语言。所以“依地德”不过是后人用自己时代的语言去追述遥远迷茫的古事。人们这样做，总算给了远古宗教活动和宗教观念一个确定的概念，使之得到反映。但是与此同时，却把后代的社会生活内容和思想观念强加给往古，从而带来了思想观念的超时代的混乱，这当然是始作俑者未曾料到的。

以上我们从“天常”“帝”“德”“地德”这些概念产生和发展的历史过程及其背景，论述了它们出现的历史时期和本来意义，特别指出了它们的时代特征和思想性质，从而证明了这些概念根本不可能产生于原始社会。

下面再说“奋五谷”的时代性问题。

如前所说，“奋五谷”的时代性问题只涉及语汇，而不涉及思想观念。从语汇来看可以肯定地说，作为谷类总称的“五谷”不是原始时代的词语。原来，我国古代关于谷类总称的词不止一个，而是多个。如果按这些词语出现时间的先后进行排列，其顺序大致是这样的：最早出现的是“百谷”，其次是“九谷”和“六谷”，最后，春秋战国时代出现的才是“五谷”。

“百谷”最早见于《诗经》，这个词在《诗经》的多篇诗歌中出现，例如“以我覃耜，俶载南亩，播厥百谷。”(《诗经 · 小雅 · 大田》)“率时农夫，播厥百谷。”(《诗经 · 周颂 · 噫嘻》)“播厥百谷，实函斯活。”(《诗经 · 周颂 · 载芟》)另外，这两句诗在《诗经 · 周颂 · 良耜》中也出现过。可见，《诗经》中表示谷类的总称从来不用“九谷”和“六谷”，更不用“五谷”。

“九谷”和“六谷”最早出于《周礼》，如“以九职任万民：一曰三农，生九谷……”（《天官·冢宰·大宰》）这是“九谷”，再说“六谷”：“凡王之馈，食用六谷。”（《天官·冢宰·膳夫》）

“五谷”出现的最晚，直到战国时期才出现，最早见于战国末期的《吕氏春秋》（见前说引）。如果“五谷”是原始社会时期的词语，不可能不见于春秋战国之前的古籍。所以，就语汇的时代历史性质和特征来看，葛天氏八阕乐歌可以分成两部分：一部分是非原始社会语汇，即用时语写古事部分，如“敬天常”“依地德”“达帝功”和“奋五谷”等四阕；另一部分是原有的语汇，即用古语写古事部分，如“载民”“玄鸟”“遂草木”“总禽兽之极”等几阕。葛天氏“八阕”乐歌就是由这样两个不同时代的语汇组成。所以在概念的时代特征上，“八阕”乐歌有其特殊的复杂性。值得注意的是，如果把以上两部分加以比较，便可明显看出其用时语写古事部分主要是关于宗教活动和宗教观念的，即是有关于人们精神生活的。另一部分用古语写古事部分主要是关于农牧业生产劳动和民族历史，它所反映的是民族经历和物质生产劳动。写宗教活动等精神生活用时语，写物质生产劳动基本上用古语，这种情况当然不是偶然的。从人类语言的发展过程来看，首先产生的总是那些反映物质生产劳动的语言，其后才是有关精神生活的语言。这是因为人们的精神生活总是以物质生产活动为基础和前提。“人们首先必须吃、喝、住、穿，然后才能从事政治、科学、艺术、宗教等。”[①]所以尽管原始社会盛行宗教活动、宗教观念十分普遍，但是，由于生产力发展和认识水平的局限，人们却很难用高度抽象的概念（如“天常”“地德”以及现在我们所使用的天

① 《马克思恩格斯选集》第三卷，人民出版社1972年版，第574页。

体崇拜、土地崇拜、祖先崇拜）来对复杂的宗教观念予以抽象和概括。法国人类学家列维-布留尔指出：原始语言的“结构一般说来与我们的语言的结构是不同的。虽说在实际上，它也包含了抽象表象和一般表象，但不论它的抽象性还是它的一般性都不是我们概念的抽象性和一般性。这些表象不是被逻辑可能性的氛围包裹着，它们可说是陷在神秘可能性的氛围中。在这里，表象的范围不是同类的，因此，对概念的真正逻辑的概括和逻辑的运算就为达不到的东西了。”[①]在原始社会缺少反映宗教活动和宗教观念抽象概念的情况下，《吕氏春秋》要说明它，也就不得不借用当时的语言了。

应当说明，我们通过考证否定了“敬天常”等几阕为原始诗歌所原有，并不意味着完全否定葛天氏“八阕”乐歌原始诗歌的基本性质。相反，我们还是肯定它是一首保存得比较完整的原始诗歌，这不仅是由于流传下来的原始诗歌极少，物以稀为贵，更重要的还在于这样一点，即流传至今的原始诗歌很难不杂有后代的成分，也就是说原始诗歌很难完全以原来的面貌流传下来。而杂入后代成分之所以难于避免，其原因不在其他方面，恰恰在其本身：原始诗歌不是靠文字，而是通过口头流传和保存下来，待到用文字记录时，它早已成为遥远的历史了。“它们是自发地在日常生活里产生，流传在嘴上，从父母传给孩子，从一代传给下一代。一路转换着它的色彩……”[②]这个流传过程，从一首原始诗歌诞生到用文字记录，诗歌最后定型为止，是一个旷日持久的流传过程，它往往跨越了不同的历史时代。葛天氏“八阕”乐歌产生于原始社

① [法]列维－布留尔著：《原始思维》，商务印书馆 1985 年版，第 121 页。

② [英]乔治·汤姆逊著：《论诗歌源流》，作家出版社 1955 年版，第 34 页。

会，经过长期流传，直到战国时期用文字记录才得以固定，其间经历了原始时代和奴隶制时代。在口耳相传的长期流传过程中，很难设想不同时代的生活内容和思想观念不对它发生作用和影响，因而诗歌很难不有所增损、改窜和附会。如前所说，这期间人类语言同时也经历了极大的变化，由原始社会的反映一般表象的语言到我们所看到的作为概念的外在现实的语言。因而任何一首流传下来的原始诗歌在用文字记录时，都很难不借用时语，其差别仅仅在于数量多少而已。正是在这个意义上，我们认为葛天氏“八阕”乐歌的历史经历带有一定的普遍性和典型性，对于我们研究其他原始诗歌有重要的借鉴意义。

总而言之，葛天氏“八阕”乐歌作为一首原始诗歌，其中杂入后代的思想观念和语汇一点也不足为奇；奇怪的倒是不去承认这一点，而将它统统作为原始社会的直接产物随便加以引用，这样做会给我国的原始诗歌研究带来不少混乱。对于葛天氏“八阕”乐歌，我们应当在承认它是一首原始诗歌的同时，必须注意其中个别的非原始社会成分。只有实事求是地具体分析每一则资料，才能使研究工作真正建立在科学的基础上。也许有人会担心这样会减低这则资料的重要价值，这种担心当然是没有道理的。按照客观事实揭示“八阕”乐歌的本来面貌，不但不会降低它的价值，反而会使它更加有说服力。事实上，葛天氏“八阕”乐歌作为我国诗歌史上的一首原始诗歌，它的诗、歌、舞三位一体的特点，它所反映的原始社会的生活内容，无论是对于文学艺术史研究，还是对于艺术理论研究，都具有十分重要的意义。

第四节　原始祭歌:《蜡辞》

《蜡辞》是一首现存最古老的原始祭歌,出自《礼记·郊特牲》。有关记载如下:

> 天子大蜡八。伊蓍氏始为蜡,蜡也者,索也。岁十二月,合聚万物而索飨之也。蜡之祭也,主先啬,而祭司啬也。祭百种以报啬也……古之君子,使之必报之。迎猫,为其食田鼠也;迎虎,为其食田豕也。迎而祭之也。祭坊与水庸,事也。曰:"土反其宅,水归其壑,昆虫毋作,草木归其泽。"

这是一则十分宝贵的资料:不但保存了完整的原始祭歌歌词,记录了有关祭祀(即蜡祭)的内容和原因,蜡祭最早出现的时间,祭歌与祭祀的关系等,而且提供了寻找和确认蜡祭和《蜡辞》产生的宗教观念线索。这一切为我们的研究提供了极大的方便。这种情况在有关的文献资料中十分难得,值得我们倍加珍惜。

从上述记录中可以知道,蜡祭是农耕时代祈祷作物丰收的宗教祭祀,《蜡辞》是蜡祭祭祀中咏唱的祈祷作物丰收的祭歌。

伊蓍氏即神农氏,是我国农业生产的发明者,说蜡祭从神农氏开始完全符合历史实际。"蜡也者,索出。"索即搜索、搜求。下一句"岁十二月,合聚万物而索飨之也"是对这句的具体解释。"万物"状其祭祀对象之多。按当时的观念,要求"使之必报之",即凡是农业生产所需或对农业生产有用的都属于祭祀对象,通过祭祀以报答它们。由于数量多,涉及面广,必须广泛搜求,故名之曰“蜡祭”。本资料所列祭祀对象主要有八种,即开头所说的“天子大蜡八”。究竟是哪八种?比较通行的说法是:一、先啬,即发明农业的神农氏。二、司啬,即后稷,周民族始祖,首先种植的人;三、百种,即谷神。四、农,田畯,管理种植的田官。五、邮表畷,邮,邮亭,此指田间房舍;表,外,外面;畷,田间道路。邮表畷,即田间庐舍及其外面的道路。六、包括猫、虎在内的禽兽。七、坊,堤坝、堤坊。八、水庸,即水渠、沟洫。以上八种,代表了与农业密切相关的四类祭祀对象:有关农业和种植的神祇、管理农业和种植的官吏、对种植有利的禽兽和种植所需的庐舍、田间道路、水渠和堤坝等。

前面说过,原始先民对于祭祀的态度是“使之必报之”。接着对此做了具体说明:迎祭猫、虎是因为它们能为农田除害,而“祭坊与水庸,事也。”是说祭祀水渠和堤坝等是因为它们有功于农事。

这里的祭祀对象不只有神祇和祖先,还有禽兽和无生命的庐舍、道路、水渠和堤坝等。显然,这是一种十分古老的宗教观念,即万物有灵论,原来,原始人认为,“如果人有幽灵,有灵魂,通过同样的推理,动物必定有灵魂,而且植物和物质性的客体也必定有灵魂。”[①]这些灵魂就是神灵,并“最终发展为诸神,诸神大大地优越于人,并且控制着人的命运”。[②] 所以,农事要取得丰收,诸事要顺利如意,就必须通过祭祀表达对于神灵的敬畏和感恩。

据英国宗教学家泰勒研究,万物有灵论的出现早于祖先崇拜和图腾崇拜,是一种十分古老的宗教观念。《礼记·郊特牲》所记《蜡祭》是

① [英]埃文斯-普理查德著:《原始宗教理论》,商务印书馆2001年版,第28页。
② 同上,第30页。

原始社会末期的事，对于当时的人来说，万物有灵论已经是一种具有古老传统的宗教观念了。从这种信仰可以知道，在原始先民的观念中，随时随处都充满了神灵，他们就生活在这样一个神秘而令人敬畏的世界中。

就是在这样的宗教观念支配和神秘而充满敬畏的环境、气氛中，在“蜡祭”的最后，原始先民唱出了他们由衷的心声。“土反其宅”，宅，即住宅，住所，句中引申为原地。全句是说让耕地的土壤复归其所在的原地。在荒古的原始时代，到处是蛮荒之地，把这样的土地改造成耕地，要经过艰苦而繁重的垦荒和耕耘。而垦殖出来的土地经常遭到狂风暴雨、洪水泛滥、河流改道和杂草丛林野蛮生长的破坏，造成土壤大面积流失而无法耕种。所以，初民经营农业最关心和重视的就是土地，“土反其宅”的祈祷恰恰反映了他们这种最迫切的愿望。同样，“水归其壑”也是如此。对于农业生产来说，水既是祸害和灾难，又是农耕所必需。“水归其壑”，听从调遣，变害为利，是农业丰收的不可或缺的条件，因而也是从事农耕先民的又一最大愿望。“昆虫毋作”，原始时代，对于虫灾束手无策，只能眼看着大面积绝收，所以，各种虫子不要兴灾作害也是农耕先民的迫切愿望。最后一句“草木归其泽”，结合第一句“土反其宅”可以知道，这里的“泽”不能解释为润泽和滋养，而是指水草丛杂之地。《风俗通义 · 山泽》：“水草交厝，名之为泽。”前面说过，杂草丛林野蛮生长不但妨害作物生长，而且破坏土壤，所以，农耕先民由衷希望草木回归其应在的处所泽中。那里既适宜草木生长，使草木丰茂，又保证了作物的正常生长。

《蜡辞》作为年终举行“蜡祭”时所唱的宗教祭歌，不难看出农耕先民祈求作物丰收的愿望有多么强烈。从字面上看，全诗仿佛并没有什么宗教神秘痕迹和气氛，实际不然：结合当时盛行的宗教观念和“蜡祭”的宗教礼仪，就可以知道这是一首浸透着浓重宗教观念和神秘色彩的原始诗歌。

原始时代，人们深信只要心怀虔诚，并按宗教礼仪祭祀到位，神灵就会受到感应而保佑自己诸事吉祥顺利。这时述说内心愿望的话语（往往以诗歌的形式，即祭歌、祈祷歌等）和模拟某些动作（如模拟图腾崇拜对象动作的图腾歌舞，详见第五章第二节《图腾歌舞和图腾颂歌》）就会具有魔术和咒语般的法力和神通，使愿望和理想变为现实。正像宗教学家罗伯逊所说，只要“施行一种模拟的动作，务使这种行动和所欲产生的一种效果相类似。为了繁殖一种动植物，便在舞蹈和歌唱时模仿它”。[①] 可见，原始先民深信在宗教祭祀的神圣语境下，某些模拟动作和歌唱，具有神秘的“感应巫术”的特点和功效。在大蜡祭祀中咏唱《蜡辞》就是这种神秘的“感应巫术”的具体体现。就是说，先民正是通过这种方式获取神灵的保佑，把作物顺利生长，获得丰收的愿望变为现实。十分明显，原始先民的这种建立在神秘宗教观念基础上的愿望虽然十分幼稚可笑，但却真实地反映了他们控制和征服大自然的满腔热情和幻想，并在客观上增强了他们战胜困难，夺取丰收的信心。

① [英]罗伯逊著：《基督教的起源》，生活·读书·新知三联书店 1984 年版，第 2 页。

第五节 原始情歌:《候人歌》

原始社会末期,随着私有制的出现,我国历史发展中的第一个重大转折——原始社会向奴隶制社会过渡的历史阶段——来临了。在社会制度大变革的过程中,诗歌艺术也经历着它历史上的一个十分重要的时期:由原始诗歌向阶级社会诗歌转化的历史时期。在此之前,诗歌的发展一直处于原始宗教的控制之下,浸透着浓重的宗教观念,尽着宗教的职责。社会转型以后,作为一种传统观念宗教从总体上仍然具有强大的力量,但是,诗歌的性质却在悄悄发生变化,开始摆脱宗教的影响,而面向新的现实,增添新的内容,即属于人间世俗生活的内容,如两性之间的爱情、婚姻和家庭关系以及有关的思想感情等。不过,诗歌最初触及这些新的题材时,仍带着它蜕变的历史痕迹:诗歌反映这个新的内容不是通过普通人,而是通过传说中的历史人物。

例如,禹与涂山氏女的爱情和婚姻就是如此。《吕氏春秋·音初》:

> 禹行功,见涂山之女,禹未之遇,而巡省南土。涂山之女乃令其妾候禹于涂山之阳,女乃作歌,歌曰:"候人兮猗!"实始作为南音。

前面曾经指出,"候人兮猗!"虽只一句,但却是一首完整的诗歌,这一点早已得到古今很多学者,如杜文澜、闻一多、郭沫若和刘大杰等人的肯定,并称之为《候人歌》。(详见第五章第二节《图腾歌舞与图腾颂歌:〈燕燕歌〉》)但是,对于此诗的思想内容、时代特征及其在我国文学史上的地位和价值等重要问题都未做具体探讨，以致这些问题至今仍不甚了了。

既然《候人歌》与神话传说密切相关，我们不妨结合这些神话传说进行研究。禹与涂山氏女的爱情和婚姻，除见于前面所引《吕氏春秋》之外，其他典籍也有记载。如《书·益稷》："予（禹自指——引者）娶于涂山，辛、壬、癸、甲，惟荒土功。"《楚辞·天问》："禹之力献功，降省下土方，焉得彼涂山女，而通之与台桑？"洪兴祖《补注》引《吕氏春秋》说得更为明确："禹娶涂山氏女，不以私害公，自辛至甲四日，复往治水。"《吴越春秋·越王无余外传》："禹三十未娶，恐时之暮，失其制度。乃辞云：'吾娶也，必有应矣。'乃有白狐九尾，造于禹……禹因娶涂山，谓之女娇。"同一故事在神话传说中多有不同，这是常见的现象。

这些记载一致肯定禹与涂山氏女有一段爱情关系，至于是私通野合，还是正式结为婚姻关系彼此看法则完全不同。在这方面，《吕氏春秋·音初》的记载比较全面，并对这个问题给出了明确的答案。问题的关键是对于"禹行功，见涂山之女，禹未之遇，而巡省南土"这几句话的理解：既说"见"，又说"未之遇"，岂不自相矛盾？实际不然。行，当训为省视，"禹行功"即禹巡视治水之功。"禹未之遇"的"遇"不是遇见之意，《尔雅·释言》："遇，偶也。"偶即匹偶，句中引申为行匹偶之礼。"禹行功"这几句话的大意是禹巡视治水之功，十分繁忙，遇见涂山氏女与之私通，未及举行结婚之礼，便继续巡省南土去了。[①]

禹治水一去数年，引起了涂山氏女的无限怀念："候人兮猗！""候人"即等待和期盼她的准丈夫之意。这是涂山氏女内心活动的直接表

① 陈奇猷：《吕氏春秋校释》，学林出版社 1984 年版，上册第 334—335 页。

白，通过反复咏唱表现其候禹不至而引起的缠绵思绪和焦灼心情，两个感叹词“兮”“猗”的连用所造成的强烈感叹语气极大地增强了表现力。可以想见，这短短的四个字唱起来必然是一唱三叹，余音袅袅，使人回肠荡气。

《候人歌》是我国文学史上第一首表现夫妻相思之情的地道情歌[①]，爱情和相思是当时的最新题材，在它之前我国还没有这类题材的诗歌作品。

原来，爱情作为两性个体之间持久稳定的爱慕之情，它的产生只能以一夫一妻制的婚姻以及人的个性和自我观念的发展为前提。而这些都是历史范畴，是社会历史一定发展阶段的产物。在此之前，人类社会中根本没有爱情，文学领域中当然也不可能有情歌。

在母系氏族社会发展阶段，人们主要靠采集和渔猎为生，妇女在生产和生活中占有重要地位。氏族成员一律平等，大家共同劳动，共同享用劳动果实。氏族之间实行群婚（即族外婚）。在这样的社会历史条件和恶劣而严酷的自然环境中，无论是生产还是生活都必须以集体的方式进行，根本不允许也不可能以个体的方式存在，更不可能为自我观念和个性发展提供土壤，因而根本不可能产生两性个体之间的爱情。“人类的发展，还在低级阶段时，性的爱情之力，比诸两亲拥抱他的小儿的慈爱力更为低劣。”[②]对于幼子的舐犊之情，作为一种本能在动物中也很普遍，而两性之间的爱情，除了生物性之外，更重要的在于其社会性。当然，这不是说，在爱情产生之前两性之间就没有任何感情，但那种感

---

① 按古代习俗，未行婚礼不能称为夫妻，当时禹与涂山氏女还是情人关系。

② ［德］格罗塞著：《艺术的起源》，商务印书馆 1937 年版，第 322 页。

情在很大程度上是与动物式的情欲相差无几的诱惑之情，并且有与之相应的“情歌”。人类学家和艺术理论家早已通过原始民族歌谣的内容证明了这一点。至于舞蹈，由于具有直接感性的特点其相互引诱和挑逗性质就更为明显：“两性的舞蹈，指望着激起性感。”[1]在这种情况下，怎么能产生建立在个体婚姻家庭基础上的情歌呢？

母系氏族社会末期，男子所从事的农业生产日益成为人们生存需要的主要来源，决定了男子社会地位的提高和女性权威的削弱，社会开始由母系氏族社会向父系氏族社会过渡。从这时起，社会和人群中出现了一系列的变化：私有财产开始产生，贫富差别随之出现；反映在思想观念上“天下为家”代替了“天下为公”；婚姻形态上，在群婚和对偶婚的基础上形成了一夫一妻制和个体家庭……正如马克思在《摩尔根〈古代社会〉一书摘要》中所指出的，一夫一妻制的产生是由于大量财富集中于一人之手，而且是男子之手，要将这些财产传给这一男子的子女，而不是传给其他任何人的子女[2]。传说中的大禹时代正是处于一夫一妻制婚姻产生的过程中。本书第三章提到的这个时期大汶口的地下考古材料发现了不少男女合葬现象完全可以证明这一点。

大汶口晚期文化距今大约四五千年，相当于传说中的尧舜之前的历史时期。到大禹时代，在原始社会彻底瓦解，奴隶制即将出现的历史条件下，一夫一妻制婚姻和家庭以及人们的自我观念和个性得到进一步发展，比较稳定的夫妻关系和夫妻之间的感情得以建立。从这时开始，人们才可能有寻找称心如意的丈夫（或妻子）、过美满幸福家庭生活

---

① ［俄］普列汉诺夫普著：《论艺术》，生活·读书·新知三联书店 1964 年版，第 143 页。

② 请参阅第一章第二节《鱼类兴象的起源与生殖崇拜》有关部分。

的愿望，以及夫妻离别之后的相互思念。也只有在这样的社会历史条件下，才可能为情歌的产生提供必要的社会土壤和相关题材。

可以看出，《候人歌》的思想内容和抒发的感情与大禹时代的社会性质和背景完全吻合。退一步说，即使大禹与涂山氏女的爱情故事并非实有其事，而是民间传说的虚构和附会，那么，这种传说和附会以及在此基础上产生的《候人歌》也完全符合历史发展的逻辑和艺术真实。

本章所述《候人歌》之前的原始诗歌，无论是图腾颂歌、原始史诗，还是祭歌、祷辞都浸透着浓重的宗教观念，受着宗教观念的支配，程度不同地具有宗教的神秘性质。这种情况，直到原始社会末期才开始发生变化：出现了不受宗教观念支配和影响，与宗教观念也没有直接关系的诗歌，这就是本节论述的《候人歌》。《候人歌》虽只短短的四个字，但却蕴含着丰富的思想内容。它的夫妻之间相思的主题，生动说明原始社会末期，爱情、婚姻和个体家庭在我国古代社会中刚刚出现之际，便在诗歌中得到了及时而敏锐的反映，《候人歌》因而成为我国文学史上的第一首情歌，对于我国文学的发展具有里程碑的意义。它的出现有力说明我国社会历史和文学正经历着历史性的重大变化：随着私有制、一夫一妻制婚姻和个体家庭的出现，原始社会逐渐解体并向阶级社会过渡，与此同时，诗歌则开始突破宗教观念的束缚，逐渐地从宗教神殿和祭坛走向世俗和人间，文学的反映对象从“神”开始转向“人”，从神对人的支配转向人与人之间的关系。而人的内心情怀和人与人之间的关系正是文学的最主要的反映对象和基本价值。正因为如此，我国文学才开始有了人性光辉的闪烁，并预示着我国古代文学新时代即将到来。

第六章　兴与诗歌艺术

第一节　兴的起源与诗歌艺术的飞跃

兴是一个历史范畴。为了认识它的意义和价值，有必要把它放到历史过程中去。只要把兴产生前后的诗歌在表现方式上的不同特征加以对比，它的产生对于诗歌艺术发展的意义和影响自然就清楚了。

在上一章中，我们对兴产生之前的诗歌——原始诗歌——的发展历史已经做了比较系统的论述。可以看出，流传下来的原始诗歌虽然寥寥无几，但它们却以其特有的内容和表现方式标志着诗歌艺术史上的一个重要的时代，即原始诗歌时代。原始诗歌与兴产生之后的诗歌在表现方式上具有本质的区别，后代诗歌所惯用的一些表现方式，如托物寄兴、体物缘情等在原始诗歌中根本找不到任何踪影。原始诗歌的表现方式主要有二：

一种表现方式是"直言其情"，即将情志、怀抱、心理、愿望等内心活动和状态用陈述性的语言直接说出。具体说来，又可以分为两种情况：一是对既成事实所引起的感情的直言，《候人歌》属此。另一个是对内心愿望的直言,《蜡辞》属此。二者的区别在于:前者是对已然事实的感叹,后者是对未然事实的祈使。

原始诗歌的另一种重要表现方式是"直言其事",即直接表述客观事物的状态和发展变化。

简言之,"直言其情"是对主观世界的表白,"直言其事"是对客观事物的表述。

原始诗歌的这两种表现手段,即"直言其情"和"直言其事"也是以后各代诗歌,从《诗经》《楚辞》直到现代经常运用的基本表现手段。当然,与原始诗歌相比,无论是"直言其情"还是"直言其事"在以后的历史中都获得了充分的发展,并取得了很高的艺术成就。可见,正是原始诗歌为这两种基本表现手段打下了良好的基础。但是,如果仅仅依靠这两种表现手段,而没有其他更为重要的表现手段,那就不仅是一般性的缺憾,而是从根本上改变全部中国诗歌史的历史走向和基本面貌。在那种情况下,诗歌能否成为我国文学中取得辉煌成就的文学"大宗",我国能否成为"诗歌大国"都将成为问题。理由很简单:只靠起源于原始诗歌的那两种诗歌表现方式,无论如何也不可能完全达到把"心灵的东西也借感性化而显现出来"①的艺术的最本质要求。因为诗歌作为一种艺术,主要是通过形象化的方式反映现实,也就是把诗人对于现实的感受、认识和理解及其在他内心激起的波澜,通过一定的艺术媒介物化为艺术形象。这种把主观情志物化为艺术形象的方式,也就是形象化的方式对于艺术来说具有决定性的意义。不同的艺术媒介和物化方式决定着艺术的种类和形式,例如以旋律和节奏为艺术媒介和手段塑造

① [德]黑格尔:《美学》第一卷,商务印书馆 1979 年版第 49 页。

形象构成了音乐，以线条和色彩为艺术手段和媒介塑造形象构成了绘画，而它们本身也分别成为音乐和绘画的本质因素。与这些以物质形态为艺术手段和媒介并直接诉诸感官的艺术审美形式相比，诗歌完全不同，它以语言为艺术手段和媒介，把主观思想感情物化为艺术形象。由于语言的非物质形态性，使诗歌不可能止于诉诸人们的感官，而是通过听觉和视觉诉诸人们的想象。所以在本质上，诗歌乃是一种想象的艺术，这从根本上决定了它要通过以外物写情志、以景语写情语的方式来塑造诗歌艺术形象。因为如果不通过外物和景物，而只是内心情态的抽象说明，便很难引起想象，因而也就很难构成艺术形象。因为想象只能在已知的感知、表象和印象的基础上才能进行，也就是说想象只有在形象的世界中才能展翅高飞。所以，作为诗歌艺术媒介和物化手段的语言只有给人们提供一定的感知、表象和印象的时候，也就是只有当它们作为某些形象的负载或符号的时候，才能引起人们的想象，从而达到诗歌艺术的本质要求。诚然，语言所提供的外物不是作为感官对象本身，而只是存在于想象中的形象，是“空中之音，相中之色，水中之月，镜中之像”(严羽《沧浪诗话 · 诗辨》)。诗歌的这一特点也正是它的优长，正是这种想象中的形象，使诗歌有了广阔的空间任人驰骋。可见借助外物表现主观情志、通过景语写情语是诗歌艺术将主观思想感情客观化物象化的根本途径。诗歌艺术发展的历史证明，诗歌从诞生那一天起，其艺术方法就朝着这个方向发展，并逐渐趋于完善。可以说诗歌的历史也是诗歌艺术方法不断发展和日趋完善的历史。

我国古代诗论中有很多关于情、物关系的论述，如“作诗不过情、景二端……若老大手笔，则情景混融，错综维意。”(胡应麟《诗薮》内编卷六)“情景名为二，而实不可离，神于诗者，妙合无垠。巧者则有情中景、景中情。”(王夫之《姜斋诗话》卷二)显然,这些都是对诗歌艺术成熟、诗歌艺术方法完善以后的诗歌艺术审美特征的概括。

可以看出,原始诗歌的艺术表现方式尚没有达到,或者说尚没有充分表现出诗歌艺术的特殊本质。比如“直言其情”,诗中无物,只是主观感情和心境的表白和说明,因而只能使人知晓而难以激发人的想象和感情上的共鸣。不止如此,以语言说明某种心境,固然具有概括和准确的特点,但却难以反映复杂、微妙的内心状态,传达细腻、委婉的感情变化。这样的作品往往是言尽意尽,而不可能达到含蓄隽永、耐人寻味的艺术境界。原始诗歌的另一种艺术表现方式“直言其事”虽然“言之有物”(如前面说的“燕燕往飞”),摄取了一定的客观物象,具有某些形象的因素,甚至给人提供了展开想象的可能,但这种想象很不充分,很难飞跃起来。这是因为它所摄取的物象是孤立的,既没有提供时间和背景,也没有其他物象与之联系,不但未能给想象以明确的指向,更没有提供使想象飞跃起来的凭借,因而很难达到“直言其事”的目的。

应当说明,《燕燕歌》由于与神话传说相结合,才使我们得以把握其内容和所抒发的感情,但这丝毫也不意味着作品所提供的形象是完整的。

原始诗歌的歌词十分简单,一般只有几句,有的甚至只有一句。实际上它在诗中的意义和作用是非常有限的,与后代诗歌不可同日而语。与此相适应的是,原始诗歌不单单依靠歌词的力量,而是诗、歌、舞密切结合,三位一体地表情达意。所谓“诗,言其志也;歌,咏其声也;舞,动其容也。三者本于心,然后乐器从之。”(《礼记·乐记》)就歌词而言,原始诗歌通常是通过歌词和感叹词语的音调变化来抒发主观情怀,以不断的反复增加其表现力。“最低级文明的抒情诗,是以音乐的性质为主，而诗的意义不过是次要的东西而已。”[①]诗歌舞三者密切结合，反映了在初期发展阶段它们之间的内在联系，同时，也是三者尚未分别获得各自本质特征的必然。艺术的进一步发展才使三者彼此分化并逐渐走向独立：音调的变化发展为音乐，身体动作发展为舞蹈，歌词发展为诗歌。在此之前，诗歌舞三者处于混沌统一的状态，其中仅仅包括它们各自特殊本质和形式的萌芽。例如诗歌，当它以表现力十分有限的“直言其情”为手段，而尚未达到其特殊的形象化的方法并不得不依靠音乐和舞蹈的时候，恰恰说明它还没有达到它的特殊本质的要求，因而也就不可能取得独立。

总而言之，一方面，尽管原始诗歌的歌词十分简单，但由于与歌、舞密切结合，使它仍具有很强的鼓动力量，并发挥巨大的社会作用；另一方面，诗歌与音乐、舞蹈密切结合，没有取得独立，又与它没有完成特殊的形象化的方法相一致。这说明，诗歌没能达到将主观思想感情客观化、物象化，而不得不只依靠“直言其情”“直言其事”，恰恰正是诗歌艺术在原始诗歌发展阶段的不可避免的历史局限性。

在我国诗歌艺术发展历史上，这种局限性的被克服，正是从兴出现以后开始的。“先言他物以引起所咏之词”，外物被引入诗中，诗歌的构成因素发生了改变：诗中除了情还有物，情与物被置于一首诗中，预示着诗歌的形象构成、内部结构和形式将发生一系列重大变化。随着诗歌艺术的发展，外物逐渐成为寄托主观情志的物象，主观思想感情的客观化、物象化才有了可能。正是这最初被置于一首诗中的情与物，分别成为后来意与境的滥觞。“情趣与意象之中有……隔阂与冲突。打破

① ［德］格罗塞：《艺术的起源》，商务印书馆1937年版，第330页。

这种隔阂与冲突是艺术的重要使命，把它们完全打破，使情趣与意象融化得恰到好处，这是达到最高理想的艺术”，[1]要打破情与物之间的隔阂与冲突，首先要将它们置于一首诗中，否则一切都谈不到。从兴产生以后，诗歌艺术才正式走上主观思想感情客观化、物象化的道路，并逐渐达到情景相生、物我浑然、思与境谐的主客观统一的完美境界，最终完成诗歌艺术特殊本质的要求。这充分说明兴的产生是诗歌艺术表现方式的重大转折，是诗歌艺术史上的一次意义重大的飞跃。

现在，来考察从兴产生到诗歌艺术特殊本质完成的具体过程。

上一章说过，我国诗歌艺术史上最早表现思念之情的《候人歌》是对思念之情的直接说明，诗中只有情一种因素，而没有物。《诗经》中有些诗开始有物了，例如《诗经·鄘风·桑中》：

> 爰采唐矣？沬之乡矣。云谁之思？美孟姜矣。期我乎桑中，要我乎上宫，送我乎淇之上矣。

此诗写思念除了直接说明之外，还摄取了一些物象。但是，诗中的情与物之间仅仅是形式上的联系，即以“他物”（物）为“所咏之词”（情）开头称韵。这类兴按传统的说法是“不可以事类推，不可以理义求”，是“无取于义”的兴。诗中情与物之间尚设有什么意义上的联系，更没有共同构成完整统一的诗歌艺术形象。

> 扬之水，不流束薪。彼其之子，不与我戍申。怀哉怀哉！曷月予还归哉？

《诗经·王风·扬之水》第一章

---

① 朱光潜：《朱光潜美学文学论文选集》，湖南人民出版社1980年版，第195—196页。

山有榛，隰有苓。云谁之思，西方美人。彼美人兮，西方之人兮。

《诗经·邶风·简兮》第四章

这两首诗中思念之情的表白与物的关系与前面的诗不同：物与情已不是彼此孤立，而有一种比附与譬喻的关系，即以“扬之水，不流束薪”比附心上人不与他同行；以“山有榛，隰有苓”二者相距甚远比附诗人与美人各在一方，无由接近。物与情之间的这种意义的比附仅仅是一种意义上的联系，还不是物我间的交融，不是二者的有机统一。

彼泽之陂，有蒲与荷。有美一人，伤如之何？寤寐无为，涕泗滂沱。

《诗经·陈风·泽陂》第一章

关关雎鸠，在河之洲。窈窕淑女，君子好逑。

《诗经·周南·关雎》第一章

在这两首诗中，情与物之间的关系有了进一步的发展。它们之间的比附、譬喻或许尚在，但是值得注意的是其中已经具有了某些形象上的内在联系：如以蒲、荷共生一泽诱发关于情侣缠绵的想象；雎鸠雌雄和鸣烘托君子淑女之间爱情的喜悦。诗中诗人内心情怀已经达到了某种程度的物化，主观感情与客观物象开始结合起来，通过客观物象所组成的形象画面表达了诗人隐微的深情。

采采卷耳，不盈顷筐。嗟我怀人，置彼周行。

《诗经·周南·卷耳》第一章

雄雉于飞，泄泄其羽。我之怀矣，自诒伊阻。

《诗经·邶风·雄雉》第一章）

在这两首诗中，诗人内心情怀已经完全渗入外物，情与物有机统一，共同组成了真切动人富于感性特征的形象画面。诗人的思想感情通过形象画面流露出来，而不必再依靠比附、譬喻、象征等手段，形象在这里是唯一因素。《诗经·周南·卷耳》一诗写思念之情而以采菜起兴。"顷筐，易顷之器而不能满者，由此人志有所念，忧思不在此故也，此采菜之人忧念之深矣。"（《毛诗正义》）《诗经·邶风·雄雉》写思念之情而以飞翔的雄雉起兴。诗人思念丈夫，望着飞翔自如的雄雉，增其孤独思念之情，她也许想象自己化为雄雉飞向丈夫的身旁，诗中情景交融，物我浑然，具有比较鲜明的形象和意境，表现出诗人在特定环境中的具体感受。

君子于役，不知其期。曷至哉？鸡栖于埘，日之夕矣，羊牛下来。君子于役，如之何勿思！

《王·君子于役》第一章

这首诗通过黄昏夕照的一个具体场景，生动刻画了一个普通妇女对于行役在外丈夫的殷切思念。诗中没有过多的渲染和描绘，只是选择了"鸡栖于埘，日之夕矣，羊牛下来"这富于特征的外物，寥寥数笔，不但明确了时间、地点，而且烘托出气氛环境，这些都成为诗歌形象的有机组成部分。诗歌情景交融，含蓄深沉，具有强烈的艺术感染力。从全诗来看，"鸡栖于埘"等几句，虽然没有像上述诸诗的兴句一样放在诗的开头，但按其性质（触物起情、借物言情）和作用来看，却是典型的兴句。那种拘泥于兴句必须在诗歌开头的看法，只是着眼于形式而忽略了实质，早就受到了前人的批评："……诗或先兴而后赋，或先赋而后兴，见其篇法错综之妙，毛诗独以首章发端者为兴，则又拘于法矣。"（惠周惕《诗说》）从这里不难看出以外物表现主观思想感情与兴的关系。

如果说在《诗经·王风·君子于役》一诗中，兴句尽管没有放在诗的开端，而我们仍能依稀把它辨认出来的话，那么，随着诗歌艺术方法的发展，在后代诗中就很难再指出哪是兴句，哪是"所咏之词"——它们已经浑然一体，不分彼此了。倒如《古诗十九首》之一：

庭中有奇树，绿叶发华滋。攀条折其荣，将以遗所思。馨香盈怀袖，路远莫致之。此物何足贵，但感别经时。

李白《春思》：

燕草如碧丝，秦桑低绿枝。当君怀归日，是妾断肠时。春风不相识，何事入罗帏？

李白《子夜吴歌》：

长安一片月，万户捣衣声。秋风吹不尽，总是玉关情。何日平胡虏，良人罢远征？

在这些诗中，如果从"他物"的角度看，几乎都是客观物象，都是"他物"；而从抒情的角度看，它们又都是诗人的情怀，都是"所咏之词"。这是因为物我之间、情景之间已经契合交融，浑然圆成。诗中物象已不是外物的简单复制，而处处浸染着浓重的主观色彩，完全被感情化了；诗中之情也不复是空洞抽象的情，而自然地附丽在客观物象上，完全被物象化了。主观情志与客观物象就这样有机统一起来而形成动人的艺术境界，充分体现出诗歌艺术的本质和审美特征。显然，诗歌艺术发展到这种境地才有可能把个性与共性结合起来，把感性画面与本质特征结合起来，从而更深刻有力地反映现实生活。

这样的艺术境界，“直言其情”的表现方式固然无法达到，就是那种开头称韵、比附象征的兴也难以完成。只有满怀激情，从对生活的真情实感出发，在被主观情怀所笼罩的客观物象中“神与物游”，展开丰富的想象，摄取那最富于典型意义的物象，才有可能创造出神形兼备、物我浑然的诗歌艺术形象。“夫置意作诗，即须凝心；目击其物，便以心击之，深穿其境。”(《文镜秘府论》)诗歌艺术中的情景相生，来自创作过程中的心物感会。这个过程，从诗歌形象的构成和诗歌艺术方法来说，只有充分运用“兴缘物发”“托物寄情”的兴，并与比赋结合使用，才能充分体现诗歌艺术的本质。顺便指出，“序物以言情”的赋和“索物以托情”(李仲蒙说)的比，在它们的高度发展的形态中，就物与情的关系来看，与兴有着内在本质的一致性。所以，在诗歌艺术创作中，自然要把赋比兴结合起来综合运用。“宏斯三义(指赋比兴——引者)，酌而用之，干之以风力，润之以丹采，使味之者无极，闻之者动心，是诗之至也。”(钟嵘《诗品序》)作为诗歌艺术反映现实的手段，赋比兴在诗中不是孤立的，它们统一于完整的诗歌艺术方法之中。正因为如此，对于后世的一些托物寄兴的诗篇也就没有必要同时也没有可能再去划分哪是“他物”，哪是“所咏之词”了。“汉魏篇章，强分比兴，尤未免刻舟求剑，附合支离”，其结果只能是“效西子之颦。”(刘履《诗选续篇》)黄宗羲在《汪扶晨诗序》中说：“凡景物相感，以彼言此，皆谓之兴。后世咏怀、游览、咏物之类是也。”他们从发展的观点，看到兴的发展变化，见解是颇为深刻的。实际上黄氏所举几种诗不过是比较明显的例证，由兴(“言兴而赋比在其中”——惠周惕《诗说》)发展起来的诗歌艺术方法对于各类诗歌——不只是黄氏所举的那三类——都具有本质意义和普遍品格。

所以，从兴出现之后而开始的主观思想感情客观化物象化并与想象和理解相融合，来塑造主客观统一的诗歌艺术形象的过程，正是逐渐体现诗歌艺术特殊本质的过程，也是逐渐达到诗歌艺术最高审美范畴的过程。尽管兴在其初期形态异常简单粗糙，但是，其中却孕育着诗歌艺术方法的胚胎，蕴含着诗歌艺术的美好未来。正是在这个意义上，我们前边才说兴的出现是诗歌艺术发展过程中的一次意义重大的飞跃。这个过程，从“他物”自身来看，恰恰是它与主观情志不断融合而构成完美的艺术形象的过程，也就是“他物”由被目为“他物”——诗歌内容之外的成分——逐渐变为诗歌本身有机组成部分的过程，因而也是“他物”自身逐渐“消失”的过程。

思想感情是主观的，而“他物”是客观的，那么，为什么主观思想感情可以通过客观的“他物”得以表现？“他物”具有什么性质使之可以作为负载主观情志的物象？主观情志又具有什么性质使之可以在客观物象上得到寄托？这实际上牵涉到主客观两个方面，让我们从这两个方面来回答其原因和根据。

第一，人们对于客观世界的反映形式是各种各样的，既包括各种各样的认识形式，如感觉、知觉、概念、判断、推理等，也包括各种各样的心理活动形式，如感情、意志、想象等。很明显，人们的感情也是客观事物的反映，是客观事物作用于人的结果。所谓“人心之动，物使之然也。”(《礼记·乐记》)所以，人的任何一种感情总可以在现实中找到它的根源，因此，写外物正是抓住了人们感情的来源，这当然就有可能把这种感情的性质和内容具体地反映出来。

第二，更为重要的是，外物作为客观世界的组成部分，其本身不是外在于现实，也不是外在于人的。现实生活中人与人之间的关系纷繁复杂，多种多样，从中产生出人们的喜怒哀乐等各种感情。但是人们之间的任何一种关系都只能通过外物来实现和存在。因为人们之间的任何一种关系都不是抽象的、虚无的，而是具体的、现实的。具体说来，可以分为两个方面：一是人与人之间的关系以外物为存在条件。人与人之间的关系作为一种客观存在，其本身具有时间性和空间性，这就是说，它只能是在一定的时代背景和一定的场合环境中发生和存在。比如以最常见的感情——爱情和思念来说，从时间上看，它总是发生在一定的历史背景下，就我国古代而言，不是奴隶制社会就是封建社会；从空间上看，不是城隅、园中，就是花前、月下，超时间、超空间的人与人之间的关系是不存在的。同样，超时间、超空间的感情也是不存在的。所以，抒发爱情和思念自然要由情及物：写爱情自然是"月出皎兮，佼人僚兮！"（《诗经·陈风·月出》）"野有死麕，白茅包之。有女怀春，吉士诱之。"（《诗经·召南·野有死麕》）写思念自然是"有狐绥绥，在彼淇梁。心之忧矣，之子无裳。"（《诗经·卫风·有狐》）"东门之杨，其叶牂牂。昏以为期，明星煌煌。"（《诗经·陈风·东门之杨》）及至后代更是如此，如写愁思："我寄愁心与明月，随君直到夜郎西。"（李白《闻王昌龄左迁龙标遥有此寄》）"小楼昨夜又东风，故国不堪回首月明中。"（李煜《虞美人》）只是物我更加浑然一体而已。二是人与人之间的关系以外物为媒介和体现：产生在一定时间、地点的人与人之间的关系和感情，通过外物的媒介而实现并表现在外物上，"只有在社会中，自然界对人说来才是人与人联系的纽带"。[①] 那种不靠外物媒介的单纯空洞的关系和感

① 《马克思恩格斯全集》第四十二卷，人民出版社 1979 年版，第 122 页。

情在很多情况下是难以存在和交流的。比如一件寒衣寄寓着父母对游子的关切，一曲衷肠凝聚着挚友之间的深情，羁旅中的鸡鸣霜月益增其离情别绪，胡笳暮角在征人听来足以黯然神伤。此外，送别的柳枝、相思的红豆、"美人之贻"的"彤管""伊其相谑"的"勺药"，以及投桃报李、献芹束脩、亲人的微笑，侵略者的屠刀……哪一件不体现着一定的关系？哪一件不代表着一定的感情？所以，自古有睹物思情、物在人亡之叹。抛开寒衣、红豆、桃李、屠刀等一切外物，人与人之间的关系即使仍然存在，感情即使仍可交流，但可以想见，这种关系将会变得多么抽象，人们的感情世界又会是何等空虚；而以表现感情为主的文学园地由于没有外物可以凭借和寄托又会是怎样的荒漠和肃杀。人们生活在现实的物质世界中，人与人的关系和感情交流既以外物为存在条件和媒介，那么这种关系和感情及其表现形式当然也就要以外物为内容和依据。"人有一种冲动，要在直接呈现于他面前的外在事物中实现他自己。"①这样看来，通过外物表现思想感情即以景语写情语就是十分自然的事了。

第三，有些物象与人们的生活有某些相似之处或共同特征，这样的物象很容易引起人们对于某些生活情景和感情的联想。例如"鸡入于埘""羊牛下来"这种黄昏特有的景象，很容易诱发人产生亲人团聚、家室之思的联想。《君子于役》写思念丈夫，以这些物象为兴，使诗歌形象和谐而完整。李白写朋友之间的友情："桃花潭水深千尺，不及汪伦送我情。"以水深写情深，加强了诗歌艺术形象的表现力量。

另外，有些物象具有表情作用不在于它们与人们的生活相类似，而

---

① ［德］黑格尔：《美学》第一卷，商务印书馆 1979 年版，第 39 页。

在于它们的某些自然属性与人类在长期的社会实践中形成的心理有一定的对应关系，也就是客观物象的运动或形式结构与人类主体的心理情感结构有一定的相似之处和对应关系。这些物象会引起人们的某种联想，或激起人们的某种感情。如高山使人产生崇高感，流水使人产生动荡感，秋风使人感到萧瑟，严霜使人感到肃杀，以及红的热烈、蓝的静寂、黄的庄严、白的纯洁……这些物象本身都具有一定的感情、色彩甚至气氛，援引它们入诗，这些特征自然就成为构成诗歌形象的重要因素。所以“桃之夭夭，灼灼其华”，(《诗经·周南·桃夭》)状新婚气氛之热烈；“昔我往矣，杨柳依依”，(《诗经·小雅·采薇》)写故土难离之深情，都有“状难写之景如在目前，含不尽之意见于言外”的艺术效果。

特别应当指出的是，在这类物象中有一部分物象与某些事物和感情之间建立了比较牢固的联系，并在人们头脑中形成了比较固定的联想，这种物象就可能成为某种事物或感情的象征。如鸳鸯之于情侣，鱼之于婚媾，虎之于勇猛、蛇之于狠毒，松之于坚贞、梅之于高洁，都是这样的象征关系。由于这些物象具有固定的象征意义，因而以它们起兴来表现某种思想感情，很容易为人所理解。这类物象不仅包括实际存在的事物，而且包括某些虚拟事物(即神话中的某些物象)。虚拟物象也可以以其象征意义表情达意。屈原极大地发展了它的表现力量，使这种物象在《楚辞》中蔚为大观。《楚辞》的比兴是兴发展的一个侧面，它光辉的艺术成就充分显示了兴的无限生命力和对于我国诗歌艺术发展的巨大意义。

第二节 屈原对比兴方法的重要贡献

在我国诗歌艺术史上,《诗经》以后经过了大约三百年的沉寂,突然,“奇文郁起”,出现了“自铸伟辞”的屈赋,诗歌面貌为之焕然一新。屈原是我国诗歌艺术发展史上具有划时代意义的诗人,他的光辉诗篇标志着我国诗歌艺术跨入了新的发展阶段。

从屈原开始,我国诗歌由集体创作进入了个人独立创作的新时代。在这以前,我国还没有人终生以诗歌作为“经国之大业”去进行创作。十五国风大部分是“民俗歌谣之诗”(朱熹《诗集传》),是集体的口头创作,诗歌在口耳相传的过程中进行着不自觉的艺术加工。“三百篇”中有些是个人独立创作,但那只是偶一为之,甚至一生只一为之,如作《诗经·鄘风·载驰》的许穆夫人,作《诗经·小雅·巷伯》的诗人孟子都是如此。屈原则不然,他终生以诗歌为“大业”,特别是在被放逐以后,他把自己在政治斗争中的不幸遭遇及其引起的满腔忧思和悲愤都倾注到诗歌艺术中去。他的诗歌具有明确的创作目的、鲜明的主题和新颖的艺术构思,并且每一篇诗歌创作都期望着人们从中受到教育和感奋,起到一定的作用。这些“专业诗人”的创作特点在屈原的艺术创作中体现得非常明显。

总结屈原在诗歌艺术发展方面的贡献,特别是对比兴方法的贡献,对于正确认识和评价屈原,正确认识和评价整个中国诗歌艺术都具有特别重要的意义。

屈原对于我国诗歌艺术发展的贡献不仅是重大的、多方面的,而且在不少方面具有开创性意义，这主要表现在以下几个方面：

1. 屈原极大地丰富和发展了比兴的诗歌艺术方法；

2. 屈原开拓了诗歌反映生活的深度，扩大了反映生活的范围，在前所未有的程度上提高了诗歌反映生活的能力；

3. 屈原发展了创作方法，在作品中不但成功地运用了浪漫主义的创作方法（如《离骚》），而且成功地运用了现实主义的创作方法（如《九章》）；

4. 屈原彻底突破了取诗中字（特别是开头的字）为题（如《诗经》）的旧的命题方式，根据诗歌描写对象和抒发感情的特点，也就是根据思想内容命题，使诗歌题目与诗的内容具有内在联系，成为一篇诗歌的有机组成部分；

5. 屈原在学习和吸取民间诗歌的基础上，大胆突破了《诗经》四言体的句式，创造出崭新的骚体（又称楚辞体）诗歌形式。

屈原的全部创作实践说明，他对比兴方法的贡献在他的全部诗歌艺术成就中占有十分重要的地位，并且与其他几个方面的贡献，特别是与提高诗歌反映生活的能力和发展创作方法具有直接的关系。

在上一节中，我们曾就兴的各种不同形态及它们之间的发展和联系做了论述，为了更清楚地认识屈原在这方面的贡献，有必要再从创作的角度简单地追溯一下屈原之前比兴的发展概况。这也集中地反映在《诗经》中。

《诗经》已经大量而普遍地运用了比兴。例如“硕鼠硕鼠，勿食我黍”（《诗经·魏风·硕鼠》），用硕鼠比喻贪婪狠毒的剥削者；“燕婉之求，得此戚施”（《诗经·邶风·新台》），以戚施比喻荒淫无耻的统治者。以上为比的一般情况。用兴的如“关关雎鸠，在河之洲”（《诗经·周南

·关雎》),以雎鸠的雌雄和鸣来象征和烘托君子淑女美好的爱情;“桃之夭夭,灼灼其华”(《诗经·周南·桃夭》),以盛开的桃花来渲染新婚气氛的热烈。这些比兴形象而贴切,含蓄而富于感情色彩。但是它们多是单一和孤立的,即在一首中往往都是用孤立的一个事物去比另一个事物,或用孤立的一个事物去为另一个事物起兴,所以诗歌形象和意境未免稍嫌单调和狭小。这种情况使它比较适宜表现某些单纯的情绪或某些片断的生活场景,而对于稍复杂的生活内容,其不足就显得十分突出了。当然《诗经》中也有从多方面进行比兴的,如《诗经·小雅·鹤鸣》:“鹤鸣于九皋,声闻于野;鱼潜在渊,或在于渚:乐彼之园,爰有树檀,其下维箨;他山之石,可以为错。”这里一连四个比喻,而被比的事物却始终没有说出。随着比喻的形象的展现,其主旨逐渐明确。“由是四者引而申之、触类而长之,天下之理其庶几乎。”(朱熹《诗集传》)这首诗自然不失为一首有特色的诗歌,而且就某一个比喻来看,也很具体形象;但就诗歌整体来看,四个比喻之间在形象上和感情上没有什么内在的联系,而只是按照诗的形式排列起来,表现一个共同的道理,因而在诗歌完整意境的创造上,不能不受到一定的限制。

屈原一生,都在抒发他在政治斗争中的种种感受和情怀的过程中,继承和发展了传统的比兴方法,极大地提高了比兴的艺术表现力,把它推进到一个新的发展阶段。

一、屈原不仅运用了多种多样的物象,赋予它们丰富的社会意义和内容,而且使这众多的物象具有和谐统一特征。

首先,屈原大胆地突破了《诗经》起兴多就眼前所见“援物入诗”的限制,扩大了用以比兴物象的范围。由于《诗经》起兴摄取物象的范围多局限在鸟兽、草木、日月、山河等自然物象中,其他物象则比较少,而屈原则把摄取比兴物象的范围从自然界扩大到社会生活，从现实扩大到历史，从人间扩大到神界。举凡所见所闻，所思所想，无一不可供诗人驱使入诗。王逸谈到屈原运用比兴时曾说："善鸟香草、以配忠贞；恶禽臭物，以比谗佞；灵修美人，以媲于君；宓妃逸女，以譬贤臣；虬龙鸾凤，以托君子；飘风云霓，以为小人。"（《楚辞章句》）这些话不一定完全正确，但是在一定程度上可以说明屈原运用比兴的丰富性和多样性。

屈原通过比兴把众多的物象与政治道德的是非善恶相沟通，赋予它们以丰富的社会内容，从而使得诗歌艺术形象既富于具体感性特征，又包含着深刻的思想意义。在屈赋中，常以恶草臭物比奸佞小人，以香花芳草比忠贞贤臣。屈原把它们放在相互对立的条件下，强调各自不同的感性特征，使之更有力地反映出奸佞小人和忠贞贤臣之间的尖锐矛盾。这些物象本身在性质上是对立的，但又同属草木类，而且都是楚国的特产。它们之间既对立又统一，通过它们来塑造形象，可以在保持形象完整统一的前提下，反映出社会政治生活中相互对立的两种事物的不同本质。此外，象征理想的神女美人与象征追求精神的乘鸾驾凤；象征用贤为治的车马征行与象征法度修明的规矩绳墨等，无不具有这种既对立又统一的特征。这一切充分说明屈原在"笼天地于形内，摄万物于笔端"的构思过程中，文思驰骋，想象飞腾，但绝不是见到什么写什么，想到什么写什么，而是根据严格的审美标准加以选择和提炼。通观屈赋中的全部物象，可以知道，它们不但具有浓郁的楚国地方色彩，而且具有明显的传统历史文化特征即巫史文化特征。原来"楚国南郢之邑，沅湘之间，其俗信鬼而好祠"。（王逸《楚辞章句》）在巫风弥漫的社会风气中，原始神话得以广泛流传；在神秘的宗教生活中，那接通人神的灵巫便成为主宰人们精神生活的权威。早期宗教与古老的神话密不可分，它们给了楚国社会生活和文化发展以极大的影响。比如，灵巫常用鲜花香草充当衣冠佩饰，与想象中的神仙极为相似。屈赋中常用“揽木根”“贯薜荔”“矫菌桂”“索胡绳”以及“制芰荷以为衣”“集芙蓉以为裳”等为比兴，不能不说与此有一定的关系。可见屈赋中多以香草美人以及神话传说为比兴是有其社会生活、历史文化原因和背景的。正是由于这一点，才使得那众多的物象既具有浓郁的南国历史、宗教文化特色，又具有绚丽多姿，错杂纷纭的独特风格。

二、屈赋的比兴与诗歌艺术形象具有内在的统一，是诗歌形象不可分割的有机组成部分。

在《悲回风》和《离骚》中同样都有运用比兴方法来反映群小当道，贤良退隐的内容，但是由于两篇诗歌主题不同，通过比兴塑造的诗歌形象也各有特点。《悲回风》写道：“鸟兽鸣以号群兮，草苴比而不芳。鱼葺鳞以自别兮，蛟龙隐其文章。”诗人把楚国的黑暗政治和忠奸不可同道的现实通过鸟兽鱼龙和草苴在秋冬季节的变化反映出来，这与全诗抒写诗人在秋冬季节的生活感受是完全一致的。而且“号群”“不芳”“自别”“隐其文章”的景象与秋冬肃杀、万物“陨性”的悲愤抑郁基调十分和谐。因此，诗歌形象完整统一，并充分抒发了诗人的主观感情。在《离骚》中诗人这样写道：“椒专佞以慢慆兮，樧又欲充夫佩帏……惟兹佩之可贵兮，委厥美而历兹。芳菲菲其难亏兮，芬至今犹未沬。”就基本内容来看，这些诗句与上面所引《悲回风》的诗句是大体相同的，但诗歌形象和感情色彩却迥然有别。它以“椒”“樧”为比，与《离骚》多用草木比忠奸、贤不肖在总体上相统一，而“佩帏”“兹佩”与《离骚》中多有服饰车马也完全相一致。更为重要的是《离骚》虽也有愤懑不平之慨，但终究不如写于其后的《悲回风》来得强烈和决绝，与此相适应的是，它所选择的物象也远不如《悲回风》中那些物象具有的那种忧郁悲愤和沉痛凄苦色彩。

可以看出，屈赋比兴从不游离于全诗之外，而是与诗歌的其他部分水乳交融地联系在一起。这种联系不只是表现在主题思想上，而且表现在感情基调上，甚至表现在色彩和气氛上。可见，屈原继承了《诗经》通过比兴反映现实生活的优良传统，并有了很大发展：比起《诗经》来，屈原更加注重物象与思想的统一，情与景的统一，主观与客观的统一，因而屈赋诗歌形象更加鲜明和完整，意境更加含蓄和深远，更加富于艺术感染力。

三、屈原根据比兴的不同特点，充分发挥其优长，并与赋巧妙结合，虚实相生，取得了出神入化的艺术效果。

屈原运用赋比兴这三种表现手法塑造诗歌艺术形象，取得了卓越的艺术成就。这一点在“逸响伟辞，卓绝一世”的《离骚》中表现尤其突出。《离骚》全文可分为三人部分：第一部分自叙生活经历、品德修养和理想抱负以及与楚国黑暗腐朽政治的矛盾和斗争等，这些都是对于现实生活的直接描写。而第二、三部分的“上征求女”和“远逝自疏”所写的升天入地、上下求索和乘云气、驾飞龙，遨游于四海之外等，则是通过奇丽想象和神话情节加以表现。这三部分内容，第一部分属于实际存在的人间生活，而第二、三部分则是想象中的虚拟世界。一个是现实生活，一个是神奇天国，彼此之间不但反差强烈，而且都是出自同一个人。如何把这具有天壤之别的两种场景和语境有机结合起来，塑造出一个完美统一的艺术形象是非常困难处理的问题。而这个问题直接关系到能否把《离骚》的主题思想正确而又生动有力地反映出来，其重要性是不言而喻的。为了使相互对立的两种不同场景和语境彼此协调，相互映衬，都成为诗歌形象的有机组成部分，屈原根据这三部分的不同特点，分别运用比兴和赋，使其特点与所写的内容高度契合，从而使其优长得以充分发挥。例如，第二、三部分叙写想象中的虚拟世界基本上都是运用直接正面描写的赋的表现方法[①]：

吾令凤鸟飞腾兮，继之以日夜；
飘风屯其相离兮，帅云霓而来御。
纷总总其离合兮，斑陆离其上下；
吾令帝阍开关兮，倚阊阖而望予。
时暧暧其将罢兮，结幽兰而延伫。
……
朝发轫于天津兮，夕余至乎西极；
凤皇翼其承旂兮，高翱翔之翼翼。
忽吾行此流沙兮，遵赤水而容与；
麾蛟龙使梁津兮，诏西皇使涉予。
……
屯余车其千乘兮，齐玉轪而并驰；
驾八龙之蜿蜿兮，载云旗之委蛇。
抑志而弭节兮，神高驰之邈邈。
奏九歌而舞韶兮，聊假日以媮乐。

在这里，诗人放开如椽巨笔，挥洒淋漓，绘声绘色，具体入微地描绘

① 关于《离骚》的主题和屈原精神学术界有多种不同观点，笔者对此做了全新的阐释，详拙作《两种人生观的抉择——关于〈离骚〉的中心主题和屈原精神》，刊于《北京大学学报》2008 年第 3 期，后收入拙作《重读经典——上中古文学与文化论集》，2017 年由中国社会科学出版社出版。

出一幅幅奇异变幻，神采飞动的天国神游图画。而对人间世俗生活（如黑暗腐朽的政治局面）和诗人自己的形象，则没有按照其本来面貌去描写，没有运用赋，而是采用具有神巫色彩的物象通过比兴，即以形象的譬喻、比附和象征塑造诗人的形象：

纷吾既有此内美兮，又重之以修能；
扈江离与辟芷兮，纫秋兰以为佩。
汩余若将不及兮，恐年岁之不吾与。
朝搴阰之木兰兮，夕揽洲之宿莽。
……
朝饮木兰之坠露兮，夕餐秋菊之落英；
苟余情其信姱以练要兮，长颇颔亦何伤？
掔木根以结茝兮，贯薜荔之落蕊；
矫菌桂以纫蕙兮，索胡绳之纚纚。
…………
制芰荷以为衣兮，集芙蓉以为裳；
不吾知其亦已兮，苟余情其信芳。

这是坚持理想，忠贞不渝，博采众善，及时自修诗人的崇高形象。诗人对于自己的形象没有如实描绘，没有通过精雕细刻、镂形敷彩再现其本来的面貌，而是通过披花戴草的比兴，使自己很像楚国民间的灵巫。如前所说灵巫即用鲜花香草充当衣冠佩带，他们既知人事又通上天，很像幻想中的神仙。诗人为什么要这样塑造自己的形象？有人认为这是出于保持作品的地方文化色彩的需要。这样解释不是完全没有道理，但却不是最主要的原因。屈原这样做主要是为了形象的完整统一，为了使作品各部分和谐一致。因为只有通过比兴，像灵巫似的披花戴草，使实际生活中的诗人蜕去人间的风貌，变成玉肌冰骨的“神仙”，才能与作品后边所描写的玉宇清寒的天国境界协调一致，为诗人乘鸾驾凤神游天国打下基础。试想，如果不用比兴的方法使诗人的形象“神”起来，而保持世间实际生活中的原型，那就势必造成半边是神圣的天国，半边是凡俗的烟火。这样，人世生活就会写得冗繁臃肿，天国的神貌也要大煞风景，整个诗歌形象将变得不伦不类，根本不可能构成具有强烈艺术感染力的完整统一的艺术形象。

一般说来，“直赋其事”的赋多用来铺写描绘实际存在的事物，而屈原根据塑造形象的需要，在《离骚》中用以铺写天国神奇的境界，用赋的方法去铺写想象中的境界，这是想象中的“直赋其事”，是虚中有实。另一方面，对实际生活和现实中的诗人自己却不去直接铺写，不使它们以生活中的本来面貌出现，而采取了譬喻、比附和象征的比兴的形式，这与前边恰好相反，可以说是实中有虚。就整个诗篇来看，则是虚中有实，实中有虚，二者相映成趣，相得益彰。正如前人所说，《离骚》自前至后，由浅入深，中有虚有实。有虚中实，实中虚”。虚实之间自有其内在的联系，形成了对立的统一。

可以看出，《离骚》中诗人升天入地，上下求索，神思飞驰，往观八荒，诗人在无限广大的空间和时间内大起大落，是与比兴的方法给予他的极大自由分不开的。因为比兴使诗人可以不拘泥于具体的时空界限和具体的同一性。在这样的前提下，屈原才有可能将神话传说、历史事实和现实生活熔为一炉，别开生面地创造出神奇瑰丽而又和谐统一的艺术境界。换句话说，这种艺术境界，正是屈原巧妙运用赋比兴对于神话、历史和现实生活加以提炼、概括，使之典型化的结果。

第七章　残存的兴的历史形态

以上几章主要考察了作为历史范畴的兴起源和发展的两个重要阶段：

一、宗教观念内容向诗歌艺术形式的积淀，也就是作为一般的规范化的兴的艺术形式的产生阶段；

二、一般化、规范化的兴的形式由简单到发展、由低级到高级的发展阶段，也就是从物我关系方面越来越体现出诗歌艺术特殊本质和审美特征的阶段。

像其他事物一样，兴的发展过程也呈现着复杂的状态。一般的规范化的兴的艺术形式产生之后，并不是其前身即以宗教观念为本质特征的原始兴象就不复存在了；同样，以形象和感情之间的有机联系为唯一因素的兴出现以后，也不是其历史形态，如表现比附、象征的兴就从此作古了。事实上，原始兴象和一般的规范化艺术形式的兴以及不同形态的兴的发展，不是简单的取代关系，而往往是新旧并存。这种情况仿佛生物的进化，高级的物种出现之后原来的低级物种并没有完全消失，例如爬行类动物并没有因为一部分进化为鸟类而完全绝迹。不过，比起生物的进化过程，兴的发展过程要简单得多。在现今仍存的兴的历史形态中有两种形态特别值得注意，前人由于忽略了它们的特点而造成对作品理解的严重分歧,使《诗经》研究走了很大的弯路。

第一节　宗教性兴象与解诗的分歧

所谓宗教性兴象是与以审美为本质特征的一般兴象相对而言。这种兴象是发展过程中的一种历史形态,指的是以宗教生活为基础的观念内容与物象之间的习惯性联想,是物象与超现实的神秘观念内容的统一。它的这种特征由于经常被忽略而造成对某些作品理解上的严重分歧。例如《诗经·周南·麟之趾》就是如此。原诗如下:

麟之趾,振振公子,于嗟麟兮!
麟之定,振振公姓,于嗟麟兮!
麟之角,振振公族,于嗟麟兮!

旧说对此诗颇为分歧。朱熹《集传》云:"文王后妃德修于身,而子孙宗族皆化于善,故诗人以麟之趾兴公之子。言麟性仁厚,故其趾亦仁厚;文王后妃仁厚,故其子亦仁厚……"姚际恒《诗经通论》云:"此诗只以麟比王之子孙族人。盖麟为神兽,世不常出,王之子孙亦各非常人,所以兴比而叹美之耳。"姚氏力斥朱说,谓他的解释"首尾冲决,比兴尽失,全不可通……此皆徇《序》之过,故迷乱至此"。

二说大相径庭:朱说以麟之仁厚比公子之仁厚,而姚说则以麟为神兽世不常出比公子之非常人。一在颂其德行,一在颂其不凡。旧说牴牾难合,于此可见一斑。其他不再一一罗列。

今人解此诗见解亦极纷纭。

闻一多《诗经新义·二南》云:“凡《序》言礼,十九皆谓为男女大防之礼。《麟趾》序亦以礼为言,是已暗示此诗与婚姻有关,因知所谓‘无犯非礼’者,正谓夫家能行纳征之礼,不以强暴相陵,而求急亟之会耳。此《麟趾》为纳征之乐歌,证诸本序而益明者也”。闻氏据《序》认为它是婚姻纳征的乐歌。金启华《国风今译》认为此诗是“歌颂仁厚的公子”。就歌颂德行来看,此说显然是承袭朱说而来。袁梅《诗经译注》认为这是奴隶主的走狗们“以麟喻公子、公姓、公族”。袁愈荌、唐莫尧《诗经全译》认为此诗是“赞美人子孙繁衍,后人遂以麟趾喻子孙的贤能。

以上各家的解释均有违于诗之本义,造成他们失误的在于一个共同的原因:他们认为这首诗是以麟为“他物”来引起“振振公子”的“所咏之词”;并按一般兴体中“他物”与“所咏之词”的比附、譬喻和象征关系来解释麟与公子之间的关系,于是得出了如下的种种结论:或以麟喻公子仁厚,或以麟喻公子不凡,或以麟喻公子贤能等。事实上,这首诗尽管采取了兴的形式,即以麟为“他物”起兴,但在麟与公子之间并非一般兴体所表现的比附、象征关系,而是一种具有久远历史传统的复杂的观念上的联系。全诗的内容正是建立在它的基础上,或者说这首诗就是根据这种观念写成。因此要揭示这首诗的真正含义,就要把这种观念搞清楚,进而揭示这首诗的兴与一般兴的本质区别。

原来,充当“他物”起兴的物象是多种多样的。“三百篇”中充当“他物”起兴的除了草木、鸟兽、山河、日月、车舟、服饰等实际存在的物象之外,还有麟凤等想象中的物象。如果暂且不考虑这两种物象性质上的区别,而单就它们作为“他物”与“所咏之词”之间的联系上看,也就是仅仅限于从诗歌形式和手法上看,那么二者显然是相同的:这两种物象在起兴中所处的地位及其与“所咏之词”在形式上的联系是相同的。但是，我们要揭示《麟之趾》的本义，就不能停留在形式的一致性上，而应当充分注意相同形式下的不同的内涵。

麟、凤等物象的性质很复杂，一般称它们为虚拟动物，也叫作神话性动物。如前所说，虚拟动物实际并不存在，是远古时代人们在原始宗教观念支配下想象中的产物，具有神秘而复杂的超现实的观念内容。“麟凤龟龙，谓之四灵。”（《礼记》）象龙凤一样，麒麟也有神奇怪异的形象和超自然的威力。据《毛诗义疏》：“麟，马足，黄色圆蹄；角端有肉。音中黄钟。王者至仁则出。”《尔雅》：“麟，麟身、牛尾、一角。”这种神物瑞兽与那些实际存在的物象性质完全不同。将这样不同的两种物象充当“他物”为兴，其意义和作用又怎么会相同呢？一般说来，以审美为本质特征的兴产生以后，以实际存在的客观物象为“他物”起兴其意义是审美的，而以想象中的虚拟物象为“他物”起兴其意义是宗教的。前者或用以开头称韵，或用以比附象征，或用以托物寄兴……，它们都是作为诗歌形象的有机组成部分而具有明显的审美性质。关于兴的种种定义，诸如“托事于物”，（《周礼春官》郑玄注）“依微以拟议”，（《文心雕龙·比兴》）“触物以起情”（《困学纪闻》引）等，实际上都是就这种情况而言，而不能概括那种以虚拟物象为“他物”起兴的作品。既然这种兴象的特殊本质在古今文论中均未论及，我们也就不必徒劳地从前人的论述中找现成的答案，而应当根据有关事实重新总结。

首先，我们来考察麟在古代人们的心目中具有怎样的神秘观念意义。

“黄帝时，麒麟在囿。”（《初学记》卷 29。）“舜为天子，天下化之……麟凤在郊。”（《新序》）“禹时麒麟涉于庭。”（《吴越春秋》）“帝尧在位七年，麒麟游于薮泽。”（《路史》）此外，关于麒麟的神秘观念意义古代也曾有过概括性的说明和总结:“麟者仁兽,圣王之嘉瑞也。”(《公羊传·哀公十四年》杜预注)“麟者王者嘉祥,食嘉禾之实,饮珠玉之英。”(《瑞应图》)“天子布德将致太平,则麟凤龟龙为之祥。”(《孔丛子·记问篇》)从这些记载不难看出,以麟作为帝王盛德、天下清明的吉兆,十分明显,这是祥瑞观念的反映,在性质上属于物占,即以物象作为吉凶善恶的征兆以推究神的意志的一种数术。在历史上,圣王临世所以会出现麒麟等神物,按这种观念的解释,是因为“至诚感物,祥瑞必臻”,(《诗经·周颂·载芟》笺)即帝王盛德茂行,至诚至圣,神灵必受感动而降吉庆祯祥来作为国祚兴盛的征验和吉兆,也是其统治得到上帝肯定的证明。[①] 所以,“自古圣王将建国受命,兴动事业,何尝不宝卜筮以助善?唐虞以上,不可记已。自三代之兴,各据祯祥。”(《史记·龟策列传》)除了麟之外,以龙、凤等神物作为帝王建国受命的嘉庆祯祥在有关文献中更是屡见不鲜。

同样,这种观念也表现在诗中,特别是表现在那些反映帝王兴国历史的叙事性诗中,例如第一章第四节所举的《懿氏繇》和《诗经·大雅·卷阿》。前者叙述田氏兴国历史而以虚拟动物起兴,在“他物”与“听咏之词”之间并非一般的比附象征,而具有一种无法从审美上解释清楚的神秘联系。实际上,在兴的形式下所包含的正是如前所说的那种祥瑞观念。后者咏周人国祚兴隆、天下久长的“所咏之词”而以凤凰为“他物”起兴,其中也并非一般的比附象征,而是一种无法从审美上解释清楚的神秘联系。

当然,祥瑞观念在诗中也有某些相应的变化。由于诗歌艺术特点

① 参阅第一章第四节。

的制约，这种观念在诗中不像在散文中表现得那样自由，而只能以符合诗歌形式特点的方式表现出来，如作为祯祥吉兆的麟凤充当“他物”按兴的一般形式被置于诗的开头，在散文中则不一定如此。此外，在语言和音韵上也做了适当调整：在语言上由多言句式变为整齐的四句，同时与全诗在音韵上相一致。于是，这种在本质上属于宗教的观念内容，便俨然取得了诗歌艺术形式，以规范化的“先言他物以引起所咏之词”的方式而存在了。可见这种观念表现在诗中既是兴又不是兴。说它是兴，是因为它确实具有兴的规范化的形式；说它不是兴，是因为在“他物”与“所咏之词”之间不具备一般兴中的那种形象和感情上的直接具体联系，而仅仅具有神秘观念意义上的联系。也就是说，这样的诗歌形象不具备现实的统一性，而具有虚幻的超现实的统一性。诗义正是借助这种统一性而表现出来。

在搞清了这类兴的本质特征以及它的“所咏之词”与“他物”之间的关系以后，我们可以回过头来看《诗经·麟之趾》一诗。

《诗经·麟之趾》是一首以瑞兽麒麟为“他物”起兴的诗歌。以麟起兴就是以麒麟的超自然的神奇形象所体现的嘉庆祯祥，作为公子的祥瑞吉兆，预示并祝愿这个诸侯之国兴隆强盛，福禄久长；同时，也是对这个诸侯国的衷心礼赞，赞颂其公子（即诸侯的后代）忠信仁义的盛德茂行。“《麟趾》，美公族之盛也。”在所有旧说中，唯有《诗三家义集疏》的这种说法与诗之本义庶几相近。总之，《诗经·麟之趾》一方面以它强烈的政治宗教内容不同于“民俗歌谣”的抒情小曲，另一方面又以它的抒情诗的形式和结构（如重章迭句，一唱三叹以及起兴的方式等，详后），而不同于那些叙述民族创业历史的史诗。这说明在《诗经》中，这是一首具有特殊性质的诗歌，诗中还保留着某些原始巫史文化特征。

这样理解这首诗，在文字和诗歌结构特点方面是否也有充分的根据呢？

先从文字方面看：关键是“振振公子”“振振公姓”“振振公族”中的“振振”二字。旧说（如《毛传》《诗集传》《通释》等）及今人多解为“信实仁厚”，不确。这完全是从一般兴的特点出发，把麟与公子之间的关系看成一般的比喻关系，而忽略了此诗兴的特殊本质的结果。按照这种理解，麟为仁兽，性信仁，故将“振振”亦附会为信仁。其实，“振振”在此为盛貌。《左传·僖公五年》：“均服振振，取虢之旗。”注云：“振振，盛貌。”又《诗经·周南·螽斯》有句：“宜而子孙，振振兮！”《诗集传》云：“振振，盛貌。”所以，“振振公子”“振振公姓”“振振公族”正是说这个公子及其宗族盛大不凡，同时也是祝颂这个宗族家运（即国祚）昌盛兴旺，永世不衰。

再看诗歌的形式结构方面：

此诗三章分别言“麟之趾”“麟之定”“麟之角”，有人认为其中含有深意。所谓“麟角之末有肉，示有武不用”，（《毛传》）“有额而不以抵”，（《诗集传》）来比喻公子仁厚，无犯非礼。这种说法显然也是从以麟为喻的前提出发，认为麟的某一部分必比附公子的某一方面，而出现的穿凿附会之说。实际本诗以麟为祥瑞而美公子及其宗族，须反复咏唱；为避免重复而每章换字，从而形成了重章叠韵的结构。这本是诗歌艺术形式的要求，而并非有什么寓意，因此无须深求。“诗因言麟，而举麟之‘趾’‘定’‘角’为辞，诗例次叙本如此；不必论其趾为若何，定为若何，角为若何也。又‘趾’‘子’‘定’‘姓’‘角’‘族’弟取协韵，不必有义；亦不必有以趾若何喻子若何，定若何喻姓若何，角若何喻族若何也。惟是趾、定、角由下而及上，子、姓、族由近而及远，此则诗之章法也。”（姚际恒

《诗经通论》)。像这种重章叠句,反复咏唱的诗歌在国风中颇多,如《诗经·鄘风·桑中》《诗经·王风·扬之水》《诗经·魏风·伐檀》等都是如此,不独《诗经·周南·麟之趾》为然。

最后应当说明,本章的目的不只在于揭示《诗经·周南·麟之趾》一诗的本义,更重要的是提出这样一个问题:在兴的统一的规范化的形式下,“他物”与“所咏之词”之间的联系可以具有不同的内容:既有属于审美的形象上和感情上的直接联系,又有属于宗教的想象中的神秘观念上的联系。前者是兴的一般形态,后者是兴的历史形态。长期以来,学术界一直认为兴只有单一一种形态,而不承认兴还有历史形态,如前面所论的宗教性兴象和象征性兴象。这种观念应当打破,这不仅有助于揭示《诗经·周南·麟之趾》等诗的本义,而且有助于认识兴的本质和促进有关研究的深化。

第二节　象征性兴象与解诗的分歧

所谓象征性兴象是与情景交融的兴象,相对而言,指的是具有象征或比附意义的兴象。运用这种兴象的诗歌其形象往往呈现着类型化的特点,因而诗歌的思想内容最容易引起理解的分歧。

首先看一看自古至今《诗经》的研究者们对于这类诗歌的理解,或许有助于问题的探讨。

《诗经·小雅·谷风》:

习习谷风,维风及雨。将恐将惧,维予与女。将安将乐,女转弃予。

习习谷风，维风及颓。将恐将惧，置予于怀。将安将乐，弃予如遗。

习习谷风，维山崔嵬。无草不死，无木不萎。忘我大德，思我小怨。

方玉润认为这首诗是写朋友之间关系的反复无常，“凡人处世，当患难恐惧时则思朋友，遇安乐无事日则谢交游。受人大德，转瞬不记；遭人小怨，终身难忘者。比比皆是。而诗固云尔也，亦身受其怨而不能自已焉耳”。（《诗经原始·小雅·谷风》）他结合世态常情，断定诗歌是写朋友关系的反复无常。

胡承珙虽然不否认是写朋友关系，却又认为是写君臣关系更为合适：“诗中‘置予’‘弃予’等语，焉知非君臣道睽，进若加膝，退若坠谷之谓？”（《毛诗后笺》）

今人张西堂认为这是“统治阶级内部……互相欺凌、互相倾轧……的悲歌。”①

今人陈子展认为此诗既不是写朋友关系，也不是写君臣关系，更不是写统治阶级内部的矛盾，而是写夫妻关系，这是一篇“弃妇之词”。②

又《诗经·王风·兔爰》：

有兔爰爰，雉离于罗。我生之初尚无为，我生之后逢此百罹。尚寐无吪。

（诗共三章，后二章仿此，略）

① 张西堂著：《诗经六论》，商务印书馆1957年版，第44页。

② 陈子展著：《雅颂选择》，古典文学出版社1957年版，第177页。

朱熹认为这是小人得计而“君子不乐其生”的诗。(《诗集传》)郭沫若认为这首诗是没落阶级的悲观厌世之作,他说:“我觉得这也是一首破产贵族的诗。证据是①这种厌世的心理,根本是有产者的心理;②兔与雉的取譬明明是包含得有上下阶级的意义……③这样的社会关系的变革正是诗人所浩叹着的乱子。”①

张西堂的意见与此相反,认为此诗是“指斥着当日的虐政,到处都是网罗”,而没有什么没落之感。② 有人说得更为明确,认为是反映劳动人民心声的诗,是“劳苦大众对于当时统治者加在他们身上的徭役和剥削感到无可逃避的痛苦的悲鸣”。③

又《诗经·卫风·有狐》:

有狐绥绥,在彼淇梁。心之忧矣,之子无裳。

(诗共三章,后二章仿此,略)

朱熹云:“国乱民散,丧其妃耦,有寡妇见鳏夫而欲嫁之,故托言有孤独行,而忧其无裳也。”(《诗集传》)他认为这是寡妇思嫁的诗。

闻一多则认为此诗所咏不是寡妇思嫁,而是未嫁女子思念她的情人。

今人金启华认为既不是咏寡妇,也不是咏未嫁女子,而是写妻子忧念丈夫的久役无衣。

与上述诸说相反,陆侃如、冯沅君则认为此诗是写“不得志者”的

---

① 郭沫若:《中国古代社会研究》,人民出版社1954年版,第177页。

② 张西堂:《诗经六论》,商务印书馆1957年版,第37—38页。

③ 北京大学中国文学史教研室:《先秦文学史参考资料》,中华书局1962年版,第52页。

忧愁。[①]

《诗经》中像这样引起尖锐分歧的诗篇还有很多，兹不一一列举。仅从以上几例，也足以看出“及时世迁贸，而解者祇益纷纭。一卷之诗，不胜异说。九原之作，烟墨无言”（黄侃《文心雕龙札记 · 比兴》）的状况了。上述分歧的出现，既不是由于封建诗教的穿凿附会，也不是凭个人兴趣的主观臆断，而都是从诗歌本身思想内容出发，具有充分的作品根据。特别是这些作品的篇幅很短，内容很单纯，却有如此巨大的分歧，究竟应当如何看待这种现象呢？

对于上述分歧，显然不能以“诗无达诂”这种貌似通达的说法来回避。因为这里的分歧既不是由于诗义晦涩艰深，也不是由于“诗味”微妙难言，更不是由于对于个别字句的不同理解。一般说来，诗义晦涩艰深和“诗味”微妙难言，只能造成理解深浅程度的差别，而不可能造成对基本内容完全不同的理解。事实上，造成这种根本分歧的情况有其内在的深刻原因，即诗歌形象本身的原因。前边所举的那几首诗歌在形象构成方面具有共同的特征：它们都是用某种物象起兴，全诗都是由兴的部分（即“他物”）和中心部分（即“所咏之词”）构成。《诗经》中具有这种形式和结构的诗篇还有很多，在性质上它们属于同一类型。

在这类诗歌中，摄入诗中的物象都缺乏具体的感性特征，如前面所举《诗经 · 小雅 · 谷风》中的兴象“习习谷风，维风及雨”就是一般的风雨，而不是某一场具体的风雨，所以也就没有时间、地点和具体性状。这样起兴的诗句，虽然也写了自然物象，但却不能给其“所咏之词”（即第一章的“将恐将惧，维予与女。将安将乐，女转弃予。”第二、三章的

① 陆侃如、冯沅君：《中国诗史》，作家出版社 1957 年版，第 62 页。

“所咏之词”，略。）所抒发的感情构建具体的环境，也不能为之提供某种气氛的渲染。就“所咏之例”来看，既没有交代其感情产生的背景和原因，也没有通过具体形象足以使读者产生联想去自行补充。同样，《诗经·王风·兔爰》和《诗经·卫风·有狐》也是如此：其兴象也是完全舍弃了具体感性特征的一般的兔、雉和狐，而不是某一个具体的兔、雉和狐。它们在诗中所起的作用也与《诗经·小雅·谷风》中的兴象相同。再看“所咏之词”，《诗经·王风·兔爰》中的“我生之后，逢此百忧”云云，既看不出诗人为何不乐复生，也无从了解其悲愁为何如此深广。《诗经·卫风·有狐》中的“所咏之词”所说的“心之忧矣，之子无裳”云云，也只是一般的忧，至于是在什么具体场合中的忧，以及“之子”是谁，与诗人是什么关系等，从诗歌形象本身都无从了解。

可以看出，这类诗歌的诗歌形象很难达到具体化的要求，因为“具体之所以具体，因为它是许多规定的综合，因而是多样性的统一。”[①]由于这类诗歌所摄取的物象在时间、空间和性状等方面缺乏必要的规定和条件以及由此所形成的“多样化的统一”，因而不具备矛盾的具体性，其形象必然是缺乏具体感性特征的类型化的“形象”。这种“形象”不是表现具体环境中的具体感受，当然也不可能达到情景交融，意与境谐。

事实上，这类诗歌中兴与“所咏之词”是一种比附、象征关系，表现二者之间在道理和意义上的相通，而从根本上缺乏感情上和艺术形象方面的内在一致性。例如，前面所举的三首诗中起兴部分分别是以风雨骤至比附和象征人与人之间关系的反复无常；以雉陷入罗网比附和

---

① 马克思：《〈政治经济学批判〉导言》，《马克思恩格斯选集》第二卷，人民出版社 1972 年版，第 103 页。

象征诗人生不逢时和灾祸加身的命运；以狐狸独行求匹（用朱熹《诗集传》说）比附和象征对于心上人怀念。这类兴象由于舍弃了具体的个性特征，而只是一般化的物象，使它足以适应多方面的比附和象征的需要。有人认为“触类联想”就是兴，实际上“触类联想”不只包括由于形象各部分之间直接联系而产生的形象联想，而且包括由形象所显示的意义和道理方面的联想。显然，上述诗歌中起兴部分与中心部分的关系属于后者。因为风雨骤至和人与人之间关系的反复无常；兔的逃脱（用王先谦《诗三家义集疏》说）、雉的落网与生不逢时、灾祸加身；狐狸的独行求匹与忧念亲人，它们各自之间基本上都不是形象上的直接必然联系，而只是比附与象征的关系，具有意义和道理方面的统一性。

十分明显，这种兴象所显示的道理和意义仅仅是一般的感受和体验，而不是特定环境中的具体感受和体验，因此它便可以适用于多种关系和场合，而不是适用于某一种特定的关系和场合。例如《诗经 · 小雅 · 谷风》的兴所比附和象征的人与人之间关系的反复无常，既可以适用于朋友，又可以适用于夫妻，还可以适用于君臣；《诗经 · 王风 · 兔爰》的兴所比附和象征的生不逢时、灾祸加身既可以适用于世乱，又可以适用于劳役，既可以容纳贵族，又可以容纳百姓；《诗经 · 卫风 · 有狐》的兴所比附和象征的对于亲人的忧念，既可以适用于寡妇求匹，又可以适用于未婚女子对于情人的钟情，还可以适用于妻子对丈夫的怀念。总之，由于这类诗歌不以表现特定场合的具体感受为目的，其兴象可以适用于多种关系和场合，因而决定了它的诗歌形象类型化和思想感情非个性化的特点。根据形象所提供的内容，我们不能肯定《诗经 · 小雅 · 谷风》究竟反映的是朋友关系，夫妻关系还是君臣关系；我们只能说，它所表现的就是对忘恩负义和不可与共安乐的怨恨；同样，对于

《诗经·王风·兔爰》我们只能说，它所表现的就是对生不逢时的悲哀；《诗经·卫风·有狐》表现的就是对亲人的怀念。

这种类型化的形象既不同于具有具体感性特征的个性化的形象，也不同于一般的抽象概念，它是一种很特殊的形象。我国古代对这种突出一般性状而舍弃具体感性特征的类型化的形象早就做过研究。《易经》把形象分成三种类型：有形之象，无形之象和忘己之象。（见《周礼正义》卷七）所谓有形之象就是我们通常说的具体的个性化的形象；无形之象就是舍弃了具体现象的事物本质的抽象；忘己之象据孔颖达解释："遗忘己象者，乃能制众物之形象也。"（同上）可见，忘己之象不是某一具体的个别形象，而是使人想起许多同类事物的有一定概括性的一般化的形象。按照《易经》关于形象的理论，前边所说的《诗经·小雅·谷风》等诗中的兴象正是这种"能制众物之形象"的"忘己之象"。

别林斯基指出，诗人用形象来思考。按诗歌艺术的本质要求，它所表现的思想不需要也不能用抽象理论认识的形式——概念、判断、推理——表现，而只能用富于个性特征的具体形象表现，这也是形象思维的根本特点。而用"忘己之象"来思维，其基本性质虽也是形象思维，但其中起主要作用的却不是那些富于个性特征的活生生的具体形象，而是由"忘己之象"所体现的某些意义、道理的联想和比附。一种"忘己之象"能够体现什么意义和道理，主要是由"忘己之象"本身的性质、特点以及人们的习惯心理所决定。例如风雨可以象征反复无常，独行的狐狸可以比附对亲人的思念。所以，在以"忘己之象"为主体构成的诗歌中，形象不是唯一的因素，意义、道理的比附和象征起着十分重要的作用：它隐含着诗歌的主题和基本意义，离开了它，诗歌的意义就会变得不完整，主题也无从理解。

从发展的观点看，诗歌没能表现具体环境中的具体感受而形成类型化的特点，可以说是诗歌艺术发展历史上一定阶段的必然，无论是中国诗歌发展史还是外国诗歌发展史都曾出现和经历过。乔治·汤姆森说："许多流传广泛的诗歌大都是没有作者的姓名。它们自发地从日常生活里产生，流传在嘴上，从父母传给孩子，从上一代传给下一代，一路转换着它的色彩。到最后即兴的能力逐渐衰退。这时这首诗便定型了，可是即使如此，它还保留着一种明显的性质，这种性质，在我们说来，便是不管它怎样精巧，它缺乏有意识的创作特色。它所缺乏的是个性，这是不可避免的，因为这不是一个人的创作，而是一群人的创作。"[①]由于某些民歌在流传过程中，大家随唱随改，到它可以适用于任何人的时候，它的个性便消失了。汤姆森从民歌形成的过程揭示了某些民歌缺乏个性的原因。诗歌表现思想感情类型化，在我国说来是以"忘己之象"为普遍形式和主要特征。在诗歌发展史的这个阶段，就它未能塑造富于个性特征的完整的艺术形象，并在一定程度上限制了反映生活的深度和广度来说，这当然是一个"缺陷"。但是，这种"缺陷"是诗歌艺术发展过程中的必经阶段和不可避免的"历史局限性"，因此不能把它归咎于个人创作才能和写作技巧的低劣。这种情况，就像幼稚的孩童是成年人的必经阶段一样，因此，这种局限性也只能在诗歌艺术的发展过程中克服。可以想象，那时，人们也许会遇到非常富于诗意的意境和题材，但是，由于诗歌艺术发展水平和诗歌艺术方法的制约，由于缺乏必要的写作手段和技巧，而不能把它很好地反映出来，是完全可能的。

---

① ［英］乔治·汤姆森著：《论诗歌源流》，作家出版社 1955 年版，第 34 页。

很显然,乔治·汤姆森关于民歌无个性的论断只适用于诗歌艺术一定发展阶段上的民歌,而不意味着所有的古代民歌都没有个性。这不只为后代的民歌所证明,而且《诗经》本身也可以证明。《诗经》中有不少闪烁着鲜明个性特征的作品,如《诗经·周南·桃夭》《诗经·召南·野有死麕》《诗经·王风·君子于役》《诗经·郑风·将仲子》等都以简练的笔触塑造了比较完整的诗歌形象,诗歌情景交融,含蓄深沉,表现出特定环境中的特定的思想感情。

诗歌艺术有一个从幼稚到成熟的发展过程,它处于不断发展变化的过程之中。同时,诗歌的历史也是诗歌艺术方法逐渐臻于完善的历史。所以不只应当把古代作品的思想内容放到一定的社会历史背景上去考察,而且同样应当把古代作品的艺术特征放到诗歌艺术和诗歌艺术方法的一定发展阶段上去考察。前一点我们比较注意,后一点做得很不够。无论是对于思想还是对于艺术,只有坚持历史的具体的分析,才能真正认清它们的本来面貌和诗歌艺术史不同发展阶段诗歌的特点与优长。例如本章前面所说的那种类型化的诗歌,它的形象塑造显然没有达到个性化,没有表现出特定环境中的具体感受,确是事实。那么,这类诗歌的美学意义和美学价值究竟在哪里呢?对于这个问题绝不能脱离社会和艺术发展历史进行孤立的研究。在上古时代的社会背景下,在诗歌艺术形式和诗歌艺术方法尚未得到充分发展的条件下,在人与人之间的关系尚未变得很复杂,风气也未变得浇薄的社会环境中,来咏那种具有类型化特点的诗歌,会使人感到天真、幼稚状态中蕴含着人类童年的真挚和诚恳,在粗疏中有着浑朴和自然之美。马克思曾指出希腊神话不仅是希腊艺术的宝库,而且是希腊艺术的土壤,至今还继续给我们以艺术的享受,“而且就某方面说还是一种规范和高不可及的范本”。[1] 马克思正是把艺术作为一个历史发展过程，从历史的广阔视野来看待希腊艺术的。就反映人类童年的纯朴、稚气和天真而言，古希腊艺术是“不可企及”的。因为随着历史的发展，人类童年的消失，童年时代所特有的美也随之永远消失了，而这种美质是后代难以人为的。马克思肯定希腊艺术是不可企及的规范，正是把它看作是一个特定的历史发展阶段的产物。同样，如果就浑朴、自然和真挚而言，前边所说的那些诗歌，也是得天独厚地具有后世诗歌“不可企及”的美。但是，另一方面，马克思在那段话之后又接着说：“一个成人不能再变成儿童，否则就变得稚气了。但是，儿童的天真不使他感到愉快吗？他自己不该努力在一个更高的阶梯上把自己的真实再现出来吗？在每一个时代，它的固有的性格不是在儿童的天性中纯真地复活着吗？”[2]这就告诉我们，人类可以而且应当在古代艺术的基础上，把艺术继续发展和提高，使人类童年艺术的美在“更高的阶段上”得以再现。因此，从艺术发展的历史观念出发，古代艺术的“不可企及”，与把它发展和提高到“更高的阶段”不仅不相矛盾，而且有着不可分割的内在联系。把二者对立起来的观点，不仅违背了艺术发展的规律，而且也违背了马克思的论断。因此，从诗歌艺术发展的历史和不同阶段诗歌的不同本质特征出发，我们应当全面地看待上古诗歌相互联系的两个方面：它特有的得天独厚的美和不可避免的局限性。对于它们的某些“缺陷”与不足，丝毫没有必要回避和护短，更没有必要把本是属于后代诗歌艺术的某些特有美

---

① 马克思：《〈政治经济学批判〉导言》，《马克思恩格斯选集》第二卷，人民出版社 1972 年版，第 114 页。

② 马克思：《〈政治经济学批判〉导言》，《马克思恩格斯选集》第二卷，人民出版社 1972 年版，第 114 页。

质强加于它，例如前面所举的各家解释就是如此。他们唯恐承认那些诗歌类型化的特点会贬低它们的艺术价值，便按照后代诗歌艺术水平去“提高”它，把本是类型化的上古诗歌当作成熟的具有个性化形象的诗歌看待。结果必然会不顾诗歌形象本身所提供的内容而得出了五花八门的结论。这种揠苗助长的解诗方法，正如给原始时代的陶器涂上现代的油彩一样，不但不能增加它的美，反而弄得不伦不类，破坏了其古朴、粗犷的自然美。这一点足以证明研究诗歌艺术史和诗歌艺术方法的发展及其对于诗歌创作的规范和制约，对于诗歌艺术研究具有何等重要的意义。

最后，应当特别指出的是，对于《诗经》中某些诗歌类型化的特点，前人早有认识，并尝试用以说诗。例如《诗经·召南·鹊巢》：

维鹊有巢，维鸠居之。之子于归，百两御之。

(诗共三章，后二章仿此，略)

这首诗写女子出嫁时迎送的情况，它正是从一般的意义上表现的，具有明显的类型化的特点。清代姚际恒说：此诗“以为天子嫁女可，以为诸侯嫁女可，以为大夫嫁女可”。(《诗经通论·召南·鹊巢》)并指出这样理解此诗，“极似平浅，其味反觉深长”。(同上)他不但注意到这首诗歌反映的生活适用多种场合和关系，而且注意到它特有的长处，这就更证明了这类诗歌所塑造的形象及其所表现的思想感情的类型化的特点——它表现的不是“这一个”，而是“这一类”。

象征性兴象对于我国诗歌艺术的发展产生了广泛而深刻的影响，这一点从20世纪初就引起了西方一些汉学家的注意，并做了一些理论上的研究。由于种种原因，他们的研究多以唐以后的诗歌为主要对象。

事实上，这一特点有其久远的历史渊源，并在《诗经》中露出端绪，以比附象征为内容的象征性兴象就是突出的表现。美国汉学家华生（Burton Watson）的《中国抒情诗歌》是一本以数学统计方法研究唐诗意象特征的专著。他认为在我国的抒情诗中，景物往往不是作为具体的描写对象。从本章所举的几首诗可以知道，他的论断有一定的道理。但是，在谈到《诗经》时，他认为其中的自然意象多是特称，有其具体所指；以后到魏晋时，自然意象的概括化程度才有所提高；唐诗中意象总称的数量大为增加。可以看出，华氏关于《诗经》中意象的论断未必符合实际，仅从本章所举的几首诗歌就可证明这一点。

第八章　比兴古今研究概说

原始诗歌结束之后，我国诗坛经过一段较长时间的沉寂（夏、商时代的诗歌当时或有流传，但除极少数外，早已茫然无考），待到我国第一个诗歌创作高潮——《诗经》时代来临的时候，我国社会已经越过了以宗教巫术礼仪为中心的巫史文化阶段，并奋蹈高扬，稳健地步入了将实践理性渗透于现实生活的理性主义时代。春秋战国时代，“是中国古代社会最大的激剧变革时期。在意识形态领域，也是最为活跃的开拓、创造时期，百家蜂起，诸子争鸣。其中所贯穿的一个总思潮、总倾向，便是理性主义。正是它承先启后，一方面摆脱原始巫术宗教的种种观念传统，另一方面开始奠定汉民族的文化－心理结构”。[①] 这时，作为意识形态重要组成部分的诗歌艺术也正经历着巨大的变化，那原来构成兴产生基础的原始宗教观念如图腾崇拜、生殖崇拜等，由于时代的前进而失去了存在的社会历史根据，只是作为一种传统观念而残存，并且逐渐变得淡薄。当进行诗歌创作时，那习惯性联想所包括的丰富观念内容早已趋于消失，人们所面对的主要已不是神秘的宗教观念内容，而是它的升华物——兴的现成的原始模式，即以“他物”引起“所咏之词”的一

① 李泽厚：《美的历程》，中国社会科学出版社 1986 版，第 59 页。

般形式。这种情况越到后来越为突出，待到人们开始从一定的观点来研究它以及其他文学现象时，诗歌艺术与宗教巫术早已分道扬镳，彼此都已成为具有充分独立性的意识形态。这时，兴起源的真相早已雾隐南山，对人们来说，兴与宗教之间好像从来就各不相干，根本不曾存在那段渊源关系，从而决定了古人只能从诗歌艺术自身的角度研究兴。

第一节　关于比兴的界说和性质

赋、比、兴是《诗经》重要的艺术方法。最先提出这一名称的是《周礼·春官·宗伯》：太师……“教六诗：曰风、曰赋、曰比、曰兴、曰雅、曰颂”。《诗大序》称“六诗”为“六义”：“《诗》有六义焉：一曰风、二曰赋、三曰比、四曰兴、五曰雅、六曰颂。”但是，何为赋、何为比、何为兴，它们都没有具体说明。仿佛它们只是提出题目，专等后人回答。自那时以后，诠释者蜂起，历久不衰，直到今天仍是文论家们的热门话题。二千年来，论者各执一端，言人人殊，令人莫衷一是。面对如此纷繁的情况，有必要进行系统梳理和归纳。

比的界说较为清楚，诸家认识基本一致。“比者，比方于物也。”（郑众《周礼·大师》注）“比者，以彼物比此物也。”（朱熹《诗集传》）比即譬喻，就是形象的比喻。刘勰根据被比的主体的不同，将比分为“比义”“比类”两种。《文心雕龙·比兴》：“且何谓为比？盖写物以附意，扬言以切事者也。故‘金锡’以喻明德，‘珪璋’以譬秀民，‘螟蛉’以类教诲，‘蜩螗’以写号呼，‘浣衣’以拟心忧，‘席卷’以方志固。凡斯切象，皆比义也。至如‘麻衣如雪’，‘两骖如舞’，若斯之类，皆比类者也。”可见比义即以物比心志，比类即以物比物。前者即“因物喻志”的比往往蕴义深厚含蓄，与兴相通，因而后来被归入兴。这样看来，比的概念就更加明确集中，不会引起争论了。

兴的界说，最为缠夹。朱自清已有“你说你的，我说我的，越说越糊涂”[①]之叹。之所以产生如此巨大的分歧和争论，重要原因之一在于研究的角度和着眼点不同。从汉代至“五四”时期，诸家界说按研究角度和着眼点的不同，可分如下三类：

一、主要以比的成分划定兴的界说。属于这种情况的有以下诸家：郑玄《周礼·大师》注云：

> 比见今之失，不敢斥言，取比类以言之。兴见今之美，嫌于媚谀，取善事以喻劝之。

何晏《论语集解·阳货》引孔安国说：

> 兴，引譬连类。

王逸《楚辞章句·离骚》云：

> 《离骚》之文，依诗取兴，引类譬喻。故善鸟香草，以配忠贞；恶禽臭物，以比谗佞；灵修美人，以媲于君；宓妃佚女，以譬贤臣；虬龙鸾凤，以托君子；飘风云霓，以为小人。

唐皎然《诗式》云：

> 取象曰比，取义曰兴，义即象下之意。凡禽鱼草木人物名数，万象之中，义类同者，尽入比兴。

① 《朱自清古典文学论文集》，上海古籍出版社1981年版上册，第235页。

以上诸家论兴皆着眼于比，认为兴的实质是比，在于不同事之间“类同”“连类”，即有某些可资“引譬”的相同属性。与比的区别在于：兴之“引譬”多在开头发端，重在“取义”，即刘勰说的“比义”，也就是整体上的“以物喻志”。从这些有关兴的定义可以看出比兴具有十分密切的联系。

二、从物我关系上阐明兴的界说、性质与特点。属于这种情况的说法较多，主要有：

郑玄《周礼·大师》注引郑众云：

比者，比方于物也。兴者，托事于物。

挚虞《文章流别论》：

兴者，有感之辞也。

刘勰《文心雕龙·比兴》：

比者，附也；兴者，起也。附理者切类以指事，起情者依微以拟议。起情，故兴体以立；附理，故比例以生。比则畜愤以斥言，兴则环譬以托讽。

孔颖达《毛诗正义》：

兴者，起也，取譬引类，起发已心。《诗》文诸举草木鸟兽以见意者，皆兴辞也。

宋梅尧臣《宛陵集》：

圣人于诗言，曾不专其中；因事有所激，因物兴以通。

宋胡寅在《与李叔易书》中引李仲蒙说云：

叙物以言情谓之赋，情尽物者也；索物以托情谓之比，情附物者也；触物以起情谓之兴，物动情者也。

朱熹《楚辞集注》：

赋则直陈其事，比则取物为比，兴则托物兴词。

朱熹在《诗集传》中为兴下定义："先者，先言他物以引起所咏之词也。"此说概括了兴的一些特点，为后人采用，影响颇大。但是这个定义主要从形式上着眼，没有更多地触及内容；而且就形式方面看，也不完备。清姚际恒批评它说："语邻鹘突，未为定论。故郝仲舆驳之，谓'先言他物'与'彼物比此物'有何差别，是也。"(《诗经通论·诗经论旨》)倒是他的"托物兴词"之说更值得借鉴。

清陈奂《诗毛氏传疏》引吴毓汾说：

盖好恶动于中而适触于物，假以明志，谓之兴。而以言于物则比矣，而以言乎事则赋矣；要迹其志之所自发，情之不能已者皆出于兴。

此外，《文镜秘府论》、相传贾岛所作《二南密旨》、严粲《诗辑》、李东阳《怀麓堂诗话》以及惠周惕《诗说》等关于兴的界说也属此类，兹不一一罗列。从物我关系方面阐明兴的界说与本质，实际上是说明了主观情怀触物而发，并融合于客观物象之中，通过客观物象获得表现。从这个角度研究兴，必然会在一定程度上揭示诗歌艺术创作过程中的奥秘和形象思维的某些特征。这样看来，兴也就不单纯是诗歌的艺术表现方法问题，更是关系到诗歌艺术的本质问题。有些关于兴的定义和界说，正是从这样两方面着眼，既说明其起发已心，"托事于物"，又指出方法上的“取譬引类”。上面所引刘勰、孔颖达以及严粲、姚际恒诸家正是这样。

三、从艺术效果方面阐明兴的界说与特点。

钟嵘《诗品序》：

> 文已尽而意有余，兴也。

南宋罗大经《鹤林玉露·诗兴》：

> 盖兴者，因物感触，言在于此而意寄于彼，玩味乃可识，非若赋，比之直陈共事也。故兴多兼比、赋，比、赋不兼兴，古诗皆然。

罗说虽指出兴的“因物感触”一面，似从主客观之间的关系方面立论，但他更强调的却是兴的含蓄深婉，“玩味乃可识”的特征，并以此与比、赋相区别，所以我们将它与钟嵘说兴归于一类。这类说法虽抓住兴的某些特征，但却未能揭示出兴的核心内容与本质，所以作为定义与界说，似不够科学。

这样看来，我国古代关于兴的定义与界说中，前两类分别从不同的方面揭示了兴的本质特征。这两类界说，一类着眼于比的成分，一类着眼于物我关系，表面看来各不相干，实际上有其内在的联系。前者强调义类相同，“引譬连类”，正是阐明了作为诗歌艺术方法的意义；后者强调“托事于物”、触物起情，则是指出了诗歌创作运用形象思维的过程。而这个过程，在方法上的一种重要表现恰恰是“引譬连类”，索物托情。方法不是独立的，它决定于事物的本质，是事物本质过程的反映。所以关于兴的那两种界说，实际是一个问题的两个方面：一个内在方面，一个外在方面。内在的方面是更高的更加概括的层次，含蕴着十分丰富的内容。这个方面并不排斥而是容纳和包括“引譬连类”的方法的。

“五四”以来，学者们开始用新的观点和方法研究比兴。首先，他们秉承着“五四”反封建的精神极力廓清比兴问题上的封建主义思想，尖锐指出，在《毛传》《郑笺》看来，“兴也者，兴此物以及于名教之谓也”[①]“美刺既负有名教督责之重，赋比兴之义斯远！”[②]他们认为“美刺”“名教”彻底歪曲了兴义，根本不可信，而为比兴另寻界说。何定生认为“兴的定义就是：歌谣上与本意没有干系的趁声。”[③]刘大白认为“兴就是起一个头……这个起头，也许合下文似乎有关系，也许完全没有关系。总之，这个借来起头的事物是诗人的一个实感而曾经打动诗人的心灵的”。[④] 顾颉刚则从“山歌好唱起头难”来说明起兴的必要。[⑤] 毋庸讳言，这些研究今天看来是过于简单了。他们在否定比兴与封建诗教联系的同时，把比兴在艺术上的一些本质特征也忽略了。“五四”以后对比兴第一个做出比较系统研究的是朱自清，他写了一系列的研究论文：《关于兴诗的意见》《经典常谈》《赋比兴说》，此外，在专著《诗言志辨》也有专章论及。他系统地考察了《毛传》用兴的特点，指出《毛传》的兴有两个意义：一是发端，一是譬喻；二者合在一起才成其为兴。他对比了《左传》引诗与《毛传》解兴，指出“‘三百篇’原多是即事言情之作，当时义本易明。到了他们手里，有意深求，一律用赋诗引诗的方法去说解，

① 何定生：《关于诗的起兴》。分别见《古史辨》，上海古籍出版社 1982 年版，第 3 册，第 698、702 页。

② 何定生：《关于诗的起兴》。分别见《古史辨》，上海古籍出版社 1982 年版，第 3 册，第 698、702 页。

③ 何定生：《关于诗的起兴》。分别见《古史辨》，上海古籍出版社 1982 年版，第 3 册，第 698、702 页。

④ 刘大白：《六义》，同上书，第 686 页。

⑤ 顾颉刚：《起兴》，同上书，第 672 页。

以断章之义为全章全篇之义,结果自然便远出常人想象之外了。而说比兴时尤然。"[①]戳穿《毛传》解兴的肊说,是正确认识兴的本来面目的前提。朱氏以大量统计数字和具体例证为根据的论断是很有说服力的。此外,在理论上他从初民的心理特点阐明了兴的意义和作用以及赋比兴之间的内在联系和相互转化。这些在当时十分新颖的见解,加深了人们的认识,使比兴研究摆脱了仅仅满足于划定界说的状态,而开拓出新的更加广阔的研究领域。朱氏的研究自然也有其不足,如他认为比兴都是乐歌名:比是"变旧调唱新辞",兴是"合乐开始的新歌"。[②]这或许是由于拘泥于《周礼·大师》"六诗"说所致。尽管如此,朱氏作为现代比兴研究的先驱对以后产生了十分深刻的影响,从某种程度上说,中华人民共和国成立后的比兴研究正是在他的基础上前进的(详后)。

中华人民共和国成立后关于比兴界说和性质的研究进入了一个新的阶段,无论在研究的观点和方法上,还是在研究的深度和广度上都取得了较大的成绩。这三十余年的研究主要集中在以下几个方面:

一、比较全面地清理和总结了历史上的有关研究成果。

首先对前人的各种界说进行了综合分析和归纳,胡念贻、王从仁等人都把传统界说分为两大类:"一派是汉人的说法,认为'兴'有比喻的意思,是借喻来寄托心情……另外一派……想把'兴'从比喻的意义上摆脱出来。六朝的挚虞和钟嵘就是这个企图。"[③]他们还就每一类说法

---

① 见《朱自清古典文学论文集》,上海古籍出版社 1981 年版上册,第 250 页。

② 见《朱自清古典文学论文集》,上海古籍出版社 1981 年版,第 265、268 页。

③ 胡念贻:《诗经中的赋比兴》,载《文学遗产》编辑部编《文学遗产增刊》一辑作家出版社 1957 年版。

的长短、优劣以及每一类说法内部的源流承袭关系做了论证。其次，批判了封建诗教以穿凿附会的美刺解释兴义的思想体系。

分析归纳是为了达到理论上的概括，更清楚地认识比兴的本质。论者的这种要求越是迫切，便越加感到传统界说的混乱，不仅是各家说法之间存在着巨大分歧，就是在同一家中也常见牴牾不合，于是不少学者开始从宏观上寻找造成这种状况的原因。集中各家意见，主要在以下几个方面：1. 封建诗教对比兴研究的干扰。封建社会在我国获得了充分的发展，封建思想统治意识形态的各个领域，封建伦理道德观念渗透到比兴概念中，造成“诗歌表现方法和诗歌教化作用的缠夹”“艺术自身规律和伦理观念的纠缠。”[①]2. 赋、比、兴概念及其界限“缺乏确定的标准”，毛公系兴多纰漏，原因即在于此。[②] 3. 比兴是历史性的概念，“是逐步发展而成”[③]，不同的历史发展阶段具有不同的内涵，“要为它明确立界说而通用于三千年来的诗歌创作，是有困难的”[④]。4. 我国逻辑思维发展的不足。“我国的社会科学研究深受自然科学发展不足之苦，概念的不精确是普遍现象。比兴概念的混乱即是一例。”“把诗歌表现方法分为比、兴、赋三个概念在逻辑上是不严密的。”因为比兴“两个内涵交叉的概念是不可能截然分清的。”[⑤]论者们从各个不同方面来寻求答案，可以看出所做的巨大努力。其中前三个原因基本是正确的。这三个原因实际是两个方面：一是封建统治阶级的偏见歪曲了比兴的

① 张国风：《比兴别解》，《学术研究》1982 年 5 期。

② 李湘：《〈毛诗〉系“兴”考》，《江海学刊》1984 年 1 期。

③ 王从仁：《“比兴”的缘起和演化》，《古代文学理论研究》第五辑。

④ 牟世金：《诗学之正源，法度之准则》，《古代文学理论研究》第一辑。

⑤ 张国风：《比兴别解》，《学术研究》1982 年 5 期。

实质;另一是概念的发展和研究角度的差别。第四种理由指出比兴概念有"内涵交叉"是符合实际的。正是由于这一点以及第三条原因所指出概念的历史发展,造成了比兴概念的复杂状况,但是复杂并不等于概念混乱,更不等于逻辑思维发展不足。我们应当从比兴的实际出发,充分注意其复杂性。比兴作为艺术方法的重要概念,在长期的诗歌艺术实践中,其内涵不断演变、发展和丰富,逐渐地容括了由简单到复杂的不同层次的内容,形成了十分宽泛的特征。针对这种情况,人们才有可能对兴诗进行分类,并提出过各种各样的分类方法。这对于确定兴的准确的界说是完全必要的,不顾这一切而轻率地从逻辑上否定它只能造成新的混乱。

二、提出了关于比兴的新的界说,阐明了其性质和特点。

论者根据《诗经》用兴的情况,参考前人的研究成果,提出的新的界说主要有以下几种:

1."兴是启发,也称起兴。它是诗人先见一种景物,触动了他心中潜伏的本事和思想感情而发出的歌唱,所以兴句多在诗的开头,又称'发端'。…… 比是先有本事和思想感情,然后找一个事物来作比喻。"①

2."如果说,比是形象性的比喻,那么兴就是一种含有比喻的形象,即隐喻形象。……作为兴……应包括朱熹所说'与义无取'的发端句。但是毕竟隐喻的形象是其中比较高级的形式,更富于艺术性的形式。"②

---

① 程俊英译注:《诗经译注·前言》,上海古籍出版社 1985 年版,第 9 页。

② 宋欣、程迅:《古代比兴说与形象思维论》,《社会科学战线》1978 年 1 期。

3.“兴，在《诗经》这部特定诗集中，乃以每个诗章的立意构思为基础，以先言他物引起所咏之辞为步骤，从而造成意境、表达情思之法也。”①

4.“同样是描写景物，三者的区别是：委婉而寄托情意的是‘兴’；直陈而无寄托的是‘赋’；把某种景物或事物明显地比作另外一种事物的就是‘比’。”②

5.“‘兴’是人与自然(包括人为的事物)之间对应关系的一种显现，它在诗中起着烘托、象征主观情绪的作用，是一种情感性的意象。”③

6.“比兴是这样一种诗歌表现方法：它所取的形象总是处于一种非逻辑的关系之中。诗人借此间接地表达和传达某种思想感情；它以结合形象的联想作为艺术想象活动的方式；以多义性、暗示性的语言环境作为外部形式。”④

关于兴的界说很多，以上几家较有代表性，其他不再一一罗列。从这些界说和其他有关论述中，可以看出人们已经充分认识到比兴不单单是艺术表现方法，更是关系到诗歌艺术特殊本质的因素。具体说来有以下几方面：

1. 比兴是诗歌形象思维的方式。诗人的思想感情不是靠直言表达出来，而是通过比兴，展开联想和想象，使之寄寓于具体的形象当中，形象成为思想感情的依托和凭借。思想感情和形象的融合过程正是形象思维的过程。

---

① 李湘：《“兴”义辨源》，《中州学刊》1982年第4期。

② 范垂长：《论〈诗经〉的比兴艺术》，《锦州师院学报》1982年第2期。

③ 王健：《〈诗经〉中的“兴”与人和自然的对应》，《复旦学报》1982年第4期。

④ 张国风：《比兴别解》，《学术研究》1982年第5期。

2. 比兴揭示了诗歌创作过程中的物我关系。兴是触物起情，客观物象触发主观情志，从物像写起（即“先言他物”）自然会达到物象与情志的变融，塑造出主客观统一，物我相谐的诗歌艺术形象，形成耐人寻味的艺术境界。

3. 在运用比兴构思诗歌的过程中，结合形象的联想，特别是类比联想占有极为重要的地位。而诗人“对生活里各种事物的暗示性的敏锐感受力乃是诗歌创作中运用比兴的重要条件。”[①]这正是运用比兴塑造的诗歌形象具有象征、比附隐喻意义的根本原因。

4. 运用比兴塑造出的诗歌艺术形象具体鲜明，情思委婉含蓄，具有感人的艺术魅力。这是因为比兴方法不用直言，而将主观情志融于客观物象当中。（详后比兴的作用）

三、阐明了运用兴的艺术表现方法所起的作用。兴的艺术表现方法直接关系到诗歌艺术形象的塑造，其作用历来受到人们的重视，新中国成立后这方面的研究比较充分和系统，集中起来主要有以下几个方面：

1. 调节韵律，唤起感情。在这种起兴方式中，兴句与下文在思想内容上的联系不甚明显，主要是在音韵和情调方面相一致。如《诗经·魏风·伐檀》《诗经·召南·草虫》《诗经·小雅·伐木》等，也有些兴句只是为了开头衬韵，解决所谓“小曲好唱口难开”的问题，这当然是起兴中比较简单的形态，而且多数是习惯的套语。

2. 烘托渲染，突出中心。烘托渲染是以描述某种事物或景物造成一定的环境气氛或背景突出主旨，如《诗经·周南·关雎》《诗经·曹风

① 张国风：《比兴别解》，《学术研究》1982 年第 5 期。

·蜉蝣》《诗经·唐风·葛生》等。其中有些与中心结合紧密，具有时间、地点方面的具体统一的特征，达到了一定程度上的情景交融，产生更强烈的艺术效果。

3. 比附象征，暗示主旨。比附也是一种比，他往往更加强调整体上或关系上的某种相似；象征则是用感性形象的某一特征表示某种事物、意义或情感。在这种起兴的方式中，兴句与“所咏之词”之间具有某种委婉隐约的联系和暗示的作用。如《诗经·周南·螽斯》《诗经·邶风·凯风》等。在象征中，形象和意义的结合必须建立在一定的审美观念的基础上，能够体现出美来。这类诗歌往往写得委婉含蓄、耐人寻味。

4. 情景交融，创造意境。在这类兴中，兴句常常用以写景(即物)，“所咏之词”为情；诗人的内心情怀完全渗入外物，情与物达到了有机统一，共同组成真切动人的富于感性特征的形象画面，诗人的内心感情通过画面自然流露出来。如《诗经·秦风·蒹葭》《诗经·邶风·雄雉》《诗经·郑风·风雨》等。这些诗歌情景交融，物我浑然，具有比较鲜明的形象和耐人寻味的意境，表现出诗人在特定环境中的具体感受。这类兴句有时不一定在诗歌的开头，而是放在诗的中间。如《诗经·王风·君子于役》中的“鸡栖于埘，日之夕矣，羊牛下来”就是如此。

四、论证了比兴对我国诗歌艺术创作的意义和影响。

比兴作为形象思维和诗歌艺术方法对我国诗歌创作产生了重大影响，在一定程度上决定了我国诗歌的民族特征。论者从不同的方面和角度论证了这一问题。主要有以下几种情况：

1. 从作为语言艺术的诗歌的根本特点和要求方面：“诗是一种语言艺术，诗的语言的基础是隐喻性，这就要求把各种印象加以比拟和比较，比兴显然正是适应这种要求的表现方法。”①

2. 从我国诗歌创作艺术构思的特点方面：“……别的民族在诗歌创作中，也会有直叙、比喻或借物抒情等表现方法，但是，要形成赋比兴这样一个完整体系，被视为‘诗学之正源，法度之准则’，并长期在诗、赋、词和绘画中普遍使用，又为广大读者所喜闻乐见，这就是我们民族所独有的了。因此，由赋比兴所决定的艺术构思特点，就是我国古代诗歌创作构思的特点。”②这位论者认为我国诗歌的构思途径有二：“索物以托情”和“触物以起情”；基本特点有三：轻直言正叙、重托物寓情和兴在象外。

3. 从“兴象”即艺术境界的方面：在我国诗歌艺术史上，兴最早指艺术手法，后来又可指艺术境界。为了区别，人们往往用“兴象”来泛指艺术境界。兴所以能够发展成为“兴象”，当然是由于它所体现的物我关系这一本质特征。有人认为“兴象’可分为两种基本类型：一是象征寄托，一是情景交融。”③前者按借以寄托情思的事物或形象的不同，大致可分四类：景物（咏物诗）、历史（咏史诗）、美女（以美人、男女寄兴）、神仙（游仙诗）；后者按性质可分两类：一是兼有象征寄托特点的，另一是不具象征寄托特点，纯以情景交融流露主观情思。

4. 从比兴的社会作用方面：由于比兴强调寄托，儒家诗论又常常以这种有“寄兴”的诗歌作为讽谕美刺的手段，所以“在诗文理论中，比兴也就成为强调作品的社会意义与政治意义的一个概念了。”④因而比

① 宋欣、程迅：《古代比兴说与形象思维论》，《社会科学战线》1978 年创刊号。
② 牟世金：《诗学之正源：法度之准则》，《古代文学理论研究》第一辑。
③ 林东海：《说“兴象”》，《文学评论丛刊》第一辑。
④ 程俊英：《略谈〈诗经〉兴的发展》，《华东师大学报》1980 年第 4 期。

兴又成为衡量作品的思想内容和社会作用的尺度。唐朝陈子昂、白居易都以"比兴"为旗号,批判诗歌脱离现实的倾向,提倡积极反映现实,充分发挥诗歌"泄导人情""补察时政"的作用。

以上四个方面中前三个方面是作为艺术方法的比兴对后来的影响,最后一个方面是比兴的一种特殊含义,虽与其本来意义有联系,但严格说来与前三者不同,不能与它们一视同仁。

比兴具有多方面的意义,研究它必须充分注意这一点。从思维方式看,比兴属于形象思维;从写作角度看,则属于表现方法。只有搞清角度和前提,才不至于产生混乱。例如关于比兴的界说,着眼于譬喻的多是从艺术表现方法而言;着眼于物我关系的多是从形象思维而言。又如,说比兴的作用和影响,常常是就上述两个方面而言。当然,比兴作为表现方法的那些具体特点,归根到底要受到诗歌艺术的特殊本质的制约。

最后,有人还就《诗经》用"兴"的不足之处和局限性提出了看法:"《诗经》中的'兴'尚未达到后代诗歌那种对自然的拟人描述,也缺少流动性,而且没有完全融进诗篇,大多只是在引子或承转处出现。这是技法上的原始。"①兴是一个历史性的范畴,在它发展的各个阶段有其历史的局限性是完全可以理解的,在《诗经》中最初得到广泛运用,还不像在后代诗歌中那样成熟也是事实,但是说它"没有完全融进诗篇,大多只是在引子或承转处出现",却有欠公允,因为《诗经》有些诗篇用兴不但融进了诗篇,而且结合得十分完美,具有强烈的艺术感染力。这是人所共知的事实,是不容抹杀的。

① 王健:《〈诗经〉中的"兴"与人和自然的对应》,《复旦学报》1982 年第 4 期。

第二节　关于兴的分类和本义

关于兴的分类和本义。

先说分类。

历史上对于兴的研究多集中在界说和定义上，对它的分类研究重视不够，研究成果很少。唐代《诗格》将兴分为十四体[①]：感时入兴、引古入兴、犯势入兴、先衣带后叙事入兴、先叙事后衣带入兴、叙事入兴，直入比兴、直入兴、托兴入兴、把情入兴、把声入兴、景物入兴、景物兼意入兴、怨调入兴。《诗格》将兴分类虽然不是单就《诗经》而言，并且分类标准也不一致，烦琐细碎，但是它根据兴的内容和形式将兴分类的尝试，对于人们认识《诗经》的兴及其分类却是有启发的。正式给《诗经》的兴分类始于朱熹。他将兴分为三类：兴而比、赋而兴和兴。朱熹认为前二者很少，第三种多而普遍。他注《诗经·周南·汉广》三章都是“兴而比”。第一章是“……其出游之女，人望见之，而知其端庄静一，非复前日之可求矣。因以乔木起兴，江汉为比，而反复咏叹之也”。第二章是“以错薪起兴而欲秣其马，则悦之至。以江汉为比而叹其终不可求，则敬之深”。《诗集传》注《诗经·王风·黍离》三章都是“赋而兴”。第一章是“周既东迁，大夫行役至于宗周，过故宗庙宫室，尽为禾黍。闵周室之颠覆，彷徨不忍去，故赋其所见之离离与稷之苗，以兴行之靡靡，心之摇摇。既叹时人莫识已意，又伤所以致此者，果何人哉？追怨之深

① 《诗格》作者不详；有人认为是王昌龄，似不可信。

也”。以上二例说明，朱熹注“兴而比”是就两句合起来而言，分言之则第一句是兴，第二句是比。所以这一类实际上与单纯的兴还是一样的。他说的“赋而兴”，是就兴兼赋而言，是指兴与赋的融合。这类兴与单纯的兴在性质上确有本质区别，它的兴句与中心部分(即“所咏之词”)已经达到情景交融，物我合一，形成了比较完整的艺术意境，而不是单纯的衬韵、比附、象征关系。朱熹之后，一些论者给《诗经》的兴分类也多采取这种方法。这实际上已经蒙眬地认识到兴在塑造诗歌形象和构成意境方面，是分为不同层次和类型的。这虽符合兴的特点和性质，但它只是着眼于赋比兴的关系，而未能提出充分反映诗歌艺术形象构成特点的论断，因而不可避免地带有缠夹不清的缺点。

“五四”以后，有些论者如朱光潜的《诗论》、金公亮的《诗经学ABC》等仍沿用朱熹的方法，对《诗经》的兴做了一些简单的分类。另有一些人试图用新的方法从新的角度给兴分类。钟敬文说：“我以为兴诗若要详细点剖释，那么，可以约分作两种：1. 只借物以起兴，和后面的歌意了不相关的，这可以叫它做‘纯兴诗’。2. 借物以起兴，隐约中兼略暗示点后面的歌意的，这可以叫它‘兴而带有比意的诗’。”[①]这种分类方法虽未完全摆脱朱熹分类方法的窠臼，但它试图从“他物”与“所咏之词”之间关系的不同方面寻找分类的根据，其努力是可贵的。不过他将兴只分为两类，这对于情况复杂的兴来说未免过于简单了。

中华人民共和国成立后，人们认识到比兴分类研究，不仅有助于从整体上把握“兴”诗的全貌和起兴艺术的多样性，而且有助于了解诗歌艺术形象和意境的构成以及诗歌艺术方法的发展，因而对这一问题从

---

① 钟敬文：《谈谈兴诗》，《古史辨》第三册。

各种不同的角度出发进行了新的探索。

一、一种分类方法是将兴分成四类：第一类，兴与诗的中心部分没有什么意义上的联系，只是起到开头和衬韵的作用；第二类，比附和譬喻，兴与中心部分之间的关系是意义的比附，道理的结合，而不是形象上的统一；第三类，兴与中心部分具有形象上的一致性，但比附和譬喻意义的痕迹仍在；第四类，兴与中心部分在形象和感情上具有内在的联系，情景交融，主客观统一，诗歌形象完整，不需要比附、直言。①

可以看出，这种分类方法是以“他物”与“所咏之词”之间的关系，也就是以诗歌艺术形象的构成特点为根据和出发点。

二、还有人将兴分为四类，但根据和出发点与前不同。第一类是各章都用同样的事物起兴；第二类是各章用不同的事物起兴；第三类是一章之中完全用兴法；第四类是全诗都用比兴手法。②

这种分类方法是以“他物”的同异、数量为根据和出发点。其中第四类全诗用比兴的，论者举《诗经·豳风·鸱鸮》为例，这是一首禽言诗，也是寓言诗。

三、有人将兴分为八类或更多类：比喻性起兴，要求“他物”与“所咏之词”之间具有相似性和恰切性；象征性起兴，要求“他物”与“所咏之词”之间，只在一点的意义上有共同性，或有曲折地、隐约地启示；气氛兴，是对于诗章情思的正面渲染；反衬兴，是从反面烘托主题；推理兴，从“他物”所提出的道理推出另一个道理；即事兴，是即事而起兴；连属兴，起情的基础是事物间类属关系引起的联想；音节兴，即以音节起兴；

① 林深：《从国风看形象化的艺术概括方法的形成》，《文学评论》1978年4期。

② 程俊英：《〈诗经〉的比兴》，《文学评论丛刊》第一辑。

此外还有气候、季节起兴。[1]

这种分类法的根据和出发点不统一:前五种兴即比喻兴、象征兴、气氛兴、反衬兴、推理兴,是从在诗歌艺术形象的构成方面,“他物”与“所咏之词”之间的不同关系所作的分类。其他几种兴的分类不是根据诗歌艺术形象的构成特点,而是另有其他标准,其中即事兴是就“他物”与诗人的关系(所见、所闻还是所想)而言;连属兴是就“他物”与“所咏之词”在事物的性质、用途方面的关系而言;气候、季节起兴则是就“他物”的物质属性方面而言。后面这几种兴与前五种兴在分类的性质上是完全不相同的,它们各有其自身所属的范畴,不可同日而语。

这样看来,关于兴的分类大约有这样几种标准:一、诗歌艺术形象构成的特点;二、“他物”的同异和数量;三、“他物”与诗人的关系;四、“他物”与“所咏之词”在事物的性质和用途方面的关系;五、“他物”的物质属性等。当然,根据“他物”及其与“所咏之词”之间的关系和特点还可能有其他的分类标准,不一定就限于这几种。给事物分类,是根据事物的性质,聚同去异,进行演绎和归纳,使之达到有系统的排列。

如果从更好地体现兴的特殊本质和意义方面来看,几种分类标准和原则有所不同,有明显的优劣之分。那么在上述几种分类标准和原则中,哪一种能够充分体现兴的本质和特征呢?这里的关键是对兴的本质的认识和理解。在第六章《兴与诗歌艺术》中,曾经指出:“借助于外物表现主观情志、通过景语写情语是诗歌艺术将主观思想感情客观化物象化的根本途径……”而作为诗歌形象思维基本方式的比兴,在本质上它所揭示的正是创作过程中的物我关系,所谓触物起情、“托事于

① 李湘:《“兴”法分类考》,《中州学刊》1983年第5期。

物”，引类譬喻等关于兴的定义，说的正是客观物象触发主观情志，展开联想和想象，使主观思想感情寄寓于具体形象之中，构成主客观统一，物我相谐的诗歌艺术形象。通过这一过程实现主观情志的客观化、物象化，达到诗歌艺术的本质要求。正如李泽厚同志所指出的，“所谓‘比’‘兴’正是这种使情感与想象、理解相结合而得到客观化的具体途径。”“‘比兴’都是通过外物、景象而抒发、寄托、表现、传达情感观念（‘情’‘志’），这样才能使主观情感与想象、理解（无论对比、正比、反比，其中就都包含一定的理解成分）结合联系在一起，而得到客观化对象化，构成经过理知不自觉地干预而饱含情感的艺术形象。”①可见，比兴对于诗歌艺术之所以具有本质意义，之所以历来受到人们的重视，原因即在于它是主观思想感情客观化、物象化的途径和构成诗歌艺术形象的手段。为兴分类只有紧紧围绕这一点，才能真正有助于理解比兴的本质，达到分类的目的。如此说来，在上述几种分类标准和原则中，第一种和第三种中的部分分类标准和原则，即以“他物”与“所咏之词”之间的关系、也就是以诗歌艺术形象的构成特点为根据和出发点，才符合这一要求。这样的分类，才有可能勾画出在诗歌艺术形象塑造中物我统一的种种方式和阶段，确定以外物表达主观情志的各种不同类型，从而更好地揭示诗歌艺术方法的发展过程和诗歌艺术形象构成的奥秘。

撇开这个能够反映比兴本质的分类原则和方法而另寻其他，不但达不到正确认识比兴的目的，而且必然使分类流于烦琐和无所适从。“如果分类太粗，过于笼统，不能反映出《诗经》‘兴’法的多样性，固然不好，而分类过于琐碎，也未必就能包涵住‘兴’法的全部现象。”“我们考

---

① 李泽厚：《关于中国古代艺术的札记》，《美学》第 2 期。

察'兴'诗的分类问题,便理所当然地遇到一些很难归类的情形。"[①]内中甘苦,论者自知,不是深谙此道者是不会有这样的体会的。这也恰好证明选择正确和适当的分类原则、方法的必要。

其次说比兴本义。

所谓比兴本义是指它本来的意义,相对于后来通行的作为诗歌艺术方法的意义而言。本来在《诗经》研究史上,从比兴正式被作为研究对象以来,一直被认为是诗歌艺术方法,而没有考虑过它的什么本义的问题。后来,由于比兴特别是兴的定义的混乱,解释的缠夹,人们才开始对它的意义产生了疑问,对有关典籍重新思考,终于提出了本义问题。这是"五四"以后的事情。

最早正式触及这一问题的是朱自清。他在《诗言志辨·比兴》中统计了《左传》中有关赋诗言志的记录,并与《毛传》《郑笺》对于兴义的阐发做了具体对照,指出:"毛郑解《诗》却不如此。'诗三百'原多即事言情之作,当时义本易明。到了他们手里,有意深求,一律用赋诗引诗的方法去说解,以断章之义为全章全篇之义,结果自然便远出常人想象之外了。而说比兴时尤然。"他有力地论证了《左传》引《诗》对《毛诗》的直接影响,并指出在方法上的主观随意性:他们首先根据儒家"思无邪"的思想给诗旨定下框子,然后在这个框子中"以意逆志",以诗证史,将《诗》说得一塌糊涂。"就在这种附合支离的局面下,产生了赋比兴的解释;而比兴义去常情更远,最为缠夹,可也最受人尊重。"[②]朱氏没有纠缠于历代比兴之讼,于众说丛棘中独辟蹊径,尖锐指出《毛诗》兴义的来

---

① 李湘:《"兴"法分类考》,《中州学刊》1983年5期。

② 《朱自清古典文学论文集》(上册),上海古籍出版社1981年版,第260页。

源和方法，不仅澄清了混乱，恢复了毛郑说兴的本来面貌，而且为正确认识它（无论是它的本义还是作为诗歌艺术方法的意义）扫清了障碍。诚然历史上有人如姚际恒、崔述等曾指出过《序》《传》附会史书解《诗》说兴，但他们多是就事论事，或是用以考证《诗序》作者，或用以阐明诗篇旨义，而从内容和方法上全面系统揭示《毛传》解《诗》说兴与《左传》引《诗》之间关系的，朱氏当是第一人。不过，朱氏立论意在"兴义溯源"即毛郑解说兴诗的根据，所以作为概念的兴的本义仅仅有所触及，而本义究竟如何，怎样证明，有关的记载如何理解等问题，都未能来得及研究。

正式从理论上阐明赋比兴本义并做了系统论证的是近几年的事。主要有二文：张震泽《〈诗经〉赋、比、兴本义新探》和章必功《"六诗"探故》。[①]

张文从《诗经》编集的目的和早期用途（一是用于典礼仪式，一是用作教学的教本）出发，引证有关文献记录，结合《左传》用《诗》惯例，论证了比兴的本义并非诗歌的创作方法，而是《诗》的具体应用，《左传》断章赋《诗》有其原则和方法，即赋比兴三途，这是当时引《诗》应对的风习。结论是："赋、比、兴也是《诗》的三用。不过我们所说的用，不是孔颖达说的'三纬'之'用'，而是赋诗言志之'用'……赋、比、兴则是在另外某些场合（例如宴会），为了发言得体或应对得宜，打乱风、雅、颂之体而灵活运用的方法。也就是，有时需要直陈，就用赋的方法；有时需要以善物喻善事，就用兴的方法；有时不敢直斥其非，就用'取比类以言之'的比的方法。"作者认为诸家释比兴，只有郑玄之说与本义相接近。《周

① 分别刊于《文学遗产》1983 年第 3 期和《文史》第二十二辑。

礼》的“六诗”和《诗序》的“六义”都是就其本义而言，而新义即它作为诗歌艺术方法的意义直到东汉时才产生。

章文结合周代教育和诗歌教学实际，分析大量的文献资料，指出《周礼》“六诗”反映了“周代国学‘声、义’并重的诗歌教授内容和由低级到高级、由简单到复杂的诗歌教学过程”。他认为这个过程分为三个阶段：第一阶段是学习“风”“赋”即熟练地歌唱诗、朗诵诗；第二阶段是学习“比”“兴”，即诗歌义理的训练，学会以“义”为用；第三阶段是学习“雅”“颂”，即正声诗乐的训练，学会以“声”为用。所谓比就是托事于诗，切类指事，即用诗喻意，班固所云“称诗以喻其志”；所谓兴就是善于从诗本义引申出更深刻的意义，包括连类旁通，举一反三和以意逆志，体察言外之旨。

二文关于比兴之所见有相同之处也有不同之处。相同之处主要有：一、他们都认为赋比兴的本义不是诗歌艺术方法和写作方法，而是诗的具体应用及方式，都不同意广为人所接受的“三体三用”之说；二、赋比兴都与周代的教育有关，产生于大师以《诗经》为教本教国子的教学过程；三、运用赋比兴的目的在于掌握礼乐，在宗庙会同，朝会宴饮中从容得体应对，这是以执政治国为己任的国子的必修课。不同之处也有三点：一、章文认为“六诗”是周代诗歌教学的纲领，是根据诗的性质、社会作用和政治需要制定的，它不出教学范围，而张文认为“六诗”虽然与教学有关，但不认为它是教学纲领，而只是诗的一般应用及其途径。二、章文认为“六诗”反映了诗歌教学由浅入深，由简单到复杂的过程，比兴是其中的一个阶段。张文则认为“六诗”仍有三体三用之分，不过，风雅颂作为“体”不是孔颖达的“体裁”之体，而是包括诗、乐、舞、礼全部的“体统”之体，实际也是不同场合的“用”；赋比兴作为三用，不限于教学过程，而是一般的赋诗言志之用。三、对比兴本义的认识不同，张文认为郑玄关于兴的定义近乎比兴本义，而章文不同意这个定义(详前)。

在“三体三用”说几成定论的情况下，张、章二文不为成说所囿，提出全新的见解，这种大胆探索的精神和勇气是非常可贵的。章说如能成立，则不但揭示了“六诗”的实质，而且可以解释“六诗”的排列顺序问题，而这个问题迄今为止还没有一个令人满意的解释。可惜，章文在论证过程中提出的那些论据，使人感到牵强，不足以成其说。例如，在论证兴的本义时提出“子夏问诗”(《论语·八佾》)、孔子谈《诗经·大雅·文王》(《孟子·离娄》)和孔子谈《诗经·豳风·鸱鸮》(《孟子·公孙丑》)等几个例证作为论据。问题在于：它们作为论据够不够“资格”，因为在现存文献中没有任何文字材料可以证明它们是兴的用法，在这种情况下怎么能轻易肯定它们是“说明‘兴’的好例子”，进而作为论证兴的本义的论据呢？《左传》中断章取义，加以引申，言在此而意在彼，也就是作者所谓“善于从诗中引申出更深刻的意义”的例证多得很。不加分析和辨别地拿来，很难从中得出正确的结论。其次，果真如作者所说，赋比兴都是以“义”为用，那么以《诗经》为教材，重视学《诗》致用的孔子，其“兴、观、群、怨”之说为什么只言“诗可以兴”而不提可以比、可以赋呢？推倒一个旧说，建立一个新说，要经受十分严格的考验，从这一点出发，我们认为章说难于成立。

相比之下，张文的看法值得注意。他提出赋比兴是当时断章赋诗的原则和方法，是赋诗言志之“用”。为了论证这一点，他一方面从《周礼》所提供的有关资料加以论证，一方面又以《左传》的事例加以坐实和证明；尤其重要的是，他的结论与郑玄关于比兴的定义(即“比，见今之失，不敢斥言，取比类以言之；兴，见今之美，嫌于媚谀，取善事以喻劝之。")基本一致。这一点很值得重视：一、这是我国关于比兴的最早的定义之一，去古未远，其说有自，向为人所重视；二、这个定义以美恶分兴比，与通常所理解的比兴大相径庭。长期以来，人们对它敬而远之，未能做出正确的解释与说明。张说第一次证实了它，因而理所当然地也为自己的看法增强了说服力。

不过张说要牢牢站稳，似还应进一步完善：一、作者已经说明：《左传》引《诗》，未有标明究竟是赋比兴哪一种用法，是因为这是"人人皆知的，所以《左传》没必要标明"。《左传》没有必要标明，或许如此，但这不意味着我们可以不从文字上加以证明。我们相信，事实真是这样，终究是会得到证明的。二、比兴果真以恶美分，《左传》又是以这样的原则赋诗言志，那么以《左传》赋诗引诗之义说比兴的《毛传》，[①]其比兴自然也应当以恶美分，即从善物喻善事为兴，以不敢直斥其恶，而言古以剀今为比。可是实际并不如此，《毛传》标兴并非都是以善喻善，而以恶喻恶，以善衬恶者所在多有。如《诗经·邶风·雄雉》《诗序》以为刺卫宣公"淫乱不恤国事"，这是恶事吧，而《毛传》却标为兴。《诗经·邶风·瓠有苦叶》《诗经·鄘风·墙有茨》等也都标为兴，显然与郑玄和张说不能吻合。这类问题如何解释，对搞清兴的本义是十分重要的。

郑玄注《周礼》在为比兴下定义之后又引用郑众的说法："比者，比方于物。兴者，托事于物。"郑众早于郑玄六七十年，很明显，早在郑玄之前作为诗歌艺术方法的比兴的定义就已存在了。先郑的定义出自己说还是渊源有自？毛公传《诗》"授同国贯长卿，长卿授解延年。延年为

① 《毛传》说兴与《左传》的关系，详朱自清《诗言志辨·兴义溯源》。见《朱自清古典文学论文集》上册，上海古籍出版社 1981 年版，第 249 页。

阿武令，授徐敖，敖授九江陈侠，为王莽讲学大夫。由是言《毛诗》者，本之徐敖。”（《汉书·儒林传》）“中兴后，郑众、贾逵传《毛诗》，后马融作《毛诗传》，郑玄作《毛诗笺》。”（《后汉书·儒林传》）从这个传授系统看来，比兴的定义即使为郑众首先提出，也不可能与前人毫无关系。这就是说，关于比兴的定义（包括用诗之义和艺术方法之义）早已二说并存，而并非是先有所谓的本义（用诗之义），郑玄之后才有新义（艺术方法之义）。因为断章取义，赋诗言志风行于春秋固然是事实，而作为艺术表现方法的兴大量运用于《诗经》更是事实，因而将它们分别予以概括形成不同的定义（暂且认为“本义说”可以成立）是完全可以理解的。从二者的关系上看，说不定赋诗言志的用诗之义或许正是由于受到“托事于物”比附譬喻的兴义的启发而产生和兴盛起来的呢。

比兴的本义问题本属比兴研究史上早期的课题，可是正式提出和研究却是现代才开始。这并不是学者们的疏忽和失误，而是事实的必然，就像人类史前期的历史是从近代才开始研究一样。科学的历史早已证明，很多学科中的早期的问题都是在千百年之后才被意识到并开始从事研究。这类“迟出”的课题在一定意义上证明了学术的发展和认识的深化，它的到来应当受到人们的欢迎和祝贺。

小　结

集中了我国诗歌艺术重要审美特征，并从内在规律上体现了我国诗歌艺术本质要求的兴，并非与诗歌艺术与生俱来。兴不是超现实的先验性的模式，也不是人类理智随意制造出来的结果。像其他任何艺术形式一样，兴也是一个历史性的范畴，是诗歌艺术发展到一定阶段的产物。它的诞生是在长期的艺术实践中，在掌握诗歌艺术规律的基础上，对诗歌艺术本质的一种肯定。这种肯定体现着人类社会历史发展和诗歌艺术发展的必然。

兴的起源即人们最初以“他物”起兴，既不是出于审美动机，也不是出于实用动机，而是出于一种深刻的宗教原因。由于原始宗教往往成为生产劳动的必要补充手段，具有生存斗争意义，就使它与实用动机和审美动机的萌芽产生某些复杂的联系。所以，从总的根源上说，兴的起源植根于原始宗教生活的土壤中，并以对客观世界的神化为基础和前提。

作为一般的规范化的艺术形式和方法的兴，其起源过程大体经历了以下几个步骤：

1. 客观自然物象被神化，被赋予一定的观念意义。

2. 物象与有关的观念内容之间的习惯性联想，这种联想从诗歌的角度看，就是兴象（原始兴象）。

3. 随着历史的发展，原始兴象逐渐失去了原有的观念内容而变为抽象的形式，即习惯性联想外化为抽象的形式。

4. 这个形式被不断模仿借鉴，使之逐渐趋于规范化，并成为独立的艺术形式。形式一旦取得独立，便开始了按自身规律发展的新的历程，同时反过来制约着内容的表现，影响着人们的感受和理解。

从个别的原始兴象到一般的规范化的兴的演变，需要具备以下条件：

1. 作为原始兴象产生基础的自然物象的宗教观念内容的减弱和消失。

2. 艺术创作实践经验的积累和人们审美观念、审美能力的发展。

所以，从兴起源的全部过程来看，正是复杂的宗教观念内容演化为一般的规范化的兴的艺术形式。这个过程的特点就是积淀：宗教观念内容积淀为艺术形式。由于在抽象的形式中积淀着观念内容，从而使它获得了超模拟的意义，并最终发展成为一种具有审美特征的抽象的艺术形式。与此同时，随着观念内容向艺术形式的积淀和演化，对于观念内容的理解和认识也逐渐积淀为对于艺术形式的感受和认识。这就是说，兴的形式中凝聚着传统的观念内容和社会意识，在对这个形式的感受中凝聚着超感官性的理性内容。

所以，兴的起源，在本质上乃是诗歌艺术从包容着各种意识形态的混沌统一的原始文化中，分化出来的一种观念意识物态化活动的标记，是扬弃了原有的宗教观念内容的习惯性联想的规范化的外在表现形式。在后世看来似乎只是一种形式美而无内容意义的兴，在其起源上并非属于形式和审美范畴，而有其复杂的想象内容和宗教观念的神圣含义，因而首先应当属于内容的范畴。

不难看出，兴所以成为一种美的形式，是宗教观念内容历史积淀的结果，而人们所以欣赏它，即它所以能够引起人们的美感，则是由于相应的社会历史内容积淀于主体心理的结果。

从发展上看，兴深刻地反映着诗歌艺术与宗教、神话之间的内在继承关系。由于诗歌艺术本质特征的要求，这种关系在诗中主要不是表现在直接形态的具体内容上，而是表现在由这些神话和宗教观念凝聚而成的抽象形式上。兴的产生——诗歌艺术发展的关键性一步，恰恰是在宗教神圣光辉的照耀下迈出的。

原始兴象及其所体现的习惯性联想是兴形成的整个历史过程中十分重要的一步。这不仅是因为它们构成了作为一般的规范化的艺术形式的兴的基础，还在于它有着久远的时代历史背景和丰富的宗教观念内容，在本质上有别于一般的联想和想象，并且由于它具有某些审美认识特征的萌芽，而与审美观念和审美意识的发展具有十分密切的联系，从而决定了兴的规范化的艺术形式与审美观念之间具有一种发生学上的内在联系。

所以，当把孕育着某些观照态度和审美认识萌芽的习惯性联想运用于诗中时，同时也是把那种对于客观物象的观照态度引入诗中。在由无数具体的原始兴象积淀为一般的规范化的艺术形式的兴以后，这种“引入”对于诗歌艺术发展的意义也就越发突出。它不但完善和加强了诗歌艺术的本质，而且丰富和发展了诗歌艺术的表现方式和手段。

诗歌发展的历史证明，诗歌从诞生的那一天起，诗歌艺术方法就朝着这个方向发展，并逐渐趋于完善。可以说，诗歌的历史也是诗歌艺术方法不断发展和完善的历史。

但是,在兴产生之前的诗歌即原始诗歌中,由于只有极为简单形态的"直言其情"和"直言其事"的表现方式,显然没有达到"把心灵的东西借感性化而显现出来"的艺术本质要求。原始诗歌的这种不可避免的"局限性",在兴产生之后才逐渐得到根本的克服。

原始诗歌的这两种基本表现方式极其历史局限性是根据我国现存的原始诗歌直接总结出来的。从世界文学的范围看,由于时代久远,微茫难求,像这种产生于原始时代的"原生态"原始诗歌,如今早已成为"珍惜物种"而难得一见。我国不但保存下来多首,而且包括多种不同类型,其巨大的价值是自不待言的。

兴产生之后,外物被引入诗中,诗歌的构成内容从此发生了重大的变化:诗中除了情还有物,情与物被置于一首诗中。随着诗歌艺术的发展,它们分别成为后来的意与境的滥觞,使主观思想感情的客观化和物象化才有了可能。本书从源头上回答了我国诗歌艺术主要是通过"景语写情语"也就是"借物言情",而不是像西方诗歌那样单纯"抽象抒情"的根本原因。在这个意义上,可以说兴的产生是达到诗歌艺术特殊本质的前提,是我国诗歌艺术史上一次意义重大的飞跃。从此以后,诗歌艺术才逐渐具备了它所特有的审美特征:诗味。

兴产生于原始社会向奴隶制社会的过渡时期,同时也是阶级社会诗歌的开始,原始诗歌及神话正式结束的历史时期。这个有着时代历史根源和艺术自身发展规律必然性的重合,对于文学史研究特别是对于诗歌艺术的划分提供了可靠的内在根据。事实上,兴正是作为文学史上具有重大意义的不同门类的交替——阶级社会诗歌的诞生和原始诗歌、神话的结束——在艺术上的重要标志。

英国美学家克莱夫·贝尔(Clive Bell)提出了"有意味的形式"的

著名论断，所谓“有意味的形式”是指“积淀了社会内容的自然形式”。[①]实际上“有意味的形式”不只是图案、纹饰等造型艺术，从我们的研究可以知道，兴的形式也是如此。作为社会与个体、理性与感性、历史与心理统一的中介，“积淀”是美的各个领域发展的一个共同特征。以这个内容为研究中心的历史积淀说，作为哲学和美学的新课题，具有更为广泛和普遍的意义。

此外，从兴起源的宗教根源还有助于我们认识以下问题：究竟是艺术先于审美，还是审美先于艺术？亦即是艺术培养了审美观念，还是审美观念决定了艺术？兴起源的研究，为回答这些美学和艺术理论中的重要问题提供了具有说服力的证据。正是在这些意义上，我们认为探索兴的艺术形式在起源时与宗教、神话之间的内在联系，不仅对于诗歌艺术本身，而且对于美学理论和艺术理论都具有重要意义。

---

① 李泽厚：《关于中国古代艺术的札记》，刊于《美学》1980年，第2期。

附录

面对人文学者的“必答题”

——我的学术研究之路[①]

赵沛霖

正视差距 补齐短板

回想起来，我从事学术研究纯属“半路出家”。

1980年国家招考研究人员，我通过全国统一考试，从工作了17年的中学教师岗位调入天津社会科学院成为一名研究人员。时来运转，梦想成真，一时间欣喜若狂！冷静下来才想到自己虽然已经“华丽转身”，但实际水平“依然如故”，没有些许提高，因此，便暗下决心：既把研究工作作为自己的终生事业，就要有长远打算，切忌急功近利。首先要看到作为一名研究人员，自己有很多先天不足：阅读的先秦典籍既不全面，也不系统，认识十分肤浅；学术视野狭窄，分析能力差；没有掌握正确的研究方法等。

针对这些不足和差距，要尽快补齐短板，迎头赶上：措施一，认真读书。主要读三类书：一是从字句训释入手全面、系统地重读先秦典籍和

① 本文原刊于《博览群书》2018年第2期，投稿时的题目是“我的学术研究之路”，发表时被改为“面对人文学者的‘必答题’”。现将原题目作为副标题，特此说明。

《史记》《汉书》的有关内容。阅读先秦历史、先秦哲学史和思想史，了解这些经典产生的社会历史和思想文化背景。二是阅读与研究课题有关的中外理论著作。如有关原始宗教、神话、原始文化和美学方面的理论著作。三是除了以上两类书籍之外，还抽时间阅读一些“无用”的书籍，主要是哲学，特别是西方哲学史、近现代哲学和文化哲学以及有关我国现当代哲学方面的书籍，这一点从那时起一直坚持到2014年。一般说来，这些书籍与研究课题没有直接关系，却促使人思考，使思想深刻，心智增强，从而提高思辨、认识和分析能力，从长远看，对研究工作大有益处。措施二，学习研究方法。除了阅读有关方法论和介绍治学经验的论著之外，还特别注意从研究方法的角度考察前人的研究成果，看他们是如何运用研究方法的。措施三，访问前辈学者并虚心向他们学习，与同行交流，分享研究成果和经验。

后来，我把这些做法概括为两句话：立足坚实基础，放眼长远未来。

“文化热”与以大文化为背景的综合研究

20世纪80年代初期，在我开始从事学术研究之际，正是席卷我国学术思想和文化领域的“文化热”兴起之时。这个偶然的巧合，为我的学术研究提供了良好的学术大环境。“文化热”中的一项重要工作就是对于传统文化的深刻反思和重新评估，对于传统文化来说，这不仅是一次现代化的洗礼，使之重新焕发青春和活力，而且会促进观念变化和认识发展,为学术研究提供理论和方法论的支持。反映在古代文学研究领域,最主要的表现就是自觉地从文化出发研究古代文学,形成了文学的文化批评研究方法。这种研究方法,是从文化的视角切入,对作品进行全方位、多角度、多层面的文化观照,由于不局限于狭隘的"纯文学"的范围,而是将文学与政治、道德、哲学、宗教以及民族性格、审美趣味、风俗习尚等文化领域联系起来,从它们之间复杂的联系中审视文学,从而形成了以大文化为背景多学科立体交叉的综合研究。

十分明显,综合研究必然涉及其他学科。例如,20 世纪八九十年代在我研究的课题中除文学之外,还广泛涉及历史、哲学、宗教、美学、民族学和人类文化学等。因为我从中学时代就喜欢阅读这方面的书籍,所以大学时代以及在中学工作期间也没有放弃,虽然所获知识极其有限,但为我进一步阅读和钻研这方面的理论打下了一定的基础,因而使我比较顺利地运用了综合研究方法,并在《诗经》《楚辞》和神话研究中取得了一定成绩。这方面的具体情况和发表的主要论著,详《关于综合研究的几点体会》(刊于《古典文学知识》2007 年第 2 期)一文。

新的超越

1998 年退休以后,我决定继续从事学术研究。既然是继续研究,那就应当提出更高的要求,确定更高的起点,这样才能超越自我,否则就只能原地踏步。回想起来,从退休到现在,主要做了三方面的工作:

一、探索学术史建构的新模式。中华人民共和国成立后通行的学术史建构模式只有一种，即学者生平简介加其论著分析、评价的建构模式，有的学者将这种模式称之为“列传式”的学术史建构模式。这种建构模式比较适合思想文化和学术发展比较缓慢的古代社会，但是，用这种模式来写20世纪《诗经》研究史，就很难从整体上反映这个时代的学术发展及其根本特征，因此有必要探索新的建构模式。

我在写20世纪《诗经》研究史时，没有采用通行的“列传式”模式，而是尝试运用了一种全新的模式，写成《现代学术文化思潮与诗经研究——20世纪诗经研究史》一书。此书从《诗经》研究与现代学术文化思潮之间的内在联系的视角切入，具体考察现代学术文化思潮如何影响和决定《诗经》研究的方向、重点和方法，以及不同发展阶段之间的内在联系、具体特征、取得的成绩和不足，不但回答了学术史发展的原因和动力以及20世纪《诗经》研究史的根本特征，而且打破了中国人民共和国成立后“列传式”学术史建构模式一统天下的局面，有助于学术史研究的进一步发展。

二、大约从2007年开始我的研究范围从先秦文学与文化扩大到八代三朝文学与文化，憧憬未来，希望在这个领域有新的发现。首先，阅读这一时期的主要作家作品，并在每次读完一位作家作品之后写一篇论文，先后共发表了十几篇论文。在此基础上，确定了以郭璞的诗赋作品作为重点研究的对象，计划写一本书。当然，这样选择绝不是没有原因的：原来郭璞的诗赋作品，特别是他的《游仙诗》长期以来被严重误读和曲解，这种错误的观点不但被当代学者广泛接受，而且被作为定论正式写入了多部通行的《中国文学史》中。在这种情况下我提出一种完全对立的全新的观点，是很难被人们接受的。鉴于这种情况，为了让我的新观点更有说服力和更广泛地接受学术界的考验，我没有直接写书，而是首先就郭璞诗赋作品中的一些重要问题撰写学术论文。从 2011 年夏到 2015 年春先后发表了十一篇论文(其中关于《游仙诗》的有 7 篇),在此基础上才写成《郭璞诗赋研究》一书。关于此书提出的新观点及其意义和价值以及如何重新评价郭璞的问题,在《争论了千年的'游仙诗悬疑'解决了吗》(《博览群书》2017 年第 10 期)一文中已有说明,这里不再重复。

此外,在这段时间我还写有《庄子自然观》等书。

三、在我的学术生涯中,撰写学术论文是一项最重要的基本工作,退休以后也没有间断,截至 2014 年共发表了 160 余篇论文。2014 年之后,从这 160 余篇论文中选了 45 篇,以《重读经典——上、中古文学与文化论集》为名正式结集出版。通过几十年的学术研究实践,我体会到,作为一名古代文学研究工作者,最重要的任务就是对文学经典进行创造性阐释。通过创造性阐释,不但可以提出新的学术观点,解决前人没有解决的问题,而且可以发现文学经典超越时空而生成的新的意义,从而为当代社会提供有价值的新思想。这样,文学经典就能活在当下,在当代精神文明建设和文化创造中发挥其无可替代的作用。

学术活动与友谊

几十年来,我在学术研究和学术活动中除了获得研究成果之外,还收获了宝贵的友谊。这在共同追求中建立的友谊永远是我心中的美好回忆:

1983 年 8 月在大连召开的辽宁省首届屈原学术研讨会,来自 18

个省市自治区的学者与会。临结束时,会议组织者为了今后学术活动便于联系,让每个省市推选一名代表报会议组织者。而天津市只有我一人,其他院校都没有学者与会,于是,我便向组织者说明,天津市只有我一人参加,只好毛遂自荐了。当时想着报上名,将来也能起个传达通知的作用,免得天津市失去参加有关学术活动的机会。1985 年 6 月中国屈原学会成立大会和屈原学术研讨会在湖北江陵召开,中国屈原学会筹委会决定大连会议上上报的各地代表就是即将成立的中国屈原学会的正式理事,这样,我就成为正式理事了。我想,自己刚刚开始研究《楚辞》,没有什么像样的研究成果,当了理事实在名不副实。再说,天津区域内从事《楚辞》研究的大有人在,其中 A 先生与我虽素不相识,但无论是资历还是研究成果都比我更合适。于是,在成立大会召开前夕,我给筹委会写了一封信(因事未能与会),辞去理事一职,而推荐我市的 A 先生担任此职,并说明了理由。后来,有参加会议的朋友告诉我,当时筹委会正为理事名额有限而为难,将我的信在会议上念了,起了很好的作用。会议结束后,A 先生回到天津向我介绍了会议情况,从此我俩便结下了友谊,经常交流学术研究成果,还共同主办过在天津市召开的全国性学术会议以及其他很多学术活动。

B 先生自 20 世纪 50 年代开始即研究《楚辞》和有关的民俗学、宗教学、神话学和美学,几十年来积累了大量的资料,撰写了大量的论文。从 20 世纪 70 年代末期到 20 世纪 80 年代中期的短短几年间,发表了以《楚辞》研究为主的论文 100 篇左右,受到学术界的瞩目。为此,有一家国家级的学术刊物决定介绍和总结他的《楚辞》研究,计划组织两篇文章:一篇请他本人谈《楚辞》研究的体会,再找人写一篇 1 万字的评论文章,全面、客观评价他的研究成果。最后,这个任务落在了我头上。

我在评论文章中充分肯定了B先生在《楚辞》研究方面的突出成绩和贡献，总结了他的研究方法的特点和优长；同时，也指出三个方面的问题和不足，这部分共1600字左右，约占全文的六分之一。后来，此文被中国人民大学复印报刊资料《中国古代、近代文学研究》全文转载。过了几个月，我与B先生在一次学术研讨会上相见，谈到那篇评论文章，想不到他第一句话就说："缺点和不足提得够充分的。"我一时语塞，过了好一会儿才说："提的不一定对，请多加批评。"过后，我想：糟了，B先生不愿意了。这可如何是好？会议结束返津后，第一件事就是把文章找出来仔细阅读，我觉得，那些问题和不足确实存在，这样，内心才稍安。过了几个月，突然接到B先生的一封信，信中开头就说"重读尊文，觉得很好，有一定理论深度。这里的一些青年教师读了，反应也较好，特别是，'从优点转化为缺点'一说，他们以为说得较深；颇有同感。感谢您！"大约一年后，我俩又在学术研讨会上相见，对那篇评论文章他再次表示肯定，认为所提的缺点和不足确实存在。可以看出，在这件事情上，B先生不失求真务实而又直率谦虚的学者风度，其诚恳态度，令人感动。从此以后，我俩之间建立起来的友谊不但没有削弱，反而更深了。

人文学者的必答题

记得在岗的最后几年，我就开始做人生的"减法"，把一些行政工作和社会兼职陆续辞掉了：1994年辞去了文学研究所副所长之职（1987

年担任此职),此后几年间又辞去天津市美学学会副会长兼秘书长和天津市语文学会理事之职,2008 年辞去了中国诗经学会副会长之职(辞职信刊登于中国诗经学会《会务通讯》第 51 期)。除此之外,还推掉了与学术研究无关的一切活动。从此以后远离浮华与喧嚣,进一步专心致志于学术,充分享受学术研究带来的快乐。这种快乐是追求和探索的快乐,也是发现和创造的快乐。投身学术研究既可享受过程带来的生命充实感,又有成果面世带来的成就感:学术研究给每一位有志于此者以双倍的回报。

细想起来,学术研究之所以能够给人带来快乐和幸福,归根到底在于它体现了学者的生命价值和存在的意义,与人生的目的密切相关。所以,对学者来说,平凡的学术研究工作也就具有了"形而上"的神圣性质。

正是因为如此,面对近年来文学经典的价值受到怀疑甚至否定,我深感惶恐不安:从民族的角度看,否定经典的价值无异于斫伤民族文化精神传统之根;从个人的角度看,否定经典的价值也就否定了我所从事的研究工作而最终导致生命价值的虚无。所以,无论从民族整体的角度看还是从个人的角度看,都是必须严肃、认真对待的问题。于是,2010 年 3 月,我给自己提出了这样的问题:文学经典究竟有没有价值,如果有的话,究竟具有怎样的价值?几十年来我一直孜孜不倦地研究文学经典究竟是为了什么……从此以后,在研究工作中(当时正在研究郭璞诗赋)便顺便搜集有关资料,直到 2014 年考虑成熟,完成并发表了《文学经典的价值及其研究意义》(刊于《北京大学学报》2014 年第 5 期)一文。

这篇写于我的学术生涯最后阶段的论文,对上述那些问题做出了明确的回答，同时也为自己作为学者存在的意义和价值找到了“终极根据”。从此以后，面对自己的精神家园和安身立命之所，欣慰之情常常油然而生，老年生活随之也增加了幸福感。

再版后记

在天津社会科学院建院四十周年之际，院领导决定编辑、出版“天津社会科学院建院四十周年精品文库”，选择我院学者在这段时间内出版的20部著作予以再版。我觉得对于学术研究单位来说，这是一种非常好的庆祝方式：不仅是回顾历史，总结成绩，更是对于科研人员的激励和鞭策，为推动今后的工作增添动力。更重要的是，这些著作的再版有助于它们进入当代学术交流体系，为推动学术研究的发展和进步发挥作用。学术文化的发展离不开积累和传承，中华学术文化之所以源远流长、博大精深，正是历代学人孜孜不倦，薪火相传，不断积累、承传和发展的结果。学术研究的大海浩瀚、渊深，相比之下这些研究成果虽属涓滴细流，但确实有力地说明我院继承和发扬了这一优良传统，在这方面做了一项实实在在的工作。

本书是从发生学的视角研究作为诗歌艺术方法之一的兴的起源和发展以及它的出现对于我国诗歌艺术根本特点形成所起的决定性作用，同时论证了相关的美学问题。本书写于20世纪80年代前期，作为李泽厚先生主编的《美学丛书》之一，1987年由中国社会科学出版社出版。在写作过程中，对于一些问题，如论题的确定和研究方法的运用与时代学术文化发展的关系，也就是学术研究与学术大环境之间的关系等问题的认识，一直处于盲目状态，正所谓“只缘身在此山中”。如今三十多年过去，回过头来再看本书并回想那些问题，才有了新的认识：原来20世纪80年代，正是席卷我国学术文化思想领域——“文化热”兴起之时。“文化热”中的一项重要任务就是对于传统文化的深刻反思和重新评估。对于传统文化来说，这不仅是一次现代化的洗礼，使之重新焕发青春和活力，而且会促使当代学术观念的发展、视野的开拓和认识的提高，从而为学术研究提供理论和方法论的支持。反映在古代文学与文化研究领域，其重要影响之一则是文学的文化批评研究方法和突破“纯文学”狭隘观念而以大文化为背景的多学科立体交叉的综合研究方法的出现。本书和此后我的多项研究成果多得益于此，这些论著因而也打上了鲜明的时代印记。

拙著忝列“精品文库”，一方面深感荣幸，一方面由于名实不副而深感惭愧。此次再版全书框架和观点没有任何变化，主要在两个方面做了改动：一是第五章第三节原包括两个内容，现分为两节论述，此章因此比原来多了一节；二是在语言表述方面做了修改。近年来，体能、脑力和视力明显下降，审改旧作颇为吃力。虽做了很大努力，缺点和不足还可能存在，希望有关专家和广大读者多加批评指正。

最后，除了感谢我院领导之外，还特别应当感谢天津社会科学院出版社，他们把社会效益放在第一位，为了推动学术文化事业发展，促进学术文化交流，一次推出20本学术著作，充分表现了勇于担当、有所作为的气魄和精神。在此谨向他们表示敬意。编辑老师审阅拙著付出大量时间和精力，特别是本书引用古籍较多，审阅过程中遇到了更多的麻烦和困难，通过他的努力都一一得到解决，在此谨向他和其他有关老师表示感谢。

赵沛霖

2019年8月17日